*Le soir
et le matin suivant*

Eve de Castro

Le soir
et le matin suivant

ROMAN

Albin Michel

© Éditions Albin Michel S.A., 1998
22, rue Huyghens, 75014 Paris

ISBN : 2-226-10545-X

Pour ma mère.

I

Les Repenties

Le capuchon rabattu jusqu'aux yeux, l'homme gris marchait vers la fauconnerie. La neige collait aux peaux qui enveloppaient ses sandales et, l'épaule meurtrie par le seau à viande, il soufflait à chaque pas. Dans son dos, le soleil se levait sur les coteaux gascons, seins parfaits couronnés de bois sombres, ourlés de brume mauve jusqu'au secret des lacs. L'homme s'arrêta, tendit les reins vers la chaleur naissante et sourit.

– Dieu soit loué pour le jour ! et Jésus et Mahomet ses prophètes pour l'amour ! Mes oiseaux vont voler comme des séraphins à six ailes en ce matin béni, et qu'il est bon de vivre malgré le mal et tout !

Dans l'ombre de l'auvent qui prolongeait l'ancien pigeonnier éventré, comme il aspirait largement l'air glacé, la chanson qu'il entonnait se figea dans sa gorge. Il renifla. Laissa glisser son seau, dont le fer écorna le pavé. Ecouta en retenant son souffle, et, pour mieux sentir ce qu'il n'osait nommer, rejeta sa capuche. Un vent poudré de blanc lui frisa les cheveux autour de la tonsure.

11

Il frissonna, un long frisson parti des cuisses jusqu'à la nuque, un frisson non de froid, mais de peur. Cette odeur. Ce silence. Il marmonna : « Ils ne m'auraient pas fait ça... », et, jetant son gant clouté, déverrouilla le grillage de l'enclos. Entra, les mains nues tendues, appelant chaque faucon par son nom, courant d'un perchoir à l'autre, tâtant les chaînes auxquelles des lambeaux de pattes pendaient, tombant à genoux, rampant sur la terre croûteuse de fientes, de plumes, de sang coagulé, geignant et pleurant des larmes dont le sel brûlait ses yeux morts.

Célénie quitta son rêve lorsque le chœur des novices entonna l'alléluia. L'hiver, elle se rendormait toujours à matines, calée contre l'abattant de sa stalle, le coude posé sur une figure sculptée et le visage dans ses mains jointes pour donner l'impression qu'elle priait. En rangeant son bréviaire, elle cligna des paupières vers la négrillonne Bathilde, qui arrondit ses lèvres en gros baiser muet. La supérieure des professes tapa du plat de la main sur une boiserie, levant sous les voûtes l'écho d'une gifle formidable. Les vingt fillettes qui traversaient le chœur courbèrent la nuque. Cils sagement baissés sur ses joues d'ange, entre ses dents serrées Célénie fredonnait la chanson du fauconnier.

Au réfectoire, elle prétexta une aigreur d'estomac pour s'éclipser. Serrant sous sa chasuble un chapelet d'ail doux et deux quignons de pain dérobés au passage, elle se glissa sans bruit hors des cuisines. Ravie de la neige et du soleil glorieux, elle courut vers le pigeonnier de l'aile est. Elle trouva frère Matthias prostré dans l'enclos dévasté, hochant la tête comme font les chevaux pour chasser les taons.

— Les loups, ma fleur... Je les ai entendus hurler cette nuit... Tu sens cette fauverie ? Ils ont creusé la neige et la terre, dans le coin où j'avais mal raccordé la clôture, ils sont passés par là, il reste de leurs saloperies de poils...

Célénie, incrédule, inspectait le grillage béant.

— Ils ne les ont pas mangés, quand même ?

— Tiens ! Chiennerie ! Pire que les hommes !

— Oh non ! pas mangés !

Matthias gauchement attrapa la jupe de serge qui frôlait son mollet, et, attirant la petite, tapota le bonnet de toile qui serrait ses nattes brunes.

— Moi aussi, c'était toute ma joie, ces oiseaux... Ma pauvre richesse, ma dernière fierté. Ces oiseaux et toi, c'est ça qui me faisait vivre...

Célénie hoquetait :

— Il ne faut pas rester là, on ne sait jamais, maintenant que les loups connaissent le chemin...

— Ils ne reviendront pas avant cette nuit.

— Viens quand même. Je ne veux pas te laisser là.

— Si elle nous voit ensemble, sœur Marthe en tirera matière à te punir.

— Je m'en moque bien à présent. C'est vrai, qu'est-ce qui me reste à perdre ?

13

– Ton sourire, ma fleurette, le sourire dans ta voix qui est ma lumière à moi...

Célénie aida l'aveugle à se relever. Matthias était grand, charpenté et robuste, mais, les doigts agrippés à l'épaule gracile, oscillant comme un arbre attaqué par la hache, c'est lui qui semblait un enfant.

Les loups revinrent à la lune haute. Enragés de ne trouver aucune brèche dans le quartier des volailles et des porcs, sans fin ils rôdèrent et hurlèrent autour du monastère. Sous ses draps de gros lin, Célénie grelottait. C'est elle qu'ils venaient chercher, elle qui disait n'avoir peur ni du diable ni des coups, elle qui mentait en silence et confessait des péchés inventés, elle qu'aucune punition ne pliait, qui jamais n'avait demandé pardon ni quémandé une faveur, elle, l'énigme et l'admiration des trente-deux vierges enfermées en ces murs, elle, Célénie, treize ans et demi de solitude savante, par ses pieds nus les loups la traînaient, sa tête cognait les marches du grand perron, la neige dans sa bouche l'empêchait de crier, vers leur repaire ils allaient l'emporter, si elle baissait les paupières jamais elle ne reverrait le jour.

La cloche de la première messe achevait de sonner que la religieuse en charge de son dortoir la secouait encore sans parvenir à l'éveiller. Agacée, d'un geste sec la nonnette arracha le drap, leva la main pour fesser la paresseuse et suspendit son geste avec un cri strident. D'un bond Célénie fut debout, les bras tendus pour repousser les loups.

– Du sang !

Hagarde, la petite regarda sa chemise, que la sœur Blanche-Marie pointait d'un doigt vengeur.

– Elle saigne !

Déjà la supérieure des novices arrivait en courant, ses galoches ferrées claquant comme la porte du cachot. Elle bouscula Célénie, lui fourra la main entre les cuisses puis lui arracha sa chemise en lui commandant d'aller se laver au broc.

– Vous saignerez cinq jours, peut-être six, en punition de ce que vous êtes femme, têtue de surcroît plus qu'aucune de vos pareilles, et orgueilleuse aussi, orgueilleuse surtout ! Vous serrerez tout ce temps entre vos jambes un linge que vous savonnerez vous-même en cachette de vos sœurs, celles-ci ne doivent rien connaître de votre infortune, m'entendez-vous ? Ces hontes-là ne se partagent pas. Le châtiment reviendra chaque mois et, durant la semaine où il vous rendra impure, vous garderez le silence.

Célénie, ahurie, tremblait.

– Qui m'a blessée ?

– Satan. Je vous l'ai dit, vous êtes femme. Plus un mot.

– Est-ce pour cette défense que vous me faites que les grandes, à l'étude, refusent de nous parler si souvent ? Suis-je donc grande maintenant, moi aussi ?

– Vous l'étiez depuis longtemps sur trop de chapitres

15

à mon goût, mais avec celui-ci, c'est sûr, la coupe est pleine.

– Va-t-on me chasser d'ici ?

– Notre abbesse en décidera. Taisez-vous. Pénitence. Et cachez-moi cette enfance qui n'en est plus une !

La sœur Marthe agita une serviette dont Célénie ceignit maladroitement ses hanches. La religieuse recula d'un pas.

– Mais c'est que les seins vous poussent aussi !

Célénie rentra les épaules sous l'insulte.

– Est-ce si laid ?

– Très laid ! Tout à fait laid !

– Comment le savez-vous ?

– J'en veux pour meilleure preuve que jamais le Christ n'a posé le regard sur la gorge d'une femme !

– Peut-être, s'il l'avait fait, n'aurait-il pas trouvé cela si laid ?

La gifle jeta Célénie en travers de son lit. Une main sur sa joue, l'autre retenant la serviette, elle courut à la garde-robe. La sœur Marthe en soupirant haussa ses paumes jointes vers le Crucifié qui depuis deux cents ans souffrait en silence sur le mur.

En dépit des remontrances qu'elle s'adressait à elle-même, sœur Marthe ne parvenait pas à aimer Célénie. Tout, sa beauté de madone, sa mémoire prodigieuse, sa curiosité insatiable, cette façon qu'elle avait d'observer en secret, de contourner les questions et les ordres pour mener son interlocuteur là où elle l'entendait, sa grâce confondante et son vouloir de roc, tout ce qui, de l'avis unanime du couvent, la rendait ensemble exquise et déroutante, indignait la religieuse. Docile, quoique volontiers exaltée, sœur Marthe avait embrassé le parti du Christ comme on va à ses noces, avec fièvre et détermination. Une fois mariée et retirée au fond de ce Gers dont les aubes et les soirs lui avaient, d'emblée, semblé célestes, elle était, comme cela arrive plus souvent qu'on ne l'avoue, tombée fanatiquement amoureuse de son époux. Chaque Noël elle renaissait au bonheur, et Pâques lui tirait des larmes d'amante dont les vieilles religieuses chuchotaient. Lorsque la chair la taraudait, car elle était fraîche encore et fort pourvue d'appas, lorsque dans les claires nuits de juin lui venaient d'indicibles vapeurs, elle se donnait la discipline en arpentant les dortoirs assoupis et remerciait le Maître de la réduire en très humble esclavage. Bâtie pour enfanter une nombreuse famille et le cœur aussi large que son entendement était étroit, elle raffolait des enfants. Les très jeunes, âmes candides, parfaites virginités, mais plus encore celles qu'on nommait les « repenties » et qui, nées en terre ou en religion étrangères, ayant abjuré sans comprendre une foi dont elles connaissaient peu de chose pour en adopter une autre dont elles ignoraient tout, ne priaient point faute de savoir qui prier.

L'abbesse Louise de Vineuil, qui gouvernait le monastère depuis trente-six ans, répétait qu'on doit aimer en l'homme l'élu de Dieu, d'où qu'il vienne, et quel qu'ait été le chemin le conduisant à la porte du Christ. Aussi, sans regarder à la fortune, à la couleur, à la croyance d'origine, aux Repenties on accueillait qui frappait. Des enfants trouvées, des fruits adultérins, des huguenotes rétractées, des orphelines dans le besoin, même la joviale Bathilde, qu'un marchand bordelais avait ramenée d'îles où le diable danse tout nu sous des étoiles grosses comme des œufs. Le sauvetage de ces oubliées du Seigneur faisait le bonheur de sœur Marthe. Houspillant les petites, morigénant les aînées, elle se voyait en jardinier appliqué à redresser les rameaux, à tailler et greffer afin qu'une floraison sans pareille réjouît le Très-Haut.

Or Célénie dans son jardin d'Éden faisait figure d'ortie. Seule dressée au milieu des fillettes recueillies, elle tirait la langue à sœur Marthe. Et rien, rien n'en pouvait venir à bout. Lorsqu'on l'avait amenée au monastère, quatre étés plus tôt, on avait pris pour caprice d'orpheline ce qui dans son tempérament devait s'affirmer intraitable. On lui donnait neuf ans, tout au plus, car elle n'était pas grande et très menue. Elle arrivait d'Angleterre, d'où une personne fort influente l'avait retirée à la mort de sa mère, que la petite n'avait jamais vue. La personne influente payait chaque trimestre une pension rondelette, mais personne ne connaissait son nom. Célénie parlait l'anglais comme le français, lisait couramment le latin et soutenait que le divorce est un accommodement bien utile. Elle avait l'œil et le sang vifs, la repartie cinglante, pas une once de méchanceté

mais de l'esprit plus qu'un petit démon et des raisonne-
ments confondants chez une enfant de son âge. En moins
d'un mois, tout le couvent l'avait adulée. C'était la vie
en elle, cette gourmandise d'apprendre, de courir, de
toucher, de comprendre, qui plus encore que le modelé
véritablement angélique de ses traits fascinait. Devant
pareil phénomène, la sœur Marthe avait touché au fond
de sa nature. Le Créateur l'avait faite généreuse mais
bornée, et de le découvrir la crucifiait. A dix ans, Célénie
lui était supérieure, en science, en discours et surtout en
faculté de rendre autrui heureux. Cette réalité-là, qu'elle
peinait à concevoir, torturait la religieuse. Aussi ne
pouvait-elle s'empêcher, à la moindre occasion, de chercher à humilier l'enfant. Elle se reprochait sa cruauté, à
confesse elle implorait des pénitences. Rien n'y faisait.
Non seulement elle ne chérissait pas Célénie davantage,
mais il lui arrivait de souhaiter son malheur. Si au moins
la diablesse avait manifesté quelque respect pour l'état
de religieuse ! Cependant, quoique aussi dépourvue de
biens que de parents, pas un instant elle n'envisageait de
finir sous le voile. Pour l'amener à la raison, puisque à
la soumission personne ne s'y risquait, sœur Marthe
essayait ses meilleurs sermons, ses plus noires menaces et
tout l'arsenal de promesses, félicités secrètes, délices réser-
vées aux élues, qui d'ordinaire faisaient rougir et rêver
les novices. Célénie l'écoutait, l'œil brillant sous sa frange
de cils si lourds qu'on les eût dits fardés, les doigts battant
une mesure discrète. Lorsque sœur Marthe, confiante en
son discours, se rengorgeait, prête si l'enfant la remerciait

à toutes les concessions et même, qui sait, à une paix attendrie, Célénie d'un ton candide lui plantait en plein cœur le poignard :

— Comprenez-vous, ma sœur, que vous êtes jalouse ?

Sœur Marthe manquait tomber de son banc.

— Et de quoi, par notre Sainte Mère ?

— De ce que je mets le sourire sur les lèvres quand je parle, alors que vous, malgré vos louables intentions ou peut-être à cause d'elles, vous effrayez. De ce que je ne crains pas l'avenir, tandis que vous, en dépit de l'assurance dont votre habit vous pare, vous tremblez de n'être pas à la hauteur de la mission qui justifie votre vie. De ce que votre vie, enfin, ne peut combler les aspirations légitimes d'une nature comme la mienne.

— Parce qu'une nature comme la vôtre conçoit des aspirations qu'elle juge légitimes !

— Pourquoi non ? Ce n'est pas votre exemple qui m'inciterait à remettre mon sort entre les mains d'autrui. Quant à mon âge, il ne signifie rien, Alexandre à treize ans commandait aux armées.

— C'était un homme.

— La force est affaire de sexe sans doute, mais le courage point, et l'ambition non plus. Nombre de reines sont montées sur le trône plus jeunes que moi.

— Elles étaient filles de roi.

— Peut-être le suis-je aussi.

— Laissez-moi rire !

— Riez tout votre saoul, ma sœur, cela vous arrive si rarement...

Célénie à ces mots se plia et le coup de sœur Marthe se perdit. La petite en fut quitte, comme chaque fois, pour la corvée de basse-cour. Ce que sœur Marthe ignorait, c'est que Célénie raffolait des corvées. L'illusion de liberté que le grand air lui donnait compensait les heures passées à décrotter son jupon. Et puis c'est en curant le poulailler qu'elle avait rencontré le fauconnier. Comme Célénie, Matthias répondait toujours à côté des questions. Aux Repenties, personne ne savait au juste où il avait perdu ses yeux ni quel chemin l'avait amené, depuis sa Savoie natale, jusqu'en Gascogne. Un matin l'avait trouvé assis devant le châtelet par où l'on pénétrait dans la première cour, un rapace encapuchonné sur son poing. Il avait dit à la sœur tourière : « Je viens de loin, et mon faucon aussi. Il se nomme Archibald. Je mange ce qu'il chasse, je ne coûte rien et puis servir beaucoup, car il n'est pas besoin d'yeux pour voir au cœur des hommes. J'ai tant marché et de partout, parce que les temps sont rudes, on m'a chassé. Puis-je poser ici ma besace ? » La mère abbesse l'avait reçu longuement. Depuis, l'errant, rebaptisé frère Matthias, dormait dans l'écurie. On lui donnait quarante ans, peut-être un peu plus. D'une ancienne beauté, très oubliée, il gardait un port libre, des épaules où venir se blottir et des mains admirables. Une blessure au ventre le rendait sans danger pour l'innocence des filles, mais il était en revanche fort savant en toutes sortes de choses, comme les langues et les usages d'Orient, la cuisine au fromage et l'art de dresser les oiseaux pour la chasse. Célénie, lorsqu'elle buta sur lui en coursant les poulets, ne s'étonna point, ne demanda rien. La distance, les silences de Matthias trouvèrent en elle leur écho. Cet homme-là cachait au-dedans de lui une autre vie. Comme elle, il se tenait à lui-même des conversations qui promenaient sur son visage un peuple d'ombres secrètes. C'est un simple d'esprit, tranchait sœur Marthe. C'est un sage, murmurait Célénie, et il sera mon ami. En peu de jours et moins encore de mots, l'aveugle et l'enfant s'apprivoisèrent. Les rapaces aidèrent beaucoup. Matthias, qui avait élevé à la becquée chacun d'eux, les traitait en poussins tendrement chéris. Il leur lavait le bec et les pattes, lissait leurs plumes à l'eau vinaigrée, et sans se lasser leur parlait de chasse et de liberté. Ils étaient huit, cinq femelles et trois mâles, à déchirer amoureusement sa robe de bure pour lui becqueter les oreilles. Célénie, que dans les premiers temps ils ne laissaient pas approcher de l'enclos, les conquit à force de chansons et de souris vivantes. Lorsqu'ils l'acceptèrent et vinrent se percher sur son poing, elle se sentit étrangement adulte. Pourvu que Matthias se tînt à son côté, elle était prête, maintenant, à affronter le monde.

– La voici, ma mère.

Sœur Marthe poussa Célénie dans le dos. La petite esquissa une révérence et, le front baissé, attendit le verdict. Mieux valait en finir vite. Mme de Vineuil ne recevait les pensionnaires dans sa chambre que pour des

22

motifs graves, et sœur Marthe avait prédit le pire. Une pendulette en albâtre, seul ornement de la pièce, égrenait les secondes. Assise près du feu, dans un fauteuil fané, l'abbesse achevait un point de broderie. Célénie gardait les yeux fixés sur un motif du parquet, chêne et châtaignier, dont la marqueterie gondolait. Toute la nuit elle avait fouillé sa conscience sans comprendre lequel de ses travers justifiait l'effrayante sanction de son ventre. Péché d'orgueil, péché d'insolence, péché d'impiété, péché de dissimulation, écarts de langage, façons garçonnières, certes, mais elle s'était confessée avant Noël et le curé en l'écoutant n'avait pas semblé si fâché. Quel était donc ce Dieu qui se vengeait des femmes en les marquant dans leur chair, impure jusqu'à la fin des temps, point de rémission, point de rachat ? Un Dieu méchant, mesquin, ou pis, jaloux comme la sœur Marthe. Sûrement si Jésus avait caressé la peau d'une jolie dame, il n'aurait souhaité que son bonheur. A force de tout se refuser, on s'aigrit. Dieu devait être un vieux rechigné qui ricanait de la peur des petites filles, là-haut, sur son coussin de nuages. Le regard toujours ancré au parquet, Célénie haussa les épaules.

— Est-ce ainsi, mademoiselle, que votre respect pour moi se manifeste ?

L'enfant sursauta. Son lorgnon sur le nez et sa tapisserie sur les genoux, Mme de Vineuil la considérait. Sœur Marthe, qui savourait l'instant, battit des manches en signe d'impuissance.

— Il n'y a pas moyen de l'amender, ma mère. Elle n'en fait jamais qu'à sa tête, et si vous me demandez...

— Merci, sœur Marthe, laissez-nous seules, je vous prie.

— C'est que...

— Je souhaite l'entretenir en particulier. Je vous sais gré du soin que vous avez pris d'elle jusqu'à ce jour.

Sœur Marthe, hésitant entre l'humiliation de se voir congédiée et la joie du renvoi pressenti, se retira à reculons. Célénie, front buté et joues pâles, faisait face.

— Vous allez me chasser, Madame ?

— Laissez ce ton et cette figure, mon petit. En quatre ans nous ne nous sommes vues seules que quatre fois, ceci est la cinquième, et je regrette aujourd'hui de ne pas avoir conversé davantage avec vous. Etes-vous heureuse ici ?

Célénie scruta le visage de l'abbesse et n'y lut que bonté. Incrédule, elle restait sur ses gardes.

— J'y ai un ami. J'aime les lumières de ce pays. Votre discipline est plus douce que celle du couvent anglais. On me laisse lire tout mon saoul. Je fais chasser les faucons. Enfin, avant les loups...

— Je sais, je suis désolée pour Matthias. Mais vous ne m'avez pas répondu.

Soulignés par la batiste qui bordait son voile, les traits de Mme de Vineuil étaient pleins, lisses, ses yeux mordorés rayonnaient d'une paix douce. Des yeux de très vieille âme, emplis de silence, de souffrance, de sagesse, des yeux fixés sur l'essentiel et qui ne regrettaient rien. Captivée au point d'en oublier les remontrances de sœur

Marthe, Célénie sous ce regard songeait au vol parfait du faucon Archibald, au miracle de l'aube sur la campagne embrumée, au pied menu des chevreuils dans les labours d'automne, aux nuits bleues où les crapauds chantent l'amour et la mort, aux longs doigts de Matthias préparant le feu qui met la joie au cœur, à Bathilde noire et fessue, au pain frotté d'ail, aux courses dans le vent qui console de tout.

— Célénie, vous m'écoutez ?

— Pardonnez-moi, ma mère. Vous semblez si... Je m'attendais à ce que vous me grondiez.

Mme de Vineuil sourit d'un sourire maternel qui lui dessina deux fossettes. Célénie dénoua ses mains, qu'elle avait croisées dans le dos et serrait à s'en faire blanchir les jointures. Comme l'abbesse lui faisait signe d'approcher, elle avança d'un pas.

— Vous, ma mère, vous êtes heureuse ?

Mme de Vineuil tisonnait le feu.

— Oui, mon enfant, je le suis. Dans la conscience de ce à quoi en choisissant ma mission j'ai renoncé, dans l'émerveillement de ne point me lasser ni me dégoûter de cette résolution, je suis heureuse. J'ai pris la charge des Repenties par goût, savez-vous, non par obligation, encore moins par dépit. Et ce goût que j'avais d'élever des enfants comme on aide un arbre à monter vers le ciel ne s'est en plus de trente années jamais démenti. Je sers Dieu dans ses petits et, apprenant moi-même chaque jour en enseignant aux autres, j'ai le sentiment de prospérer à l'ombre des âmes que j'aide à croître. Mais vous êtes bien jeune pour comprendre cela.

– Il me semble que je le comprends pourtant.

– C'est pourquoi je vous parle ainsi. Sans vouloir me mêler directement de votre éducation, qui incombait aux régentes des moyennes, je vous ai beaucoup observée, Célénie. Voyons, pourquoi exaspérez-vous sœur Marthe ?

– Si je dois quitter le couvent, frère Matthias pourra-t-il partir avec moi ?

– Répondez-moi. Vous n'avez rien à me confier à propos de sœur Marthe ?

Les prunelles de Célénie brillèrent d'un éclat dur.

– Que vous dirais-je, ma mère, que vous ne sachiez déjà ? Vous avez vécu et lu plus que moi, vous avez connu le monde et étudié l'astronomie, vous avez été fiancée. Les secrets de deux naïvetés comme sœur Marthe et moi n'en doivent pas être pour vous.

Pensive, l'abbesse rangeait son ouvrage et ses laines dans un gros sac en velours.

– Vous aussi, vous savez plus de choses qu'il n'y paraît et vous les exprimez d'une manière que je n'ai rencontrée chez aucune autre pensionnaire. Vous protégez sœur Marthe, que pourtant vous n'aimez point, et ce scrupule vous honore. Je regrette ce que je dois vous apprendre.

– Vous ne me gardez pas ?

– Je le voudrais, mais je ne le puis.

– Mais qu'ai-je fait de mal ? Les grandes aussi saignent chaque mois !

26

Mme de Vineuil caressa le chapelet d'émail pendu à sa ceinture.

— Votre cas est particulier. J'ai des ordres vous concernant et, bien que maîtresse en ces murs, je dois m'y soumettre. Vous partirez demain pour Paris. Vous logerez chez monseigneur l'archevêque de Palmye. Il vous attend.

— Je ne le connais point !

— Il vous attend néanmoins. C'est un prélat de grande science et de grande influence, soyez attentive et surveillez-vous davantage que chez nous.

— Frère Matthias viendra-t-il avec moi ?

— Non, Célénie. Vous partirez avec sœur Marthe, qui s'en retournera après vous avoir confiée aux gens de l'archevêque.

— Je ne puis laisser Matthias.

— Matthias a vécu quarante ans sans vous, il a traversé sans vous des bonheurs et des malheurs qui auraient terrassé dix hommes, il survivra à votre séparation.

— Mais les faucons sont morts, ma mère, il ne lui reste que moi.

— Cela vous consolerait-il si je lui disais que vous reviendrez ?

Le visage de l'enfant s'ensoleilla.

— Reviendrai-je ?

— Si le chemin de Matthias, après des errances dont votre jeunesse ne peut avoir idée, l'a conduit jusqu'à nous, vous aussi, au terme de votre propre chemin...

— Je reviendrai avant.

– Je le crois. Vous serez, tout me le dit, de ces êtres à qui le vouloir tient lieu de destin.

Célénie aurait voulu se jeter sur le sein de Mme de Vineuil et, blottie là, dans une chaleur qu'elle n'avait jamais connue, oublier le temps qui sépare et déçoit.

– Puis-je baiser votre main, ma mère ?

L'abbesse ouvrit les bras.

– Venez, petite, que je vous bénisse.

II

Le sourire du loup

Un valet en livrée parme ouvrit la portière et déplia le marchepied. La pluie en ricochant sur le toit gainé de cuir graissé faisait un bruit de grêlons. L'hôtel de l'archevêque était illuminé, et d'une fenêtre à l'autre des figures solennelles promenaient des flambeaux. Célénie, dans un mouvement panique, se jeta sur le cœur de sœur Marthe. Le valet, sa perruque détrempée coulant des ruisselets jusqu'au creux de son dos, restait le bras tendu pour aider l'invitée à descendre. Les chevaux s'ébrouaient. Sœur Marthe, émue malgré elle, embrassa Célénie sur le front et la serra plus fort qu'elle ne l'avait prévu. Elles se retrouveraient, Mme de Vineuil de sa vie n'avait menti, Matthias, en attendant le retour de son amie, élèverait d'autres rapaces. L'archevêque d'Annecy était certainement un homme bon, on le disait savant, Célénie enfin trouverait à qui parler, mais par pitié point d'insolences, de l'humilité, de la complaisance, un si puissant seigneur, si près de Dieu et du Roi... Célénie rabattit sa capuche. Prit la main du valet, qui piqua du nez en signe de révérence. Lorsque au milieu de la cour pavée elle se retourna, la rustique berline attelée à quatre repassait le porche. L'enfant ne put voir que sœur Marthe, le nez écrasé au carreau lavé d'eau, essuyait deux grosses larmes.

La première salle, où des mains poudrées lui ôtèrent sa cape, lui coupa le souffle. Vaste comme le chœur de l'église conventuelle et voûtée comme lui, pavée de dalles à cabochons agencées en rosaces, elle était ornée de tant de tableaux qu'ils masquaient le damas gris des murs. Deux valets plus grands et plus robustes que celui de la cour se tenaient plaqués à une porte rehaussée d'or par où filtraient des rires et des éclats de voix. Des violons accordaient leur ensemble. Célénie, appâtée, tendit l'oreille.

— Ainsi vous êtes Mlle Black...

Célénie se retourna vivement. Un jeune homme en petit collet, les doigts couverts de bagues croisés sur une croix de diamants, l'examinait de haut en bas. Honteuse, l'enfant plia un peu les genoux pour cacher sous sa jupe ses souliers fendillés.

— On m'appelle Célénie.

— Les gens de qualité, mademoiselle, font peu usage des prénoms. Le nom et le titre leur suffisent. Lorsque tout à l'heure vous changerez de linge, oubliez Célénie, et lorsqu'en public vous paraîtrez appliquez-vous à quitter au plus tôt, en carrosse si possible, Mlle Black. Vous ressemblez à un chaton mouillé, mais l'œil, sous ces sourcils qu'il faudra épiler, me semble augurer un avenir digne de lui. Levez le museau. Oui... Allez ! séchez et lissez promptement votre poil, vous plairez à Monseigneur puisque vous me plaisez déjà.

Le jeune homme s'était avancé. Le bout de son soulier à boucle appuyait sur l'ourlet de Célénie. Très près, encore plus près, il lui soufflait sous le nez une haleine sucrée. Impossible de reculer. Célénie se raidit et du coin de l'œil chercha du secours. Les deux valets galonnés fixaient le néant avec une impassibilité de sphinx. Miel et épices, la bouche était fardée de frais, cannelle et gingembre, le chanoine effleurait l'oreille d'une langue experte...

— Vous connaissez la recette du poulet aux citrons confits ?

Comme le corbeau de la fable, le butineur ouvrit le bec et, le temps d'un battement de cils, resta coi.

— Pardon ?

Célénie avait repris ses esprits et sa jupe. Espiègle, elle mimait son propos.

— Me semble que vous aimez les senteurs et les saveurs d'Orient. Si votre cuisinière me laisse la conseiller, je puis lui enseigner comment on choisit les citrons en Perse, comment on les réduit en confit, comment on en farcit la volaille...

Le petit collet, beau joueur, éclata de rire.

— Quel âge avez-vous, demoiselle saucière ?

— Quel âge me donnez-vous ?

— Celui d'un oison bon pour la broche, mais dont la

succulence gagnera à mesure qu'il s'approchera du feu. Je saurai être patient.

– Je ne vous entends pas bien.

– Il n'importe pour l'heure. Nous nous retrouverons. Je loge ici, monseigneur de Palmye est mon oncle, ou quelque chose d'approchant, je le sers et le dessers de mon mieux. Vous le verrez demain. Je ne sais lequel de vous deux étonnera plus l'autre, j'aimerais être tenture ou carafe pour assister à votre joute.

– Pourquoi m'a-t-il mandée ?

– Il ne m'en a rien voulu dire, oiselle, il vous faudra attendre comme moi.

– En quoi mon sort vous passionne-t-il ?

– Je garde le seuil et les murs du grenier, joli poulet, de crainte que le blé par les fentes ne s'échappe.

Célénie haussa les sourcils.

– N'avez-vous pas de quoi vivre bien ? Je vous vois si paré...

Le jeune homme mordit sa lèvre, où les dents laissèrent une trace pâle. Se détournant à demi, il rajusta ses dentelles. Lorsqu'il releva le front, ce n'était plus le même visage, ni non plus la même voix.

– Apprends que mon cœur est nu, fillette, et que je crie famine. Avant, bien avant d'être distingué par notre bon archevêque, je suis né sur des genoux aussi froids que la pierre du couvent d'où tu viens. Mes nourrices me préféraient des rejetons plus riches, ma mère avait trop de naissance et de beauté pour s'embarrasser d'un paquet de chair braillarde. J'ai grandi dans un terrier, et si l'on m'a tiré de la boue où l'on rêvait me noyer, c'est qu'un jour, sur un marché de campagne, un marchand de drap a remarqué ma voix.

– Vous chantez ?

– Lorsqu'on m'en prie avec des mots ou des gestes qui savent me toucher...

Retrouvant son onctuosité, il arrondit le bras pour l'y cueillir. Le cœur étreint d'une émotion qu'elle ne comprenait pas, elle le laissa faire.

– Pourquoi me dites-vous tout cela ?

Il remarqua le voile sur ses mots et la regarda sans plus jouer.

– Et toi, pourquoi cela te trouble-t-il ?

Elle avait des yeux d'eau sombre, piqués d'or comme une nuit d'été. Soudain lui vint l'envie de s'y plonger entier, sans mémoire, sans retour, pour se laver de lui-même.

– Quel âge as-tu ?

Ce n'était qu'un murmure. Elle murmura aussi, partie à sa rencontre, confiante déjà et déjà presque livrée :

– Bientôt quatorze ans je crois, personne ne sait au juste...

– Trop peu en tout cas pour vous laisser renifler ainsi ! et par une soutane encore ! parente de Monseigneur de surcroît !

Une grosse femme à figure de lune tirait Célénie par la manche. La petite, hébétée, se laissa secouer sans comprendre. La grosse femme, au demeurant fort bien mise, s'énervait.

— Mais vous l'avez envoûtée, pardine ! Qu'est-ce que vous leur faites, à les assottir comme des dindes pour les laisser en larmes quand vous vous lassez d'elles !

Célénie se dégagea d'une secousse et toisa le jeune chanoine, qui la fixait encore. Il lui sourit avec la douceur du baiser qu'il allait lui donner, posa un doigt sur sa bouche, et, pivotant sur ses talons, claqua la croupe de la grosse femme.

— Mlle Black et moi-même partageons un succulent secret, madame Tendré ! Mon oncle dût-il payer mon poids en or, ou même, délicieuse folie, le vôtre, à personne nous n'avouerions rien ! Je compte sur votre discrétion, demoiselle saucière ! A vous revoir en cette vie ou une autre !

Il était parti. Les deux valets hiératiques refermèrent sur un arpège au clavecin le sésame qu'ils gardaient. D'un coup, et pour la première fois depuis son départ des Repenties, Célénie se sentit seule. Elle eut froid, et, ce qu'elle ne montrait jamais, envie de pleurer. L'intendante, qui claironnait son remords de ne pas s'être emparée d'elle dès le perron, la poussait vers le fond de la salle, une porte masquée d'un rideau de velours, un escalier de chêne ; au premier se trouvaient les appartements de Monseigneur, sa chambre, sa bibliothèque, son cabinet de médailles, son reliquaire, sa chapelle privée, son grand et son petit cabinet ; Célénie logerait au second, une pièce avec cheminée, on lui avait préparé une collation et bassiné le lit, le cocher avait déchargé ses malles, rien ne manquait, voilà, c'était ici.

– Et aussi je vais faire monter des brocs d'eau chaude et commander qu'on vous apprête un bain.

– Ai-je l'air si sale ?

Mme Tendré prit un air docte.

– Monseigneur pour ce qui touche au corps est plus tatillon qu'une chatte. Afin de lui complaire et bien que la mode n'y pousse guère, tous ceux qui vivent près de lui prennent de leur personne le même soin jaloux.

Bras ballants au milieu du tapis, Célénie laissait Mme Tendré éplucher son bagage. Deux chasubles de couvent, deux robes, l'une de drap vert, l'autre d'étamine à petites fleurs, deux corselets, deux gilets en poil de chèvre, six bas de fil, six de laine, quatre chemises de lin, quatre tabliers, quatre bonnets de jour plus un de nuit, deux pantalons fendus, une paire de sabots, un manchon en ragondin taillé par Matthias, une image de la Vierge peinte par la gentille Bathilde, un chapelet, cadeau de Mme de Vineuil, un pot de prunes à l'alcool, une poignée de plumes nouées d'un ruban noir. L'intendante comptait et supputait :

– Vous n'avez rien, je m'y attendais. Si vous restez chez nous, il faudra vous nipper. Un trousseau complet, bien sûr, je connais la chanson.

– Comment se nomme le neveu de Monseigneur ?

– Ariel de Restaud. Il n'est pas plus neveu que je ne

suis tante, mais Monseigneur défend qu'on l'appelle autrement.

– D'où se connaissent-ils ?

– M. Ariel se produit en concert depuis qu'il est enfant, il vous l'a peut-être dit. Maintenant, et grâce à Monseigneur, les scènes sont très choisies, les meilleurs salons de Paris et même, deux fois, devant le Roi. Mais quand M. Ariel avait votre âge il chantait en plein air et dans les bouges qui lui offraient à souper. Monseigneur l'a remarqué voilà six ans, du côté de La Muette, où se tenait une foire avec des boutiques pour les bonnes œuvres. Il a ramené M. Ariel avec lui, je l'ai décrassé et il n'est plus reparti. Monseigneur raffole des gens de musique. Vers le milieu de sa vie il a fort chéri une personne qui jouait de la viole de gambe, c'est elle qui lui a éduqué le goût. Il la logeait ici même, et lorsqu'il s'en allait dans son diocèse d'Annecy, elle l'y suivait. Trente-trois ans sans se quitter, sans se quereller, sans se lasser, un couple modèle, eh oui, Mademoiselle, ainsi va notre monde, et si vous demeurez dans nos parages vous en apprendrez de plus raides encore ! La personne dont je parle se nommait Louise-Charlotte, un prénom de chrétienne, notez bien, ce qui n'est pas toujours le cas chez ces filles. Elle se promenait toute nue, elle mangeait toute nue, pensez donc, devant nous autres qui servions. Monseigneur riait de notre embarras, il disait qu'Ève se donnait à voir pareillement et que personne n'y trouvait à redire. Évidemment, mais c'est qu'alors il n'y avait qu'Adam pour la lorgner. Moi je ne juge point, mais tout de même, Monseigneur plaçait curieusement ses affections. En plus de ne savoir se tenir, sa dame d'élection traînait dans ses malles deux souvenirs de ces voyages qui durent neuf mois et dont on ne guérit jamais tout à fait. Mais Monseigneur est si bon, et il lui trouvait tant d'agréments, qu'il a doté lesdits braillards, et que de loin, depuis la mort de leur mère, il veille encore sur eux.

— Celle que Monseigneur aimait est donc morte ?

— Du mauvais sang, elle en faisait sous elle, comme on pisse. Il y a six ans, pauvre homme, il ne voulait pas qu'on l'enterre et il pleurait comme un petit garçon. C'est peu après qu'il a recueilli M. Ariel. Il lui trouvait une jolie figure et une voix d'ange. Monseigneur appelait toujours sa dame « mon ange », c'est peut-être pour cela, allez savoir ce qui se trame dans le cœur des gens.

— Et M. Ariel vit ici ?

— Si fait. Mais ne vous frottez pas à lui. Il a de beaux yeux, une voix qui fait pâmer les dames, et dessous c'est un fauve. Pas de morale, pas de sentiment. Il doit tout à notre maître, même son nom, Restaud est une abbaye que Monseigneur lui a cédée en lui faisant prendre le petit collet. Pourtant si son prétendu oncle ne lui servait pas ponctuellement sa ration quotidienne, il le mangerait cru dans son lit.

— Pourquoi ? Il joue ? Il fait des dettes ?

— Il n'a pas de cœur, je vous l'ai dit, rien que de l'appétit ! Pauvrette, menue comme vous êtes, et toute naïve, il vous goberait d'un coup, et après fini ! ouste ! plus besoin de trousseau !

Célénie arrondissait les yeux. La fatigue du voyage, une seule étape depuis la Loire, la voiture avait cahoté et dérapé dans les ornières gelées sept heures de rang, la fatigue, jointe à la faim qu'elle n'osait avouer, lui creusait deux cernes violacés. Manquant de forces pour protester, et même pour s'étonner, elle s'approcha du feu qui brûlait clair dans la petite cheminée. La chambre était de plafond bas, le meuble et les murs en percale vieux bleu, le lit dans une alcôve, draps blancs et édredon soufflé. Tout semblait à l'enfant irréel, étrange et idéal, un conte de fées sans fées, grêle, ors et soutane. Habituée à son dortoir glacé, elle transpirait. L'intendante bourdonnait. Elle ne l'entendait plus. Dans sa mémoire cotonneuse comme ses jambes glissaient la haute silhouette de Matthias, l'œil métallique d'Archibald, la lune en fruit mûr, le sourire troublant, dents parfaites et lèvres peintes, du neveu de l'archevêque. Ariel. Un prénom d'ange, oui. Ou de vent... Mme Tendré referma la malle vide.

– Je vous laisse. Baptistine vous lavera. N'oubliez pas un pli. Je lui donnerai de la poudre et de l'huile pour les ongles. Je reviendrai vous chercher quand Monseigneur demandera à vous connaître.

Célénie balbutia un merci confus, tendit la main vers les petits pâtés posés sur la console, tituba vers le lit... et s'écroula dans la neige, montrant les ravaudages des caleçons tricotés qu'elle portait sous sa robe. Le loup qu'elle poursuivait depuis le poulailler se retourna. Il était long, tout noir avec au milieu du front une tache rousse en forme de croix. Il tenait dans sa gueule Archibald qui se débattait faiblement. Retroussant ses babines il ricana, et Célénie vit luire au milieu de ses crocs deux grandes dents en or.

Trempée et grelottante, elle se dressa sur ses coudes.

– Rends-moi Archibald, maudit !

Le loup s'assit sur sa queue et dodelina du chef.

– Répète alors après moi : « Je jure de confier tous mes secrets à Ariel... »

Célénie sursauta.

– Lâche le faucon d'abord.

– Soit. Si tu triches, je vous mangerai tous les deux.

Le loup desserra ses mâchoires. Archibald, aveuglé par le sang, se traîna vers la voix de Célénie. Elle le roula dans son tablier et se releva, faraude.

– Tu as perdu. Je n'ai pas de secrets.

– Oh si ! assez pour écrire une histoire qui nous portera jusqu'au bout de la nuit et même, si tu t'appliques, jusqu'au bout de ta vie. Ferme les yeux et répète...

– On ne ferme pas les yeux devant un loup.

– Tu les fermeras bien devant la mort.

– Je ne mourrai jamais !

Célénie se réveilla dans le bain, sous les mains de la

41

servante qui l'étrillait. Reins massés, cheveux nattés, les draps plus doux que la peau de Bathilde, elle retrouva son rêve au creux de l'oreiller. Les fers de l'attelage qui l'emportait loin de Matthias sonnaient comme des cloches de noces. Le loup assis dans le fauteuil de l'abbesse de Vineuil se fardait les babines, Ariel lui tenait le miroir, à demain, Célénie, à demain, si Monseigneur le veut...

L'archevêque d'Annecy aimait l'exactitude. Il avait commandé qu'on introduisît son invitée à la demie de onze heures, et lorsque au dernier coup de l'horloge elle entra, pâle et déterminée, il se rengorgea de sa ponctualité. Monseigneur de Palmye avait beaucoup vécu. Né cadet avec des ambitions d'aîné dans une famille illustre et tenaillée de dettes, il n'avait, pour se hausser à sa grandeur présente, rien épargné. Ni personne, à dire vrai. De quinze à quarante ans, il avait mené de pair, comme des arts ascétiques, l'étude et l'intrigue. Passé maître, et quasi sans égal, dans ces deux disciplines, il s'était un matin de printemps regardé au miroir et, se trouvant la mine d'un rat de cave, avait décidé de récolter enfin les fruits de son labeur. A la Cour, au sein du clergé, dans les salons, on l'estimait autant qu'on le redoutait. Il était aussi riche que considéré, menait train princier et soutenait de ses deniers sa fourmillante parentèle, mais il ne se connaissait ni ami, ni amante.

Son ignorance des émotions humaines lui parut une lacune d'autant plus regrettable que, sujet à des palpitations, il risquait de mourir sans l'avoir comblée. L'hypocrisie du règne portait peu aux sentiments vrais, cependant monseigneur de Palmye avait tant de ressources qu'en peu de mois il parvint à ses fins. Il eut un ami véritable et plusieurs maîtresses, dont une parvint à lui donner au point le plus brûlant l'illusion de l'amour partagé. Comme sa favorite souffrait d'un mal étrange, il fit venir chez lui et garda à demeure des savants et des mages de toutes les latitudes. Son âme s'exalta à ce commerce qui au fil des ans devint une passion. Il eut des correspondants fidèles en Perse, en Russie, aux Indes et jusqu'à la cour de Chine. Personne ne savait au juste combien de langues il parlait, ni même dans laquelle il priait. Il portait sur le monde, qu'il avait tant peiné à conquérir, un regard amusé et distant, et s'il s'entremettait encore, c'était pour le seul plaisir de contenter ceux qui lui étaient chers. Lorsque le Roi lui donna l'archevêché d'Annecy, il ne l'accepta que parce que sa sœur, à l'idée qu'il le pût refuser, menaça de sauter dans les douves du château paternel. Contrairement à l'usage, le nouvel archevêque se fit un honneur de résider dans son diocèse et y transporta toute sa cour. La sauvagerie de cette contrée lui plut à l'extrême, mais Louise-Charlotte, sa fragile maîtresse, n'en supporta pas le climat. Elle perdit du sang un peu plus chaque hiver, et s'éteignit en lui faisant jurer de brûler son corps enveloppé dans le voile nuptial qu'elle ne porterait jamais, puis d'en

43

disperser les cendres sur un champ de blé mûr. Elle avait cinquante et un ans mais il l'aimait comme au premier jour, et, bravant l'Église, il fit ainsi qu'elle le souhaitait. L'ami voyageur mourut la même année 1733, terrassé par une crise de démence. Plus affligé qu'il ne l'eût cru possible, monseigneur de Palmye revint en son hôtel du faubourg Saint-Germain. Au règne de l'orgiaque duc d'Orléans avait succédé celui du vicieux duc de Bourbon, ministre tout-puissant du roi Louis XV. L'art lui semblant un investissement plus sûr que la politique, M. de Palmye acheta quantité de tableaux, retapissa ses salons, compléta ses trésors de bibliophile, et pour donner un but à son jour déclinant recueillit un garçon à la voix séraphique qu'il présenta comme son neveu.

Lorsque Célénie eut plié le genou pour baiser son anneau, l'archevêque haussa son face-à-main afin de l'examiner à loisir. Qu'elle fût ponctuelle le prévenait en sa faveur, elle avait arrangé ses boucles selon les instructions transmises par Mme Tendré, sa peau poudrée évoquait le givre sur une rose de Noël, elle ne rougissait pas et soutenait son regard. Il prolongea l'instant jusqu'à l'insoutenable sans qu'elle cillât, et son aplomb aussi dépourvu de modestie que de courtisanerie lui plut. Aussi frappa-t-il dans ses mains pour commander du chocolat, deux tasses, Mlle Black apprécierait sûrement.

Célénie huma et, avec la spontanéité de l'enfance, plongea son nez mignon dans la tasse fumante. Elle grimaça, surprise par l'amertume. Un mince croissant brun bordait sa lèvre. Elle sourit, à peine confuse, et chercha son mouchoir. Amusé, monseigneur de Palmye lui tendit le sien. Elle en admira les dentelles, s'essuya à regret et se troubla de ne savoir comment rendre l'objet ainsi taché.

— Gardez-le, et buvez encore. Comme souvent dans la vie, la seconde fois est la meilleure.

Rien ne servait de débusquer ses défauts, elle était délicieuse. Encore bouton et déjà fleur, les cheveux sombres et luisants, le front haut, l'ovale délicat, la bouche petite, ourlée, les oreilles minuscules, les mains diaphanes aux ongles ras, et cette veine bleue, qui battait sur le cou gracile, cette veine qui appelait la morsure. L'archevêque se cala dans son fauteuil.

— J'avais grand hâte de vous connaître.

Ressassant les recommandations de sœur Marthe, Célénie ne répondit rien.

— Vous ne me demandez pas pourquoi ?

— Aux Repenties, on me reprochait toujours de poser trop de questions.

La voix était nette, posée, teintée à peine d'un accent indéfinissable.

— Parlez-moi de vous. Vous a-t-on bien élevée, dans votre solitude gasconne ?

— Comment en jugerais-je, Monseigneur ?

— Il est vrai. Dites-moi alors ce qu'on vous a enseigné.

45

– Ce que l'on m'a enseigné ou ce que je sais ?

– Les deux ne vont-ils pas ensemble ?

– D'ordinaire sans doute...

– Mais vous n'êtes pas quelqu'un d'ordinaire ?

– Vous en déciderez.

Monseigneur de Palmye s'amusait de plus en plus. Célénie examinait à la dérobée le cabinet de lecture où il l'entretenait.

– Vous avez lu tous ces livres ?

– Répondre par des questions à celles que l'on vous pose ne vous tirera pas toujours d'affaire.

Célénie toussa dans le mouchoir brodé pour se donner une contenance et releva sur l'archevêque un œil désarmé. Il la guettait, ravi.

– Quoi que l'on vous ait dit sur moi, mademoiselle, je n'y ressemble pas plus que vous ne ressemblez à une orpheline grandie dans un couvent de province. Parlez sans crainte. Personne ne nous entend. Il est important que je vous connaisse telle que vous êtes.

Célénie prit son souffle et chercha courage dans le rayon de soleil blanc qui, à travers les carreaux de la haute croisée, venait lui chauffer l'épaule.

– Je sais les héros et les dieux de la Grèce et de Rome, la généalogie de nos rois et leurs grandes actions. Je sais le latin, le grec, le persan, l'anglais et un peu d'Italie. Je sais les étoiles et les vents, pêcher les écrevisses et poser des collets, je puis courir trois lieues, tirer à l'arc, apprivoiser les bêtes sauvages. Je sais fabriquer ces fusées qu'on tire la nuit, cuisiner toutes sortes de mets étranges, conter des légendes dorées, me priver de manger et de boire. Je sais un peu plus mal filer et broder, chanter le contrepoint et coudre des chemises. Je puis en revanche enluminer un livre d'heures, saigner en cas de fièvre, aider à accoucher une vache ou une femme, faire les cinq sortes de révérences en usage à la cour d'Angleterre et les quatre qu'on fait en France...

– Six, mademoiselle. Une de plus qu'outre-Manche. Avez-vous beaucoup menti dans ce fatras de science ?

– Très peu, Monseigneur, et même presque pas.

– Et Dieu ? Vous n'avez pas un mot pour Dieu ?

– Vous ne vous fâcherez pas ?

L'archevêque, enchanté, ouvrit les mains en signe d'appréhension. Célénie poursuivit sur sa lancée :

– On peut nommer, prier et honorer le Créateur sous différents noms et de différentes manières. Il ne répond jamais, quoi qu'on lui dise, et ne châtie pas non plus, quoi qu'on prétende et là-dessus on prétend d'abondance. Il tient lieu de mari aux vieilles filles et de père et de mère aux enfants qui, comme moi, n'en ont point.

– Tout le monde a un père et une mère, mademoiselle.

– L'important n'est pas le fait, Monseigneur, mais l'intention. Cela vaut pour l'amour que l'on vous donne ou dont on vous prive comme pour la foi, et cela devrait valoir, me semble-t-il, pour tous les actes de la vie.

47

M. de Palmye fit craquer son siège.

– Vous raisonnez d'une façon exorbitante pour votre âge et votre sexe ! Pareils discours, si je les rapportais, vous feraient accuser d'hérésie ! Savez-vous le châtiment des hérétiques ?

– Je regrette d'être fille, et s'il m'était loisible de choisir, je deviendrais garçon sans hésiter. Pour l'hérésie, j'en ai eu les oreilles rebattues en Angleterre comme en Gascogne. Il en est de trois sortes au moins, celle qui touche Dieu, celle qui touche le Roi et celle qui offense le monde. En France on brûle vif, on embastille ou on exile, en Orient on empale. Mais je suis encore une enfant, et personne ne prête attention aux propos des enfants qui, n'est-ce pas, n'ont pas l'âge de raison...

L'archevêque jubilait.

– Pour des natures si extraordinaires que la vôtre, il faudrait réviser la loi ! Comment les sœurs en démêlaient-elles avec vous ?

Célénie, s'oubliant tout à fait, pouffa.

– Elles s'emmêlaient. J'en savais autant qu'elles.

– Vous ne savez rien de la vie.

– Elles non plus !

M. de Palmye partit d'un éclat de rire qui fit étinceler ses dents en or. Célénie bondit en arrière.

– Qu'avez-vous ?

– C'est que... Vous avez les dents du loup...

Ils dévorèrent ensemble le déjeuner que monseigneur de Palmye prenait d'ordinaire en public dans le grand cabinet où il donnait ses audiences du matin. Célénie était gourmande par curiosité plus que par appétit, l'archevêque gourmet sans affectation. Il observa sans relâche son invitée, et, trouvant ses manières à son gré, regretta qu'aucune de ses maîtresses ne lui eût donné de fille. Comme si elle l'avait entendu penser, Célénie posa sa cuillère.

— Monseigneur, les prêtres font-ils parfois des enfants ?

L'archevêque se pencha vers elle.

— Parfois, mais pas plus que ce que vous m'avez confié tout à l'heure ces secrets-là ne se doivent avouer.

Célénie tortillait sa serviette.

— Si vous aviez un enfant, me le diriez-vous ?

— Certainement non !

Elle leva sur lui un regard chaviré.

— Même si je vous en priais à genoux ?

L'archevêque hésita, puis repoussa sa chaise.

— Une jeune fille de votre qualité ne se met jamais aux genoux d'un homme, fût-il d'Église, fût-ce pour le motif qui fait briller vos yeux. Je ne suis pas celui que vous semblez souhaiter. Au risque de vous décevoir, il est temps que je vous explique pourquoi je vous ai fait venir.

Célénie le suivit sans un mot, la tête vide soudain, marchant sur les tapis précieux comme sur les nuages d'un rêve. De la bibliothèque tapissée d'ouvrages rares

elle ne vit que le coffre posé sur la grande table et que
M. de Palmye mit un temps infini à ouvrir. Le couvercle
clouté de pierreries cacha son visage tandis qu'il sortait
un objet en cuivre de forme étrange et un gros portefeuille de chagrin vert gonflé de papiers. Célénie se haussa
sur la pointe des pieds.

— Est-ce là un narguilé ?

— Comment le savez-vous ?

— Matthias m'a raconté qu'en Perse on se saoulait de
fumée avec de pareilles machines.

— Celle-ci est très belle, une pièce unique, celui qui la
possédait ne s'en séparait jamais. Elle lui a rendu de
grands services, et il tenait à vous la donner. Le narguilé,
et aussi les documents qui sont dans le portefeuille vert.
Les deux vont ensemble.

— Me les donner ? A moi ?

— Asseyez-vous, mademoiselle, j'ai une histoire à vous
conter. Un début d'histoire, tout au moins.

Elle s'assit. Il contourna la table, s'y appuya, et resta
un moment silencieux, le regard accroché à la frange des
rideaux. Le coffre, derrière lui, bâillait.

— Il était une fois un homme de haute lignée, de
grand mérite et de caractère ombrageux. Cet homme
vécut une vie d'orage et mourut dans mes bras. Aussi
dissemblables de tempérament qu'il est possible, et rési-
dant dans deux pays fort éloignés l'un de l'autre, nous
étions amis comme on est frère ou fils, dans cette
confiance et cette indulgence qui marquent l'affection
vraie. Lorsqu'il se sut perdu, mon ami me confia ce

coffre, qu'il avait rapporté de Turquie, à charge pour moi de retrouver une petite fille qu'on nommait Célénie Black. Le jour où cette demoiselle serait nubile, je devrais la prendre chez moi, et, si elle m'en semblait digne, lui remettre le contenu de ce coffre ainsi qu'une dot de quatre cent mille livres en bonnes et sûres rentes.

Célénie écarquilla les yeux.

– Cela est-il beaucoup ?

– Considérable. Pour la fortune, qui de nos jours vaut bien la naissance, vous voilà l'un des plus beaux partis de Paris.

– Et quelles sont les conditions auxquelles je dois souscrire ?

– Lisez la lettre épinglée dans le couvercle.

Célénie détacha avec précaution l'enveloppe jaunie et rompit le cachet, dont les armes ne lui évoquaient rien.

Enfant,

Mon ami l'archevêque, qui est mon seul recours, prend ce mot sous ma dictée. Je suis blessé d'un duel, je ne puis plus écrire. Je ne vous connais point. Je ne l'ai pas voulu, et maintenant le voudrais-je que je ne le pourrais plus. C'est mieux ainsi, je vous aurais fait peur. Je ne sais rien de vous, seulement que vous n'êtes pas un mâle. J'ai promis d'assurer votre avenir, et mon sang jamais ne manquera de parole.

J'ai connu votre mère il y a longtemps, à Constantinople, qui est une ville turque au bord d'une mer dorée, chez ces Infidèles bien plus constants que nous. C'est le plus doux pays au monde, le plus violent aussi. Il nous convenait à tous deux et nous y fûmes, dans une éternité si brève, parfaitement heureux. Je veux que vous alliez là-bas. C'est là que tout a commencé, là aussi que tout s'est achevé, mais je ne l'ai compris que plus tard, très tard, le jour où elle m'a annoncé qu'elle vous portait.

Je vous ai haïe. J'ai voulu vous tuer, et la tuer avec vous. C'est moi qui ai reçu le coup.

Allez là-bas. Vous y trouverez peut-être ce que je n'ai pas su garder. Je ne puis vous bénir, mes mains comme mon cœur sont morts.

à Paris, ce 3 décembre 1729.

Elle ne dit rien, elle se rassit, la lettre sur ses genoux. L'archevêque la regardait, lui non plus ne trouvait rien à dire. Ils restèrent ainsi un grand moment, puis monseigneur de Palmye rangea le narguilé et le portefeuille, referma le coffre, donna un tour de clef et mit la clef dans sa poche. Célénie se redressa.

— Ces choses ne sont-elles pas à moi ?

— Pas encore, je le crains. Mon ami voulait que vous emportiez ce bagage avec vous jusqu'à Constantinople, et que là-bas seulement vous lisiez ses papiers. Un double de la clef avec laquelle j'ai verrouillé cette boîte vous attend à l'ambassade de France, dans le quartier de Péra. Si vous le souhaitez, je puis arranger votre installation.

Célénie s'empourpra.

— C'est donc pour me renvoyer aussitôt, que vous m'avez appelée ? Comme Mme de Vineuil ! Mais qu'est-ce que j'ai fait, moi ?

— Vous êtes au monde pour l'apprendre.

— Et si je ne voulais rien savoir ? Si je préférais rester ici, ou retourner d'où je viens, aux Repenties, où l'on me traitait bien, où j'avais un ami ! Qu'y a-t-il de si précieux dans ces papiers, de si particulier et qui justifie le caprice d'envoyer sur les routes une fille de mon âge ? Constantinople ! Et si l'on m'attaquait ? Les pirates, les brigands ? Et les épidémies ? Il paraît que la peste voyage sur les bateaux !

— Mon ami jugeait qu'à votre âge on est mûr pour la vie. Il avait perdu son père de bonne heure et à treize ans parlait en chef de famille. Il disait que, si vous étiez telle qu'il vous espérait, vous n'hésiteriez pas.

Célénie froissait la lettre entre ses doigts.

— Monseigneur... Dites-moi son nom, au moins.

L'archevêque baissa les yeux. Elle jeta le papier chiffonné sur la table.

— Puis-je me retirer ?

Le lendemain, lorsque à onze heures trente précises elle se représenta devant lui, monseigneur de Palmye comprit qu'en une nuit elle était sortie de l'enfance. Les yeux cernés de mauve semblaient plus sombres sous les paupières gonflées, la bouche, meurtrie, avait perdu sa rondeur insouciante. Comme la veille, elle se tenait très droite, le regard planté dans celui du prélat. Le chocolat fumait sur la console, dans des tasses de faïence armoriées. Célénie remercia mais n'y toucha point. Oui, elle avait bien dormi. Elle soupira, non, bien sûr, elle n'avait pas dormi du tout. L'archevêque la pria de prendre un siège.

— Si vous me le permettez, Monseigneur, je voudrais vous demander trois faveurs, et qu'à leur sujet vous ne me posiez pas de questions.

L'archevêque croisa ses doigts mangés de taches rousses sur son surplis brodé.

— Je vous écoute.

— Je voudrais en premier que vous me montriez ce qu'est le monde, celui que fréquentait votre ami. Une fois, une seule, vous choisirez à votre idée le lieu et les personnes. Je voudrais ensuite que vous vous occupiez de mon voyage pour Constantinople, mais que sur place je sois seule maîtresse du lieu où je vivrai et de la durée de mon séjour. Enfin, je voudrais que vous envoyiez chercher au monastère des Repenties un fauconnier aveugle qui partira avec moi.

M. de Palmye se leva.

— Je n'en espérais pas moins de vous.

Elle se laissa couler à ses genoux et, le visage enfoui dans les plis de la soyeuse soutane, elle se mordit la bouche pour cacher qu'elle pleurait.

Ariel, depuis cinq mois que Célénie habitait chez son oncle, ne quittait plus la maison. Les premières semaines, la petite s'était enfermée dans sa chambre, c'est à peine s'il l'avait même aperçue. Aux questions du jeune homme, l'archevêque répondait que Célénie se trouvait au milieu d'un gué, qu'elle répugnait à avancer autant qu'à reculer, mais que sa nature combative reprendrait un jour ou l'autre le dessus. Ariel, étonné, avait fait porter à la recluse des friandises et, à trois ou quatre reprises, il lui avait chanté des airs à travers la porte close. Il n'obtenait pas de réponse mais il ne doutait pas qu'elle écoutât, et il trouvait à cette idée un plaisir très doux. C'était la pre-mière fois, sans doute, qu'il se mêlait de soulager autrui. Il ne savait au juste pourquoi il agissait ainsi. La beauté délicate et piquante de Célénie l'avait touché dès leur première rencontre ; il prisait les fruits verts et souvent les maquerelles lui en amenaient de fort jeunes, mais c'était autre chose. Une affinité souterraine, faite de rien qu'il eût expérimenté jusque-là, et dont le mystère le troublait

Lorsque enfin Célénie sortit de sa tanière, le teint cireux mais la mine résolue à triompher de toute adversité, il s'attacha à démêler le charme qu'elle exerçait sur lui. Il ne fit que s'y empêtrer davantage. La petite voulait connaître Paris. Il l'emmena promener aux Tuileries et au Pont-Neuf, voir les Comédiens-Français et choisir des étoffes pour ses robes. Il avait vingt ans, elle pas encore quatorze, et pourtant pas un instant il ne se lassa de sa compagnie, ni ne sentit les années qui les séparaient. Célénie portait sur toute chose un regard si aigu, et ses commentaires avaient à la fois tant d'acidité et de pertinence qu'il dut s'avouer émerveillé. Sous ses dehors de séducteur cynique, Ariel sonnait creux, et plus que tout craignait de toucher sa vérité intime. La honte sous la morgue de façade, le cœur affamé sous la sensualité facile. Accoutumé à plier les duchesses comme les putains, il ne concevait pas qu'une femme lui résistât mais se morfondait sur le sein de ses amantes comme il se morfondait dans les salons. Le miracle, dont il se défendait et qui malgré lui l'emportait, était l'émotion que Célénie lui donnait. Sans presque parler, sans jamais le toucher, elle l'emmenait ailleurs. Loin du monde, loin de lui-même, en une terre ferme et crue où les mots portaient sens comme les arbres portaient fruits. Une terre où se regarder droit, où planter des fils, une terre où apprendre à faire et à rêver. Sa terre à elle. Il n'y connaissait pas une âme, pas une herbe, même le langage lui en semblait étranger, mais il s'y trouvait si heureux qu'il voulait y mourir.

Ayant grandi parmi des vierges, Célénie ignorait tout des codes qui régissent les relations entre les sexes. Ariel était le premier homme qu'elle rencontrait. Elle n'y comprenait rien. Elle avait beau méditer la moitié de la nuit sur la conduite à tenir le lendemain lorsqu'il l'aborderait, ses façons la prenaient toujours au dépourvu. Lorsque à la table de l'archevêque elle réfutait sans effort apparent quelque théorie à la mode, Ariel la fixait avec deux bouches très tendres à la place des yeux, mais dès qu'elle prenait le bras de monseigneur de Palmye en proposant de se promener un peu, il devenait acerbe. Elle ripostait et l'archevêque les tançait tous les deux. Elle ne cessait de bouder que s'il demandait pardon, et il se mordait de ne pouvoir se retenir d'implorer ce pardon. Entre froideurs et mots armés, ils se tournaient autour en se cherchant du bec comme deux poulets de combat. Ils étaient ridicules et s'en exaspéraient. Les semaines succédaient aux semaines, Célénie apprenait le turc avec un interprète ami de Monseigneur, les brodeuses travaillaient sans relâche à son trousseau. L'abbesse de Vineuil avait écrit qu'Archibald était miraculeusement revenu aux Repenties, déplumé mais vaillant, et que Matthias soignait ses plaies avec de la graisse de canard. Le rempailleur tressait une cage en osier pour le voyage du faucon que Célénie, malgré les remontrances de l'archevêque, s'obstinait à vouloir emmener avec elle. Lorsqu'elle parlait de l'arrivée prochaine de Matthias et du choix des navires sur lesquels embarquer pour longer les côtes à partir de Venise, Ariel ne trouvait pas les mots pour la prier de rester et il se détestait.

Le jeudi précédant le grand jour, monseigneur de Palmye décréta qu'il voulait conduire Célénie dans le monde. Il lui avait fait donner des leçons de maintien, de danse, de musique, avait vérifié avec une joie toujours neuve qu'elle tenait crânement tête aux maîtres de rhétorique et de conversation, enfin lui avait enseigné à se coiffer, à se maquiller et à prendre l'air modeste qui sied aux jeunes filles de qualité. Pour cette première sortie, il avait à la grande surprise d'Ariel fait redorer un des vieux carrosses qui moisissaient dans ses écuries et choisi le salon de Mme de Parabère, favorite du Régent vingt ans plus tôt mais dont l'étoile ne brillait plus guère. Pendant le trajet jusqu'au Palais-Royal, près duquel logeait toujours leur hôtesse, monseigneur de Palmye expliqua ce qu'était une présentation dans le monde et comment s'en tirer avec les honneurs. Célénie ne le laissa pas achever : elle savait se repérer dans l'enclos des rapaces ; si cruels et dédaigneux fussent-ils, les petits marquis ne l'effrayaient en rien. L'archevêque et son neveu échangèrent un regard ahuri. Ariel demanda si la chasse au mari s'ouvrait officiellement ce soir, car enfin la protégée de son oncle pour la première fois montrait ses épaules nues. Elle répondit avec un sourire angélique : « Pourquoi ? Vous qui craignez tant de manquer, vous ne comptez pas m'épouser ? »

Elle avait imaginé plus de presse. Dans le premier salon, qui était assez grand, elle ne vit qu'une soutane assoupie.

— L'abbé d'Ogny, jésuite, ancien précepteur des enfants de la marquise de Vineuil, frère d'un chevalier de Malte, ordres mineurs, mœurs italiennes, rongé de mal anglais, souffla Ariel à Célénie qui arrondissait les yeux.

— Que sont les mœurs italiennes ?

— Un divertissement sans conséquence.

— Et le mal anglais ?

— Le châtiment que Dieu par jalousie inflige aux hommes trop ardents.

— Je croyais que Dieu ne punissait que les femmes...

Monseigneur de Palmye mit un doigt sur ses lèvres. Célénie redressa sa taille pincée par le corset qui lui rompait les côtes. Dans le second salon, plus petit, quatre robes à larges paniers disputaient âprement un point. Célénie, qui raffolait des cartes, s'attarda. Ariel la tira par sa ceinture :

— Venez ! Mon oncle va croire que je vous ai pervertie !

Elle chuchota :

— J'aimais le jeu avant de vous connaître et sûrement plus que vous car je joue toute seule, et je ne gruge et n'enrichis que moi !

– Où avez-vous appris ?

– Dans un livre, un gros livre...

– Comme le reste ?

Il sentit qu'elle brûlait de le gifler et, pour pactiser, releva une mèche qui bouclait sur son cou. Le contact de ses doigts la saisit, elle fit un pas de côté et manqua choir dans les bras d'un valet. Monseigneur de Palmye attendait devant la chambre où Mme de Parabère recevait allongée, comme les précieuses du siècle passé. Célénie la jugea grasse et noiraude, avec cependant assez de feu dans les yeux et de langueur dans les gestes pour attiser des désirs auxquels ses quarante-quatre ans n'eussent pas dû prétendre. Elle ne daigna tourner son éventail vers Célénie que lorsque monseigneur de Palmye lui eut rappelé l'héritage de quatre cent mille livres. Elle agita alors une main potelée et lança à la cantonade que Mlle Black méritait qu'on fît grand cas de sa charmante personne. Personne n'avait jusqu'à ce mot prêté attention à la nouvelle venue. Les regards papillonnèrent avant de trouver leur proie. Suivit un instant de silence étonné, dont Mme de Parabère dégusta la promesse.

– Qu'on porte un siège. Un pliant suffira, oui, voilà, comte, faites une place à cette exquise enfant.

Un petit homme au mollet maigre, chaussé de velours bleu, se tourna vers Célénie.

– Mademoiselle Black, nous débattions d'une question qui ces jours-ci nous a fort occupés. Voyons, pensez-vous que les Infidèles aient une âme ?

L'œil de Célénie s'alluma.

61

– Vous-même, êtes-vous fidèle, monsieur ? A quelqu'un ou à quelque chose ?

Mme de Parabère se pencha vers l'archevêque qu'elle avait installé dans sa ruelle.

– D'où la sortez-vous ?

– De Gascogne. C'est une race surprenante, dit-on.

Célénie répondait avec une insolence tranquille à qui l'interrogeait. Sans les deux taches rouges sur ses pommettes, on aurait pu croire qu'elle était née dans cette assemblée. Seul monseigneur de Palmye, qui en quittant son appartement l'avait grondée de n'avoir pas mis de fard, savait quelle tension elle s'imposait. Il appréhendait le faux pas. Elle n'en fit aucun, débattant avec un aplomb de casuiste que sa grâce fragile rendait proprement affolant. Plus personne ne songeait à se moquer, et même Mme de Parabère convenait que décidément le prélat était un homme de goût. Une femme blonde, longue et mince, vêtue de rose et qui se tenait appuyée à la boiserie, souriait sans rien dire. Lorsque Ariel pour délivrer Célénie proposa de chanter, elle s'approcha.

– Qui êtes-vous, petite fille ?

Des larges yeux bruns teintés de nostalgie, une bouche gourmande, des doigts frais qui effleurèrent la tempe de Célénie.

– Qui êtes-vous, dites-moi ?

Ariel chantait l'air que Célénie entre tous préférait. Elle l'entendait à peine. Elle déchiffrait le visage de l'inconnue qui la fixait d'une manière si étrange.

– Je ne le sais pas au juste, madame. Mais j'ai commencé d'apprendre.

– Et cela vous chagrine, n'est-ce pas ?

– Qui vous l'a dit ?

– Je le sens. Vous me rappelez ma jeunesse, et quelqu'un que j'ai tendrement chéri.

– Un homme ?

Les doigts fins se posèrent au creux du cou de Célénie, là où la vie bat comme un oiseau au nid.

– Vous n'êtes qu'au début du chemin, petite Célénie.

– Vous connaissez mon nom ?

– Vous allez être très seule.

– J'ai l'habitude. De n'être ni comprise ni aimée. Je suis une drôle de bête, je préfère les rapaces aux hommes, je vois par les yeux d'un aveugle et je fais peur aux loups.

– Lorsque vous reviendrez de Constantinople, venez me rendre visite.

– Monseigneur de Palmye vous a confié mon projet ? Il m'avait pourtant promis...

L'inconnue posa un doigt sur ses lèvres.

– Vous viendrez me voir en rentrant, n'est-ce pas ?

Le petit homme au mollet maigre haussait les bras au ciel.

– En rentrant ! Qu'est-ce à dire ? Elle nous quitterait ? Alors que nous venons de goûter à elle ! Allons, mademoiselle ! Rassurez-moi, rassurez-nous !

Célénie se détourna à regret de la longue dame aux yeux d'automne.

– A la fin de ce mois j'embarquerai pour Constantinople.

– Constantinople ! Elle est folle ! Délectable mais folle !

– Ou si elle ne l'est pas encore, elle le deviendra ! Car Constantinople rend fou, nous ne le savons que trop, souvenez-vous du comte de Fourcès, notre pauvre ambassadeur, il l'a payé assez cher !

Mme de Parabère se renversa sur ses coussins pour s'extasier de son bon mot. Monseigneur de Palmye lui pinça le gras du bras en lui montrant la marquise Angélique de Vineuil, sœur de M. de Fourcès, qui, debout sur le seuil de la chambre, tamponnait son mouchoir sur sa bouche. Mme de Parabère toussa comme si elle s'étouffait. Lorsqu'elle se redressa, après force sels et exclamations, la marquise avait quitté la place. Célénie rattrapa l'inconnue blonde qu'un quidam entraînait vers la porte.

– Comment vous retrouverai-je ?

– Demandez Mme de Falari, et n'écoutez pas trop ce que d'ici là on vous dira de moi. Le Régent, que notre hôtesse a bien connu, est mort sur mes genoux, cela a beaucoup fait jaser. Je prie que vous ne restiez pas en Orient assez longtemps pour que Paris ait oublié où je demeure. Quand nous nous reverrons, vous m'embrasserez et vous m'appellerez Jeanne. Même si je vous parais très vieille et très changée. Promettez-vous ?

Célénie lui tendit la main.

– Je promets.

Il fallait bien cette fois se dire adieu. Sur le perron de l'archevêque, Ariel malmenait une églantine qu'il avait cueillie pour Célénie. Il l'avait espérée toute la nuit. Un peu avant l'aube, n'y tenant plus, il avait entrouvert sa porte. Couché à même le sol, devant le feu éteint, un homme roulé dans un manteau ronflait. Ariel avait à peine eu le temps d'entrevoir un corps pâle sur les draps en désordre, qu'avec un cri bref un oiseau de proie se jetait à sa tête. Le jeune homme avait battu en retraite, les deux bras sur les yeux. Depuis le couloir où, effaré, il pestait sur sa manche déchirée, il avait entendu le rire de Célénie qui rappelait le faucon. Après la messe qui suivait la toilette du matin, il avait patienté en vain. Elle était restée enfermée avec monseigneur de Palmye dans la bibliothèque et n'était descendue qu'après le déjeuner.

Dans la cour, les valets vérifiaient les sangles de ses malles et chargeaient les provisions de bouche. Le fauconnier Matthias, les yeux bandés d'un foulard délavé, tâtait les roues de la voiture et les jarrets des chevaux. Lorsque enfin Célénie apparut avec Archibald sur son poing, Ariel se mordit jusqu'au sang l'intérieur de la joue. Elle avait pleuré. Elle gardait les yeux fixés sur ses brodequins neufs. Il toussa.

– Sans regret, belle enfant ?

Elle lui coula un regard moins ferme qu'à l'ordinaire.

– C'est vous qui êtes entré chez moi cette nuit ?

— On est entré chez vous cette nuit ?

Elle n'avait pas envie de jouer. Lui non plus, mais il ne savait comment faire. Il effeuillait machinalement l'églantine. Elle s'approcha et lui ôta des mains la tige nue.

— M'attendrez-vous, Ariel ?

— Je n'ai guère de patience, et encore moins de constance.

— C'est que rien n'a jamais eu de prix pour vous.

Il la dévisageait comme on ferre, dans l'eau lourde, une proie redoutable.

— Et si vous m'appreniez ?

Les longs cils se mouillèrent. Célénie baissa un peu la tête.

— Je dois partir.

— Vous êtes très jeune, très riche, l'avenir vous appartient, vous commandez aux dieux et ne devez rien qu'à vous-même.

— Justement.

Elle hésita.

— M'accorderiez-vous une faveur ?

— Cela dépend...

Elle tira de son aumônière une lettre cachetée.

— Feriez-vous parvenir ceci à son destinataire ?

Ariel lut, tracé d'une écriture menue :

« A Monsieur le chevalier d'Ogny, de l'ordre de Malte ».

— Le frère de ce jésuite pervers que nous avons croisé

l'autre soir chez la Parabère ? C'est un parent à vous ? Il loge à Paris ?

— Je ne sais pas. L'autre soir justement j'ai entendu dire qu'il parcourait le monde pour le compte de son Ordre, il devrait être aux Indes en ce moment, mais il reviendra, et lorsqu'il reviendra, j'aimerais que vous lui donniez ce pli. Vous voulez bien ? C'est important...

Il haussa les épaules, évidemment il voulait bien. Mais cela ne pouvait être aussi important que ce qu'il ne parvenait pas à lui dire. Elle le regardait droit, maintenant, et il sentait que bientôt il ne serait plus temps.

— Si je vous le demandais, vous resteriez ?

Il la vit pâlir. Il crut l'entendre penser : pourquoi s'en aller chercher si loin ce qui, peut-être, pourrait se résoudre ici ? Au-dessus des toits d'ardoises, le ciel maussade de mars se teintait de clarté. Il se pencha pour glisser dans son manchon les pétales de l'églantine. Et cueillit sur sa bouche la certitude qu'il ne l'oublierait pas.

III

L'Aga

Célénie soutenait que jamais elle ne reviendrait en France. Le souvenir du salon de Mme de Parabère lui donnait la nausée, et du Paris hivernal, gris de pluie et de larmes, elle ne regrettait rien. Seule l'image d'Ariel la tirait vers hier, et elle s'étonnait qu'après quinze semaines d'un voyage harassant et sept mois d'une vie neuve dans les parfums de l'Orient, le jeune homme continuât de respirer en elle. Comme éclos de ses rêves il surgissait peu après son lever, quand sur la balancelle qui occupait le milieu de sa chambre elle peignait ses cheveux. Vêtu de rouge, grenat, carmin, écarlate, incarnat, il penchait vers ses seins un sourire carnassier. Célénie s'ébrouait, répétait à voix haute : « Je suis libre, j'ai choisi mon destin », mais le sang en délicieux désordre lui battait sous les tempes. Elle relevait la cotonnade qui tenait lieu de rideau et ouvrait grand la fenêtre. Ariel se diluait dans le jour tiède. Célénie se penchait vers les senteurs confuses qui montaient de la ville tôt levée, vers le jardinet en friche où les tourterelles roucoulaient leur bonheur d'être au monde. A son arrivée, sous la chaleur effroyable d'août, elle avait emménagé dans la première maison décente qu'on lui avait présentée. Construite en bois sur une butte, en bordure du quartier de Péra, à trois ruelles du quai, la demeure était délabrée mais vaste, fraîche, et surtout assez proche de la mer pour que les brises salées y vinssent se reposer. Une tribu de loirs campait dans l'ancienne cuisine et une colonie d'hirondelles nichait sous les plafonds à caissons de l'étage. Pour ne pas les déranger, Célénie s'était installée dans les pièces donnant sur la verdure. Chaque matin elle se disait qu'il fallait tailler ce fouillis de plantes, rabattre le chèvrefeuille qui étouffait les clématites, épucer le jasmin, tracer un chemin de promenade, curer le petit bassin, réparer les conduites d'eau, mais l'air était trop doux pour l'effort, et, au moment de donner ses ordres à l'homme de peine que Matthias s'était adjoint, elle renonçait. Plissant les yeux, elle comptait les voiles biseautées sur la mer d'argent pâle. A cette heure matinale, le Bosphore luisait comme l'aiguière précieuse avec laquelle monseigneur de Palmye faisait chez lui ses ablutions. La Corne d'Or se teintait d'indigo et des dizaines de barques plates, effilées et retroussées du bout, glissaient rapidement d'une rive à l'autre. Avec la chaleur montaient les premiers cris d'oiseaux. Immobile, Célénie rappelait entre ses cils l'image fragile d'Ariel.

Le fauconnier Matthias, entré sans bruit sur ses pieds nus, lui posa la main sur l'épaule.

– Aujourd'hui, il faut trouver un tailleur.

Elle soupira.

– Comment sais-tu toujours, sans me voir, exactement où je me tiens ?

– Je te sens. Allons, habille-toi.

– Pourquoi insistes-tu pour que j'aille à l'ambassade de France ?

– Parce que cela te fera du bien. Je ne suis pas une société pour une jeune héritière. Il te faut voir du monde, nouer des liens, il y a certainement ici des personnes de qualité. En plus tu m'as dit que l'ambassadeur te remettrait la clef du coffre au narguilé. Tu la voulais, cette clef, non ?

– Monseigneur de Palmye m'a donné une lettre d'introduction mais rien ne m'oblige à m'en servir. Je déteste les liens. Je me moque bien du monde. J'en ai assez vu à Paris. Et je n'ai plus envie d'ouvrir le coffret.

– Enfin, nous n'avons pas fait dix mille lieues pour nous emmurer dans un palais branlant !

– Pourquoi non ? Nous sommes tranquilles, ici, à l'abri.

– A l'abri de quoi ?

– Des vérités et des mensonges. Ici, le temps s'arrête, je suis bien, je n'ai plus peur.

– Peur ? Tu n'avais jamais peur, avant !

– Des loups, si. J'en rêvais souvent, à Paris.

– Mais ce n'est pas des loups qu'il s'agit, n'est-ce pas ?

– Non. Ne m'en demande pas plus, je ne veux pas en parler.

Un trois-mâts affalait ses voiles et cornait en lançant

ses amarres. Un flot de marins en pantalons bouffants coula sur la berge de terre nue. Matthias tendit l'oreille vers leurs cris de joie.

— Ils vont courir au kiosque, au bout du quai, pour le café, le houka et les dés, ensuite dans le quartier juif, lorgner les femmes qui sont comme toi, à leur fenêtre, le visage et les bras nus. Après, ils iront aux bains se faire gratter et masser, dans les mayhané s'enivrer de liqueurs, peut-être fumer de l'opium en regardant les putsch danser, enfin, quand la lune montera au-dessus de Galata...

Son visage se ferma.

— Ma fleur, je suis inquiet pour toi. Pourquoi sommes-nous venus à Constantinople ?

Célénie haussa les épaules.

— Parce qu'il me plaisait d'y venir. Et qu'il me plaît de rester.

— Fais attention. Je ne sais pas quelle somme tu as reçue, mais je crains que l'argent et le pouvoir qu'il donne ne te gâtent. Tu deviens capricieuse, boudeuse, tout juste comme les gens riches, les gens de ce salon dont tu as tant médit, cette assemblée choisie où l'archevêque t'a emmenée. Tu ne ris plus, tu ne chantes plus, et il y a dans ta voix quelque chose qui râpe. Je ne te reconnais pas. Durant tout le voyage tu brûlais d'arriver, et depuis sept mois, te rends-tu compte ? sept mois ! tu ne bouges pas de cette chambre, tu n'as pas seulement déballé tes bagages, tu dors, tu rêvasses, et toi la vorace, l'insatiable, tu ne montres plus de curiosité pour rien.

Célénie rabattit sèchement le rideau.

74

— Mais toi aussi, Matthias, tu as changé. Tu jacasses, tu tournicotes, tu me traînes dans ces charrettes à bœufs où l'on se tue de poussière, un souk, encore un, tu crois m'éblouir en me montrant comme tu sais le langage d'ici, tu touches chaque étal, goûtes chaque épice, rien ne te rassasie et, quand je parle de rentrer, tu te renfrognes et me reproches de t'avoir ramené à la vie en te retirant de ta solitude gasconne.

— Réveiller un mort, c'est le rendre aux fantômes qu'il a aimés.

Célénie, qui avait ôté sa chemise pour se laver au-dessus d'une bassine en cuivre, suspendit son geste. Des gouttes d'eau à la rose tremblaient sur son menton. Tourné vers elle, Matthias la regardait à travers le bandeau bleu qu'il ne quittait jamais.

— Tu crois peut-être que j'ai toujours été aveugle et guenilleux ?

Elle rougit comme s'il la voyait nue, et attrapa un foulard dont elle ceignit ses hanches.

— Tu ne m'as jamais rien dit.

— M'as-tu jamais demandé ?

— Je respectais tes secrets. Chacun les siens, moi je protège bien les miens. C'est précieux, un secret, c'est fragile, il ne faut pas trop le remuer.

Matthias se taisait. Elle vint à lui et posa ses deux mains à plat sur son torse.

— Tu aurais voulu que je te demande ?

La bouche de Matthias se tordit en un rictus douloureux.

75

— Avant, non. Mais maintenant, ici, parce que c'est maintenant et ici, oui, je voudrais.

Il pivota vers le soleil qui commençait de chauffer les petits carreaux verts et rouges de la lucarne d'angle. Il tendit la main et la laissa ouverte, paume inclinée pour cueillir les rayons. Célénie approcha un tabouret et appuya doucement sur ses épaules. Matthias s'assit. Un vent saturé d'odeurs, chèvrefeuille, miel, huiles, salaisons, épices et viandes grillées, leur caressa les joues. D'une main qui jamais n'avait paru à Célénie si longue, Matthias ôta son bandeau. Elle se blottit en tailleur contre ses genoux.

— C'était, vois-tu, bien avant ta naissance. J'élevais des faucons, déjà. En Savoie, ça tu le sais, c'est là où j'ai grandi. En Savoie, il n'y a pas de roi mais des ducs. Cela revient au même, ils chassent pareillement, tiennent aussi une cour et reçoivent des ambassadeurs. Je dressais des rapaces pour l'héritier du duché, qui était un garçon nerveux, sanguin, très belliqueux. Satisfait de mes services, son grand oiseleur me manda un jour au château ducal. Il se trouvait que l'envoyé de l'un des derniers vizirs safavides y était en visite. Pour le distraire, on me pria de faire voler mes oiseaux. Ils plurent. L'émissaire demanda à m'acheter. Le duc répondit qu'en France on ne vend pas les hommes mais qu'on peut les offrir. L'envoyé paya mes cinq meilleurs faucons et me reçut en cadeau. On ne m'avait pas consulté. Je ne songeai pas à protester. J'avais dix-huit ans et je croyais en ma bonne étoile. Nous fîmes le voyage d'Orient que nous avons

76

fait toi et moi, à ceci près que nous n'étions pas deux mais deux cents au bas mot, plus une infinité de caisses et de malles, et encore des mules par dizaines, des chevaux, des porteurs, même trois chameaux, qui à l'aller avaient passé les cols par un miracle d'Allah mais crevèrent dans la neige au retour. Il nous fallut six mois pour arriver en Perse. Je crus avoir changé de planète. Je venais de rudes montagnes, n'oublie pas, et d'une vie à leur image. A la cour du vizir, je ne vis que marbre et miel, soie et sourires, murmures d'eau et sieste sous les arbres. J'étais un cadeau princier, et ma science de fauconnier me donnait une valeur personnelle. Au lieu de me traiter en valet, on me couvrit d'honneurs. J'eus un logement dans l'enceinte du palais, des vêtements brodés, un bâtiment et des serviteurs pour mes oiseaux. Le grand vizir se toqua de mon art, et son admiration s'étendit comme un manteau de velours à ma modeste personne. Les Orientaux sont des seigneurs. Leur goût est souverain. Peu importent ta naissance, ton rang, ton pays d'origine ; si ton talent te fait distinguer, si en sus tu montres de l'intelligence et du courage, si enfin tu sais les flatter sans trop courber l'échine, ils feront de toi leur ami, et même leur frère. Je m'étais durant le long voyage initié à la langue persane, que je parlais avec assez d'aisance pour donner des ordres à moins chanceux que moi et tenir ma partie autour d'un narguilé. Les gens d'ici raffolent des histoires. Plus elles durent et s'étirent en méandres, plus tu les rends heureux. Le matin, j'entraînais mes rapaces. L'après-midi, je mangeais, je dormais, je lisais les poètes dont mon maître se faisait envoyer les ouvrages, et lorsque le soleil déclinait je devenais conteur. Le vizir ne connaissait des mœurs françaises que les récits emplumés de ses ambassadeurs. Je lui dis les flancs âpres de nos Alpes, nos villages de pierre et d'ardoise, nos veillées, nos mariages, nos légendes, nos plats de fête et comment nous dansions, le parler franc de nos femmes et la façon de les aimer sans les fâcher.

— Tu en avais déjà aimé beaucoup ?

— J'avais pris d'elles beaucoup de ce plaisir qui laisse un goût d'oubli, et dans le foin de nos étés je leur avais mis plus de soleil sur la peau que dans le cœur.

— Est-ce là la bonne façon d'aimer ?

— Non, mais c'est ainsi que la plupart des hommes en usent. Et moi, je ne connaissais que cela. Mon vizir trouvait que c'était déjà beaucoup. Il s'émerveillait et s'offusquait que chez nous les femelles tinssent leur place au milieu des mâles et qu'elles ne leur fussent pas aveuglément soumises. Pour lui, cette race-là, dangereuse parce que délicieuse, devait se garder au secret et se mitonner dans le sucre et le lait afin de l'émollier au moral aussi bien qu'au physique. Je riais de ses démonstrations et il se passionnait pour mes réfutations. Nous passions ensemble des heures joyeuses, qu'il récompensait en me faisant porter de l'or et des filles à peau mate. Je prenais l'or, je caressais les filles, il semblait que mon étoile brillât au firmament. Et puis, un matin que nous chassions ensemble à l'épervier dans les collines auxquelles s'adossait son palais, le vizir me dit que pour com-

78

prendre la sagesse musulmane, il fallait que je visse ce qu'était un harem princier. L'usage le défendait absolument, mais comme je te l'ai expliqué, ces gens-là ne font rien à moitié. Bien sûr, je ne refusai pas. Nous convînmes que je serais présenté sous ma double qualité d'oiseleur et de conteur. J'apporterais en offrande un couple de merles savants, que j'avais dressés à siffler, et, si la Kadine les agréait, je raconterais une histoire de mes alpages. Ainsi en fut-il. Le grand chambellan me fit chaperonner par deux eunuques couleur d'ébène, massifs et menaçants comme les ours de chez moi, qui me menèrent de cour en portique, de jardin en dédale de couloirs, jusqu'au harem du haut, celui des épouses et des favorites, le saint des saints. Les marchands de bracelets et d'étoffes y pénétraient courbés sur leurs babouches ; les serviteurs y déposaient friandises et repas chauds sans jamais croiser celles à qui les mets étaient destinés ; les médecins et accoucheurs, si l'urgence forçait à les appeler, devaient soigner d'instinct, à travers les vêtements, sans porter un doigt sur leurs précieuses patientes ; seul le père du vizir, un potentat obèse, baveux et presque aveugle, ainsi que ses deux frères, eux-mêmes richement pourvus en recluses de choix, y pénétraient parfois. A ma grande déception, je ne vis rien. J'entendais murmurer et glousser les femmes derrière les jalousies par lesquelles elles m'épiaient, mais les croisillons de bois étaient trop serrés pour que je pusse entrevoir mieux qu'un éclat d'œil noir ou le reflet moiré d'une chevelure. Dans la salle d'audience, qui était tapissée de cuir couleur de bronze marqué au fer doré, avec jusqu'à mi-corps une frise en carreaux de faïence, on me força à tourner le dos au long sofa où devaient s'asseoir ces dames. Elles entrèrent par une porte dérobée, derrière moi, et glissèrent à leur place habituelle. Aujourd'hui, je me souviens encore du frottement si particulier que faisaient leurs pieds chaussés de soie sur les tapis, et des parfums levés par leurs mouvements. Je me tenais debout, les sens passés au mercure et l'imagination en feu de les sentir si près et pourtant défendues. Mes merles s'agitaient dans leur cage. Je sifflai un air, qu'ils reprirent docilement. Les favorites applaudirent. La tête lourde et légère, comme au début de l'ivresse, je me mis à parler. A la nuit venue, je parlais encore. Elles respiraient à peine, tant elles écoutaient. Je les sentais frémir, espérer, s'évader. Il me semblait que si je me retournais, je pourrais les cueillir et les respirer comme les fleurs d'un jardin devenu mien. Je ne me retournai pas, ni cette fois ni les autres, toutes les autres fois qui suivirent, et il y en eut tant et tant que j'en perdis la mesure des jours. Jusqu'à l'anniversaire de mes vingt-trois ans, en l'honneur desquels je décidai de m'offrir un cadeau. En France le roi Louis XIV venait de mourir, et son neveu, qu'on disait débauché et visionnaire, gouvernait pour le petit Louis XV. C'était l'hiver, toujours dans le même salon, un billot de cèdre rouge brûlait dans la haute cheminée qui faisait face à la porte principale. Derrière moi, les femmes retenaient des quintes de toux. Les deux eunuques, bercés par ma voix, somnolaient. Je nattais et dénouais sans hâte le fil de

80

mon récit, mais tandis que je rassemblais mon courage, le cœur me battait dans les pieds. Aujourd'hui ou jamais. L'héroïne que j'avais inventée se mourait sans que son amant le sût. Au plus tragique, j'ouvris les bras et pivotai sur mes talons. Elles étaient toutes assises à contre-jour, grises dans la lumière triste qui filtrait à travers les carreaux cerclés de plomb, grises et fades malgré la magnificence de leurs robes, les perles dans leur coiffure savante et les larmes qui mouillaient leurs grands yeux. Toutes sauf une, sur qui l'éclat des flammes semblait se concentrer. Son châle avait glissé, découvrant ses épaules et sa gorge. Elle tenait la tête penchée et se mordait la lèvre. Elle était lisse, veloutée, avec des yeux de fougère et des cheveux qui la nappaient entièrement. Je la regardai, elle me rendit mon regard. A ce moment-là, je le sentis et je le sens encore jusqu'au fond de ma chair, tout ce que j'avais été mourut. Déjà celle que je supposais être la Kadine, parce que la plus âgée et la plus parée, frappait dans ses mains. Avec une agilité qui me surprit, les eunuques bondirent et me jetèrent face contre terre. Les femmes se mirent à piailler. On m'emmena. Le lendemain, au lieu de se fâcher, le vizir s'esclaffa de cette aventure. « Deux ans déjà que tu les farcis de tes contes, et moi qui les aime grasses et dociles, je m'en trouve fort bien. Tu me les cuis à point et j'irais me plaindre parce que tu as posé l'œil sur mon rôt ? Va ! je sais ce que je te dois et il me plaît de te le devoir. Tu me sers bien, je me mépriserais de me défier de mon ami. Celle qu'entre toutes je préfère, et que je prendrai bientôt pour troisième épouse, a plaidé ta cause avec un art qui m'a touché. J'aime à ne rien lui refuser pour qu'à son tour elle ne me refuse rien. Dorénavant, tu causeras avec mes femmes comme tu causais avec les femmes de ta famille, dans ton pays. Elles ne se voileront pas et elles aussi parleront librement. Tu m'as convaincu que le rêve n'était pas l'ennemi de l'amour mais son piment, et je raffole des épices, tu le sais. Va, mon frère, et ne crains rien. » Mon sort était scellé. J'avais vingt-trois ans, je te l'ai dit, plus de sang que de raison, et je n'avais jusqu'alors éprouvé que des désirs animaux. Du désir j'en eus, bien sûr, et lorsqu'elle se donna, car elle se donna, bien sûr, j'en eus encore davantage, un désir à faire battre le cœur des marées, à rassembler en orage les nuées. La favorite, celle entre toutes préférée par le vizir, tu l'as deviné, c'était elle, Plus-que-Belle, celle du premier regard. Je trahissais mon maître, mon bienfaiteur, mon ami, je volais l'eau de sa joie, souillais ses certitudes, à chaque souffle, chaque geste, je risquais de tout perdre, mais ma passion me tenait si serré que je courais sur le fil de l'épée sans plus penser à rien. Il fallait des semaines de patience, des ruses infinies pour nous retrouver, et chaque instant arraché nous enfonçait davantage dans notre folie. Plus-que-Belle venait du Nord, des steppes du Caucase, comme moi elle avait été offerte en hommage au Grand Seigneur, et le vizir se l'était elle aussi attribuée. Arrachée dans l'enfance aux siens, elle ne connaissait pas son âge, mais elle était ensemble si fraîche, si forte et si sereine qu'elle me paraissait d'essence immortelle. Elle aimait le vizir en courtisane, elle l'admirait et s'enorgueillissait de son pouvoir sur lui. Moi, elle m'aimait autrement, avec avidité, au bord du désespoir ; j'étais sa liberté, son choix ; elle savait déjà que je serais sa perte. La suite, tu la pressens. La Kadine nous soupçonna. Pour ces riens impalpables que les Orientaux lisent comme ils déchiffrent le ciel, une lumière dans nos yeux, une chaleur dans notre voix, comment savoir ? Elle s'affida la seconde favorite, jalouse de mon aimée. L'envieuse détourna celles des femmes que nous croyions nos alliées. La solidarité du harem, qui nous protégeait, se fissura. Par chacune de ses brèches, notre nudité irradiait. Un apprenti eunuque, presque un enfant, nous surprit. Effrayé, il parla. La Kadine et la seconde favorite le menèrent au vizir, qui le frappa jusqu'à ce qu'il jurât avoir tout inventé. Durant quelques jours, le maître me battit froid. Il refusait de croire ce qu'on lui soutenait, mais c'en était fini, je le dégoûtais. Moi, insensé, je ne sentais rien venir. Un après-midi de chaleur assassine, tout le palais, assommé, dormait, la seconde favorite le mena jusqu'au harem du bas, dans l'ombre et la honte duquel nous cachions nos délices. Il nous épia. Jusqu'au bout, tapi, comme un fauve qui médite son bond. Lorsque Plus-que-Belle en soupirant se renversa sur les coussins, il sortit de son repaire et s'avança vers nous. Nous, si nus, si las et si heureux. Il tira sa dague, une lame courbe au bout d'un manche en corne. L'acier cliqueta sur la bourse pendue à sa ceinture. Alors nous le vîmes. Mon aimée sauta sur ses pieds et courut se jeter contre sa poitrine. Je la revois si bien, toute sa chair de nacre sous la mer des cheveux qui lui descendaient jusqu'aux genoux. Elle luisait de sueur et de plaisir, les mèches collaient au galbe de ses seins. Elle ne pleurait pas, elle ne suppliait pas, elle posait juste sa tête sur le vêtement brodé, les yeux clos, les mains ouvertes. Le vizir empoigna la masse de ses cheveux et l'écarta de lui. Il la poussa ainsi, nuque en arrière, les traits déformés d'angoisse et de douleur, vers moi, qui m'étais mis à genoux. Il me dit : « Regarde, mon ami, regarde comme tu m'as fidèlement servi. Cette femme n'était pas digne de mes caresses, de mes présents, du fils dont je voulais l'honorer, elle n'était pas digne et tu me l'as prouvé. Merci, mon frère. Regarde maintenant comme on punit chez moi les femelles qui trahissent. » Je voulus me jeter en avant mais des mains me saisirent par les coudes. Il plongea son poignard en elle lentement, avec une délectation proche de l'extase amoureuse. Plusieurs fois, au ventre, à l'aine, au sein, partout là où cela ne tue pas. Elle haletait sans un mot, les yeux renversés, fous. Il voulait qu'elle crie et elle serrait les dents. Lassé, d'un geste bref il lui trancha la gorge. Le sang me gicla dans les yeux, et moi, je hurlai. Les mains tordirent mes bras. Le vizir m'attrapa les parties...

Célénie secoua les jambes de Matthias.

— Tais-toi. Tais-toi, je ne veux pas savoir.

Elle avait les lèvres blanches et qui tremblaient.

— Tais-toi, nous n'avons pas besoin...

– Il me les a coupées, Célénie, et ensuite, avec la même lenteur, il m'a crevé les deux yeux.

– Tais-toi...

– Pourquoi il ne m'a pas tué, je ne l'ai jamais compris. Je suppose qu'il me voulait vivant en cet enfer dont je lui avais parlé, enfermé dans ma nuit avec le souvenir du sang de Plus-que-Belle. J'ai supplié ceux qui me soignaient de m'achever, mais ils avaient des ordres. Plus tard, quand j'ai quitté la Perse, cent fois j'ai songé m'empoisonner avec ces poudres lentes que je serre dans ma besace, mais la vie s'agrippait à moi et je n'ai jamais pu. J'ai marché, des mois, des années, j'ai vécu de racines, d'insectes, d'aumônes, de blé cru, du lait au pis des chèvres sauvages, du sel de mes larmes. J'étais fort, autrefois, et ma force ne se lassait pas, et mes souffrances n'usaient pas mon affreux goût de vivre. J'allais au gré des chemins, des pluies, des rencontres. Je travaillais aux champs pour un quignon de pain, je tressais des paniers, je faisais l'écrivain public, je lessivais le pavé des églises, j'ai même chanté la messe. Dans une région de pins, près de Pau m'a-t-on dit, j'ai sauvé un tout jeune faucon attaqué par une buse. Je l'ai pansé, apprivoisé, et avec ses plumes qui repoussaient le soleil s'est remis à briller dans mon cœur. Tu vois, ma fleur, le goût du bonheur, ça se nourrit de peu. J'ai appelé mon faucon Archibald, nous ne nous sommes plus quittés. En suivant ses chasses, je suis arrivé à Saint-Léonard. La cousine de Mme de Vineuil m'a parlé des Repenties. Son valet m'y a conduit en voiture attelée, tu imagines, depuis dix ans jamais je n'étais remonté en voiture ! L'abbesse, les petites sœurs, les pensionnaires, les poules et les cochons m'ont d'emblée adopté. De mes mains, pierre à pierre, j'ai rebâti le pigeonnier. Les galopins du coin m'ont déniché des oiseaux. La vie rouvrait ses ailes. Des ailes rognées, une vie d'ombre et de silence, mais un silence paisible, c'est cela, paisible. Et puis un matin de printemps, tu te souviens ? Sœur Marthe t'a enfermée avec moi dans le poulailler. Tu avais des façons de cabri et des remarques de vieux sage, tu déchiffrais comme personne les bruits de la nature et du cœur, tu parlais peu et tu savais tout, tu riais rarement mais avec dans la gorge les grelots de mon enfance, les rapaces ne t'effrayaient pas, et, très vite, me prenant tel que j'étais, sans rien me demander, tu m'as traité en frère. Je n'ai pas réfléchi. Mon âge, le tien, l'horreur de mon passé, la virginité de ton avenir. Je me suis donné avec tout ce qui me restait de joie et de vigueur, et ma paix sous ton souffle est devenue une musique.

Célénie prit la tête de l'aveugle et doucement embrassa les cheveux gris.

— Pardonne-moi, mon Matthias.

— Toi aussi, ma fleur, pardonne-moi. A Constantinople, tu comprends, je ne peux pas être le Matthias des Repenties. Plus-que-Belle est si près, tu comprends, et ma jeunesse, et tout le bien et le mal que cet Orient m'a fait.

— Je comprends...

— Et si je m'inquiète, ma fleur, c'est parce que toi aussi,

depuis que nous sommes arrivés, tu me caches quelque chose. Ne nie pas, je te connais assez.

Dans le ciel encadré par la fenêtre, un vol de colombes passa. Le soleil était haut, maintenant. Célénie se redressa pour le voir réfléchi par la mer, éparpillé en mille éclats qui forçaient à cligner des paupières. Sur le port, des hommes courbés s'affairaient avec la précision erratique des fourmis. Cela criait dru, cognait souvent, des fouets claquaient. Un cavalier en turban giflait qui l'approchait. Des vendeurs d'eau, de concombres, de melons, de beignets, de pains tressés, portant qui un trépied à longues pattes, qui une balance, se frayaient un chemin en beuglant, bousculant les ombrelles des femmes voilées. Des cochons fouissaient les déchets de poissons et couinaient sous les crocs des chiens qui leur disputaient le festin.

— Célénie, dis-moi.

Elle secoua la tête.

— Plus tard, mon Matthias. Bientôt, je te promets. Tu as raison, rien ne sert de fuir ce qu'on doit affronter D'abord, nous allons trouver ce tailleur. Je vais me déguiser en demoiselle, et tu viendras avec moi au Palais de France.

— Moi ? Sous quel prétexte ?

— Tu es mon chaperon. Je ne vais nulle part sans mon chaperon.

— Un chaperon aveugle ! On va se moquer de toi !

— Tu vois mieux que les autres justement parce que tu ne regardes pas comme eux. Et puis maintenant je suis riche, tu sais bien qu'on ne raille que les pauvres. Nous allons t'habiller somptueusement, l'ambassadrice sera si impressionnée par ta carrure qu'elle en oubliera ton bandeau.

— Célénie, tu me caches l'essentiel.

— C'est vrai. Moi aussi je voulais me le cacher. Je voulais rester l'enfant des Repenties encore un peu, même si déjà je ne le suis plus. Mais maintenant que tu m'a montré tes fantômes, il me faut bien, à mon tour, aller vers les miens.

— Tu es trop jeune pour avoir des fantômes !

— Je suis une très vieille âme, c'est toi qui me l'as dit. C'est pour ça que j'étonne tout le monde et que, toi et moi, nous nous comprenons sans parler.

Il l'attira contre sa poitrine.

— Tu me diras quand ?

— Quand je saurai ce que je dois savoir.

Dans les salons surchargés de gypseries peintes aux couleurs de l'arc-en-ciel, Célénie but des sirops à la glace, mangea des amandes farcies, des pâtes de coings et quantité de petits gâteaux poudrés. Elle s'entraîna à sourire, à glisser sous ses cils miraculeux des regards en harpon, à se plaindre de la chaleur pour qu'un homme l'éventât, de la soif pour qu'il lui cherchât à boire, de l'ennui pour qu'il se racontât. Elle s'assit sur des chaises françaises recouvertes de damas. Elle écouta des joueuses de cithare. Elle s'extasia sur les sorbets à la fleur d'acacia. Elle admira, par les fenêtres en ogive, l'ordonnancement des parterres, copiés sur ceux que Louis XV venait de replanter aux Tuileries. On se plaignit du climat, qui ne convenait ni aux hortensias ni aux rhododendrons. On regretta Paris, la neige sur les pavés, les loteries et les bals, les impertinences des actrices de l'Opéra. On baissa le ton en lorgnant Célénie. Dans une vasque de marbre, une petite fontaine cascadait. Trois très jeunes filles entrèrent, portant de larges plateaux d'étain où, dans des verres gravés d'or, fumait le thé à la menthe. Le ton sur leur passage baissa encore. L'œil des messieurs brillait. Le ventre des serveuses était nu, luisant d'huile parfumée, et, sous les voiles qui leur ceignaient les hanches, on devinait la blancheur de leurs cuisses. La femme de l'ambassadeur s'agita sur son siège. Bien haut elle demanda si quelqu'un avait connu le comte de Fourcès, qui avait résidé dans ce palais quinze ou vingt ans plus tôt. Célénie se surprit à répondre d'une voix sourde qu'elle en avait entendu parler à Paris, où il était, bien que mort, fort en disgrâce. On s'émut. On frétilla. On l'entoura. Cachant le tremblement de ses mains sous son mouchoir, elle raconta de la même voix étrangère comment elle avait appris chez Mme de Parabère que M. de Fourcès, un original venu des temps féodaux et le plus atrabilaire des tempéraments, s'était rendu odieux à tous les gens de bien par son orgueil de prince du sang et son sang toujours bouillant. Il était mort d'amour et de ridicule, paralysé et fou, des suites de sa passion jalouse pour une esclave circassienne rachetée tout enfant dans un sérail et qui l'avait trompé avec un chevalier de Malte. Son image restait bien vivante ici, à Constantinople, car il connaissait la langue du petit peuple et se plaisait à vivre selon les coutumes orientales. Ses proches le nommaient l'Aga et le craignaient plus qu'ils ne l'estimaient, car personne, personne jamais n'avait pu le comprendre.

— Vous vous trompez, mademoiselle. Je n'ai pas eu l'honneur de rencontrer le comte de Fourcès, mais je sais

90

de source certaine qu'il avait au moins un ami intime, plus un ennemi également intime, qui l'un et l'autre connaissaient parfaitement les dessous de son âme. De son ennemi, je ne dirai rien, car ce seigneur est le chevalier d'Ogny, de Malte en effet, comme moi, et je le tiens en sincère affection. Quant à l'ami, c'est un prélat fort influent, ce même monseigneur de Palmye qui vous a recommandée, mademoiselle. Cet esprit rare, qui est un homme de cœur autant qu'un habile politique, a sauvé M. de Fourcès de la disgrâce plus d'une fois, et si vive en a été la reconnaissance du comte qu'il a fait de monseigneur de Palmye son exécuteur testamentaire. Pour le reste...

Le vieux chevalier de Malte qui avait pris la parole s'interrompit, cassé par une quinte de toux. Sur la nuque de Célénie, découverte par un chignon natté haut, la sueur perlait. Matthias, qui était debout derrière son tabouret, frémit. D'un ongle, il effleura la peau moite et, se penchant, murmura :

– C'était donc cela ?

Célénie rassembla ses jupes.

– Les histoires que vous contez rappellent à mon fauconnier de bien tristes souvenirs. Vous nous excuserez, j'espère, mais nous devons nous retirer. Je remercie Mme de Bellemont pour l'hospitalité qu'elle m'a aimablement offerte et la clef qu'elle a bien voulu me remettre. Je me trouve à mon aise dans la maison que j'occupe. La solitude me plaît. Je suis venue ici pour me recueillir. Un pèlerinage, en quelque sorte. La démarche doit vous sembler étrange, comme tout en moi sans doute, mais c'est ainsi, et je n'y puis en vérité pas grand-chose.

Dans la chaise à bras prêtée par l'ambassadeur, elle ne dit mot. Elle bouda la cocasse procession des chameaux arrimés nez à queue et repoussa sans sourire le singe qu'un gamin lui jetait sur la jupe. Elle se pencha seulement au bruit des clochettes d'une petite troupe d'esclaves qu'un colosse basané rassemblait. Matthias tendit l'oreille. Dans un dialecte du Nord, le Turc parlait de décrasser sa marchandise avant la vente. Célénie frotta son mouchoir sur ses lèvres pour en ôter le rouge.

— Ils seront amenés sur le marché près de la mosquée de Suliman demain à l'aube. Si tu veux, nous pouvons en acheter deux ou trois. Il y a des enfants, cela te fera de la compagnie.

Rejetée en arrière, elle ne répondit rien. Matthias lui prit la main, qu'il trouva glacée.

— Célénie ! parle-moi !

Elle regardait le détroit qui s'enflammait sous le soleil déclinant.

— Je veux rentrer. Vite.

Dès le seuil, elle demanda où l'on avait rangé le coffre aux ferrures d'argent. Matthias répondit que bien sûr il l'avait fait porter dans sa chambre, au fond de la garde-robe, derrière la cape de voyage. Elle monta. Il l'entendit qui verrouillait la porte. Il monta lui aussi et s'assit contre le battant.

– Parle, Célénie ! Je t'ai tout dit, moi !

Le coffre, qu'elle tirait de sa cachette et traînait sur le sol, râpait les carreaux disjoints qui s'effritaient en poussière rouge.

– Célénie ! Tu ne vas pas toucher au narguilé, au moins !

Elle ôtait machinalement ses beaux habits, les yeux perdus dans le ciel mauve, comme déjà happée par le songe qui l'appelait. La robe de soie bleue, les trois jupons, la chemise gansée de dentelle, le pantalon bouffant restèrent en tas au milieu de la pièce. Vêtue de ses bas de coton tenus au gras de la cuisse par des rubans, elle s'accroupit. La clef d'argent, jumelle de celle que monseigneur de Palmye avait gardée dans sa poche, ouvrit sans effort le cadenas. Elle leva l'épais couvercle, sortit en premier le narguilé, en second le portefeuille de chagrin vert. Elle les posa sur le sofa délavé qui, avec la balancelle chère aux Turcs et deux tabourets, faisait tout l'ameublement de la pièce. Ses gestes étaient lents, solennels. Plus rien ne pressait maintenant, elle avait toute la vie, toute la mort aussi. Elle déplia un drap et l'étendit sur le sofa. La nuit tombait. Matthias l'entendit gratter la pierre à feu et souffler d'abord hâtivement, puis plus régulièrement.

– Qui t'a appris à allumer cette saleté ?

Elle rit d'un rire qu'il ne reconnut pas.

— Toi, mon Matthias ! Tu as oublié ? Quand nous marchions dans la campagne, avec les faucons, et que tu m'enseignais l'Orient, un Orient de livre d'images mais moi j'ai tout retenu, tout, même le houka !

— Tu vas te rendre malade !

— Rassure-toi. Je suis comme toi. Immortelle. Un lieu de mémoire, mon Matthias, une petite flamme que des vents très anciens veulent raviver.

— D'où tiens-tu ces bêtises ?

— A demain, Matthias. Demain dans un grand moment peut-être, mais tu m'attendras, n'est-ce pas ?

Matthias plaqua son corps contre la porte.

— Fais comme tu veux, mais laisse-moi être près de toi.

— Tu me retiendrais, et je dois aller.

— Tu ne seras plus la même !

— Je ne suis déjà plus la même...

Une pénombre violette gagnait la pièce. Dans le morceau de ciel encadré par la fenêtre, les étoiles en bouquets s'allumaient. Allongée, la tête soutenue par des coussins, Célénie porta l'embout du narguilé à ses lèvres. La première aspiration la plia en deux. Elle retint sa toux et la nausée qui lui tordait le ventre.

— Tu vas bien ? Tu vas bien ?

— Il faut nourrir Archibald, Matthias. J'appellerai si j'ai besoin. Ne reste pas. Tu me fâcherais...

A l'épaisseur du silence qui suivit, elle sut qu'il était parti. Elle soupira, soulagée, inquiète aussi, d'être toute seule maintenant. Sur son ventre nu elle fit glisser les papiers serrés dans le portefeuille vert et, crispant les lèvres, tira une nouvelle bouffée, puis une autre. Elle se renversa en arrière, chaud, froid, des lucioles partout, son cœur battait lourdement, lourdement. Des larmes plein les yeux elle sourit, une pauvre grimace de dou-loureux plaisir. Le rougeoiement du houka éclairait les feuillets couverts d'une écriture haute, farouche, très appuyée. Elle porta la première page devant ses pupilles dilatées et aspira encore, bien à fond.

D'abord elle vit le loup. Il trottinait entre les collines qu'on nomme Brune et Blonde, il semblait fatigué, son museau dégouttait de sang frais. Elle l'appela. Il se retourna, hésita, puis couchant les oreilles montra ses crocs en or. Célénie tendit la main, l'image se brouilla, elle devina un haut mur, en tâtonnant elle le longea, il n'avait pas de fin, le loup dans sa tête hurlait à la mort, elle cligna des yeux, toussa encore et encore. La nuit maintenant tombée l'empêchait de lire plus avant. A tâtons elle alluma une grosse chandelle de cire jaune et reprit la page qu'elle venait de commencer.

Constantinople, ce 2 mai 1702

Première visite officielle au sultan hier. Qu'on en médise si l'on veut, mais j'ai été tel que je suis, et, comme toujours, je ne regrette rien...

95

Le soir et le matin suivant

Le plafond de la chambre s'ouvrit dans un fracas guerrier, soleil bleu, lune noire, et le songe par la brèche aspira Célénie.

Un homme. Grand, brun, le cou épais. Les épaules larges, un peu tombantes, les cuisses dures. Une épée au côté, il met pied à terre dans la deuxième cour de Topkapi. Le kiya, lieutenant du grand vizir, le guide avec solennité à travers le Duor. Deux haies de janissaires bordent le chemin. Dans la salle du Divan, l'homme brun salue le vizir, entré en même temps que lui par la porte opposée, et qui le salue en retour. Ils ont combattu ensemble contre l'Empereur, en Hongrie, ils s'estiment et se veulent du bien. Ils s'asseyent, l'homme sur un tabouret, le vizir et sa suite sur des canapés bas. Les officiers et courtisans français restent debout, en retrait. Le grand vizir et son hôte conversent, se lavent les mains dans un bassin d'argent, prennent place aux tables apprêtées pour eux, dînent avec appétit. Derrière une fenêtre cloisonnée, le grand seigneur les observe. On porte les fastueux présents dont le roi de France a voulu honorer le sultan. Le grand seigneur fait dire par écrit qu'il les agrée. Le vizir baise la lettre. L'homme brun s'incline, passe un caftan de fil d'or cousu de fleurs de soie. Au moment de l'introduire dans la salle du Trône, on le prie respectueusement d'ôter l'épée qu'il a gardée sous son vêtement. L'homme brun refuse avec hauteur. L'interprète insiste, le grand vizir revient, se fait pressant. L'usage interdit de porter une arme devant le sultan, si le visiteur ne renonce à son épée, il n'y aura pas d'audience. L'homme se raidit, se campe, se bute. On parlemente, on s'aigrit. L'homme reste intraitable, sûr de son bon droit. Les Turcs semblent céder. Escorté de six gentilshommes français, l'homme brun s'avance dans l'Entre-Deux-Portes. Deux capigis-bachis l'encadrent, en le tenant par les aisselles. Un troisième glisse prestement la main sous son caftan pour se saisir de l'épée. L'homme brun, d'un coup de genou, l'envoie rouler au sol et, se libérant des deux autres, tire à demi sa lame. On s'effare. L'homme a le teint enflammé, les yeux comme des billes de métal. Il n'entrera pas. Il y va plus que de sa vie, de son honneur. Il rend le caftan brodé, retraverse les cours, puis la ville, sous les cris de bienvenue du petit peuple. Son caïque glisse vers Péra. Au Palais de France, la domesticité innombrable courbe l'échine. L'homme ne regarde personne. Il a tenu bon. Le Roi n'aurait pu souhaiter ambassadeur plus magnifique.

Le soir et le matin suivant

à *Monseigneur de Palmye,*
archevêque d'Annecy,
ce 9 d'avril 1704

Voyez-vous, mon cher, tout se perd. Sur le chapitre de l'honneur, les Ottomans pourraient donner des leçons aux Français. Le grand seigneur et moi nous ressemblons en ce que nous nous laisserions trancher la tête plutôt que de courber le front. C'est pourquoi je me sens bien ici, et c'est aussi pourquoi, certainement, je ne serai jamais reçu. Le vizir me comprend, dans un cas semblable il agirait pareillement. Mais dans mon propre palais on me critique, et les rapports qu'on envoie dans mon dos à la Cour me tournent en ridicule. Les gens sont petits, mon bon Victorien, et lâches encore davantage. L'orgueil n'est plus que vanité, et la vanité se laisse dicter sa loi par l'intérêt. Je vous le dis, mon ami, l'héritage de nos pères, le sel de notre siècle, se diluera dans cette eau tiède. Bientôt, avant l'heure en tout cas et sans avoir démérité, je serai passé de mode. Je m'en console avec cette philosophie que vous me prêchiez lorsque à Paris je m'impatientais de ne pouvoir mener le monde et ma vie sous le fouet. L'Orient est une perle, Victorien. Je la fais rouler entre mes doigts, j'en admire avec passion les nuances. A vous je puis le confier : les filles d'ici sont les plus soumises et les plus lascives qui soient au monde. Elles donnent des plaisirs de prince et des envies de meurtre.

Elles vous rendent tout-puissant. Vous pouvez les acheter, les prendre, les laisser, sans vous sentir responsable ni coupable de rien. C'est cela, mon cher, la liberté vraie. A quoi bon aimer, quand on peut posséder ? Ce soir, je dois souper chez un bacha fort en faveur auprès de Ali Soliman Pacha. Je m'y divertirai, je pense. On le dit aussi riche que corrompu, et amateur éclairé de jeunes beautés. Je compte que mon rang et sa fatuité l'amèneront à me montrer ses femmes. Je ne manquerai pas de vous conter la chose, et vous me gronderez fort, ce à quoi je pourrai mesurer combien vous tenez à mon salut dans ce monde et dans l'autre. Mandez-moi des nouvelles de Versailles. On ne peut concevoir ici une figure si austère que Mme de Maintenon ni un attachement comme celui que le Roi, après avoir butiné tant et tant de pivoines, marque à ce gui tenace. Dites-moi si l'hiver est passé. Si la Seine est fort grosse. Si Louise-Charlotte saigne moins. Je vous enverrai par la prochaine caravane des plants d'ancolie, pour votre jardin. Si vous n'étiez en France, la France ne me manquerait en rien. Portez-vous bien, mon ami, et rappelez-moi de temps en temps au bon souvenir de Dieu et du Roi.

Votre impénitent,
Charles de Fourcès.

Le soir et le matin suivant

L'homme brun joint les mains pour remercier son hôte. Le bacha Mehmet Uklan sourit dans sa moustache et s'incline deux fois. Le seigneur franc sait apprécier les raffinements de l'Orient, comment lui refuser le plaisir qu'il sollicite avec tant de déférence ? Un tempérament si mâle et si galant, qui a résisté au grand sultan lui-même, honore qui l'honore. Oui, le seigneur Fourcès entrera dans le harem. Il prendra place au rang de maître, il regardera les danses, il écoutera les chants, et de la splendeur de Mehmet Uklan il se félicitera. Ainsi Mehmet Uklan en a-t-il décidé.

L'homme brun en s'asseyant sur les coussins qui jonchent le banc de marbre fait cliqueter son épée. Dans cette partie du jardin clos, insiste le bacha, nul Occidental ne pénètre d'ordinaire. L'homme plisse les yeux et savoure l'instant. Dans les vasques en marbre, une eau teintée de bleu murmure des secrets. Penchées sur les grilles d'une volière faite en roseaux tressés, trois jeunes filles donnent des pistaches aux oiseaux. Elles ont le teint pâle, le front ceint de tresses dorées, la taille serrée dans une large ceinture écarlate, les épaules et les pieds nus. Elles babillent en coulant des regards curieux vers l'invité du maître et taquinent les colombes qui roucoulent contre leurs chevilles. Le bacha frappe dans ses mains. Cinq, six autres jeunes filles, le nombril découvert, les yeux baissés, se coulent sans bruit jusqu'au kiosque à musique. Elles s'accroupissent et commencent à jouer. Dix, douze autres, sorties de nulle part, glissent vers leur maître. Celles-là ont la peau cuivrée, les cheveux très noirs, les membres enduits d'une huile à la senteur musquée, le regard provocant. Le bacha regarde l'homme brun plus que les danseuses. Il le voudrait ému, mais l'homme reste impassible. Les filles se cambrent, se trémoussent, offrant leur ventre, leurs hanches, leurs cuisses, très près, plus près encore. L'homme brun se penche vers son hôte.

– Je voudrais boire, s'il se peut.

Le bacha se touche le front, bien sûr, c'est pour cela que l'ambassadeur est revenu, bien sûr, comment Mehmet Uklan a-t-il pu oublier ? Il fait un signe au capiaga, respecté chef des eunuques blancs. Celui-ci s'incline, s'éloigne. Mehmet Uklan se rengorge, le seigneur Fourcès est un homme de goût, un homme d'affaires aussi, comme le sont rarement les gens de sa race, décidément il ne regrette pas de l'avoir invité au cœur de son sérail.

Des petites filles, sous des voiles transparents. Quatre, cinq, six ans, de lourdes nattes en couronne, les membres lisses et potelés sous la mousseline légère. Elles rient, elles portent le sirop de citron, le café, les figues et les petits farcis. La plus jeune, la plus blanche, la plus délicate, s'agenouille devant le maître et l'invité. De sa menotte elle ôte le bouchon d'argent d'une bouteille à long col et, souriant comme les *putti* au ciel des églises, elle asperge d'eau de rose les deux hommes. L'homme brun tend les bras et la prend. Elle pèse le poids d'un gros chat, d'un beau rêve. Elle tire un mouchoir et essuie le visage mouillé. L'homme se laisse

102

faire, confiant. L'enfant s'applique, des gestes de plume sous un vent doux, elle passe un bout de langue entre ses dents menues. Il la tient par les hanches, elle lui chauffe les genoux. Lorsqu'elle recule le haut du corps pour vérifier si le vêtement du Français n'est point taché, il la chatouille. Elle se tortille, elle manque tomber, elle rit aux éclats. Les autres petites filles, occupées au service, lui jettent des coups d'œil étonnés et envieux. Il l'attire contre son épaule. Elle se blottit comme un oiseau au nid, il sent son cœur qui palpite puis s'apaise, il retient son souffle, il donnerait dix ans de sa vie pour qu'ils soient seuls, là, tous les deux. Mehmet Uklan le guette. Il tend sa grosse patte, doigts courts, poils noirs, et caresse le mollet de l'enfant. L'homme brun a un haut-le-cœur. Il s'écarte, la fillette ne bouge pas d'un souffle, il tousse, collée à sa poitrine la petite lui semble chair de sa chair. Mehmet Uklan ôte sa main et soupire :

– Ces filles de Circassie... Des trésors sans prix... Les perles d'un harem... Il faut user de ruse, ne regarder ni au temps ni à la dépense pour en obtenir une... On ne les vend pas sur le marché aux esclaves, non, trop rares, trop désirables, on risquerait de les abîmer... On doit les chercher, longtemps, acheter d'abord les rabatteurs, ensuite les marchands, tout cela avant même de voir la prise.

L'homme brun berce l'enfant qui, ses longues paupières à demi baissées, se tient coite.

– Et celle-ci, comment l'avez-vous eue ?

— Ceux qui font commerce d'esclaves les achètent ou les enlèvent de force dans les villages du Nord, sur les hauteurs, entre le fleuve Don et la large Volga. Les peuples de ces contrées sont pauvres mais peu fiers, et leurs filles font de l'ombre à la lune. Toujours très blanches, voyez-vous, les yeux étirés vers les tempes, les doigts fins, et ces petits poignets, les chevilles aussi, regardez les chevilles. Le grand seigneur choisit toujours sa première épouse parmi ces beautés-là. Elles ont l'esprit délié et le tempérament docile, elles apprennent vite et montrent rarement cet orgueil femelle qui empoisonne la vie.

— Vous en avez plusieurs ?

— De cet âge, une seule. Il faut les acheter jeunes pour bien les former. Le plaisir du maître demande un long apprentissage. Celle-ci sait déjà servir, elle commence à danser, dans deux ans ses aînées lui enseigneront la musique et le chant, dans quatre ans la broderie et la peinture sur soie et dans six ans, si elle tient ses promesses...

L'homme brun se raidit. L'enfant se détache, inquiète de l'avoir lassé. Il la plaque de nouveau contre lui.

— Mehmet Uklan, vous êtes un homme sage...

— Certes, Votre Excellence. Sage et passionné tout ensemble, comme le sont les hommes de chez nous... et certains de chez vous. C'est pourquoi je tiens fort à cette petite.

— Il ne me déplairait pas de l'acheter.

— Je ne peux la céder. Sans parler de la fortune qu'elle

m'a déjà coûté, car, comme je vous l'ai dit, ces filles-là demandent de grands sacrifices, je l'aime trop.

— Je puis dédommager votre affection d'une manière qui vous permettra de la redistribuer par deux, et même peut-être par trois.

— Non, Seigneur. Lakmé est trop précieuse. Elle est différente des autres, je ne trouverai jamais à la remplacer.

— Songez que vous pourriez ensoleiller ma vie.

— Certes, Excellence, mais vous plongeriez la mienne dans la nuit.

— Je sais des manières de vous rendre la lumière. Je puis, par mes fonctions, vous servir de maintes façons.

— On vous dit si rigoureux, Seigneur...

— Je le suis lorsque l'honneur de mon Roi ou de mon sang l'exige. Mais il s'agit ici de cœur... Je veux traiter Lakmé en père affectionné, et vous traiter vous-même en ami attentif. Pour le reste, nous nous arrangerons toujours...

— Je ne puis me décider si vite.

— Je reviendrai volontiers pour le seul agrément de converser avec vous.

Le soleil disparaît derrière le mur qui dérobe aux regards le jardin des délices. Les abeilles par grappes s'envolent vers l'arbre creux où niche leur essaim. De la terre chaude montent des bouffées sucrées. L'homme brun a faim, mais pour la joie de tenir Lakmé quelques instants encore, il jeûnerait volontiers jusqu'à l'aube prochaine. C'est la huitième fois qu'il vient chez le bacha. Au premier regard il a voulu la petite. Il se sait entêté et sanguin, mais là, c'est autre chose. Une main lui a serré la gorge lorsqu'il a vu l'enfant, si étrangement femme déjà, se retourner vers lui avant de franchir la porte où l'attendaient les eunuques. A sa seconde visite, il lui a offert un lapin nain, blanc avec des yeux bleus. Elle a pâli de joie, et, ne sachant comment remercier, elle lui a couvert les deux mains de baisers. Il aurait souhaité la serrer dans ses bras, mais c'était trop tôt. S'il voulait circonvenir le bacha, il fallait feindre le détachement. Depuis, il ne pense qu'à elle. La fraîcheur de son rire, le velours de ses prunelles, ses élans et sa retenue, ses mignoteries et ses dérobades, le parfum aigrelet de sa sueur lorsque, enflammée d'avoir poursuivi son lapin, elle lui saute au cou. Pour elle, il voudrait le meilleur. Les robes de taffetas, les mignons souliers de soie, les maîtres à lire et à penser, la parole du Christ qui éclaire et apaise, les lits de plume douillette, les courses dans la campagne sans fin, la liberté d'aimer ou de haïr. Il la voit jeune fille, à son bras. Il sera chenu, bien sûr, mais son éclat l'éclairera d'un jour neuf. Il en rêve. Il en rit, lui qui rit si rarement. Il est amoureux, pour la première fois. Mehmet Uklan le guette et se frotte le ventre.

Sous le kiosque, les musiciennes laissent place aux femmes qui portent les tables basses et les coussins. Mehmet Uklan coule un regard de miel vers la ceinture de son hôte.

– L'épée, Excellence... Vous êtes un homme intraitable. Notre sultan le déplore sûrement et son grand vizir plus encore. Mais j'espère que nous vous garderons longtemps au Palais de France.

L'homme brun ne remue pas un cil.

– Deux mille livres pour Lakmé, Excellence. Je sais que cela est beaucoup, mais comme je vous le disais tout à l'heure... Bien sûr, personne n'en saurait rien... Vous plairait-il que nous allions souper ?

L'homme retient son sourire. L'enfant, sur sa poitrine, s'est endormie.

au comte de Fourcès,
ambassadeur de Sa Majesté auprès de la Sublime Porte,
ce 12 de septembre 1704

Mon ami, ne commettez pas cette folie. Vous avez déjà Maryam, qu'on dit votre amante de corps plus que de cœur, et dont le bruit est remonté jusqu'à Versailles. Une Arménienne de seize ans, plus quelques négrillonnes et autant de Turquesses, vous fallait-il vraiment acheter en sus une Circassienne au berceau ? On prétend que vous faites du Palais de France un sérail, que vous y recevez habillé en sultan, et que vous donnez avec vos esclaves un spectacle fort peu chrétien. Je connais vos goûts et le fond de votre âme. Je sais que vous n'aimez ni le vice ni le mal, mais seulement votre plaisir et une liberté d'esprit qu'il vous plaît d'afficher. Vous me jurez que votre seul désir est de soustraire la petite Lakmé à son indigne condition, de la faire élever en bonne catholique par votre sœur, de la pourvoir, de l'établir honorablement. Elle sera, me dites-vous, la fille que vous n'avez pas eue, le réconfort de vos vieux jours, la bonne action qui rachètera les écarts de votre conduite. Soit. Si c'est ainsi, je le veux bien. Mais Charles, à moi qui vous aime en frère très indulgent, avouez le reste, le revers de vos pieux discours. Je ne doute pas que vos intentions soient sincères dans l'instant que vous me les confiez. Mais sous votre voix j'en entends une autre, et cette autre-là m'effraie. Jamais vous ne m'avez parlé d'aucune femme, d'aucune jeune fille, comme de cette Lakmé. Et elle n'a que quatre ans. Gardez-vous, mon ami, de tomber dans le ridicule d'un Arnolphe avec son Agnès. Lorsque vous reviendrez d'Orient, l'enfant sera un fruit mûr et vous serez vieillard. Je vous le répète : quoi que vous en pensiez, et votre position vous renforce dans cette absurde croyance, on ne possède personne. Vous vous préparez de bien amères délices.

Si vous persistez dans vos dispositions, je verrai sans doute arriver votre protégée avant votre prochaine lettre. Votre sœur s'amuse grandement de ce nouveau hochet que vous lui promettez. Le mal de notre temps est l'ennui, tout semble bon pour s'en distraire. Votre petite Circassienne va s'éveiller dans un monde sans autre foi que le paraître, sans autre loi que le caprice et où Dieu, diable, vérité, honneur n'ont plus d'usage que pour jouer aux charades. Sans doute gémit-on pareillement sur tous les règnes, mais l'homme est ainsi que, même travesti en bourreau, il se croit toujours une victime. Je ne gagerais pas qu'à la chercher parmi nous autres, mécréants fardés, votre innocente gagnera son âme. Elle risque de se perdre en chemin, et je doute que le sort choisi pour elle par le comte de Fourcès la rende plus sereine que celui à laquelle Allah la destinait. Réfléchissez, Charles, et pesez, pour une fois, vos actes. Vous vous chargez d'une vie vierge dont, lorsque vous l'aurez écrite à l'encre de votre exigence, on vous demandera compte. Vous allez infliger à Lakmé la conscience et le choix sans pourtant lui en donner librement l'exercice. Pauvre enfant... Et pauvre de vous, lorsqu'en âge de juger elle vous regardera au front. Réfléchissez, Charles, et, s'il est encore temps, renoncez.

Notre Seigneur et l'amitié très fidèle que je vous porte puissent vous garder du mal, mon ami.

Votre affligé
Victorien, archevêque d'Annecy.

à Monseigneur de Palmye, archevêque d'Annecy, ce 25 de décembre 1709

Et pourquoi donc, Victorien, dis-le-moi, devrais-je me refuser jusqu'à l'aumône du rêve ? Voilà quatre ans déjà que j'ai envoyé Lakmé en France, et les nouvelles que j'en reçois par ma sœur me confortent dans l'idée que j'ai bien agi. Je rêve, c'est vrai, pour elle, et pour moi pas trop loin d'elle, d'un avenir souriant. Tu me tances et me reprends sur tout. Que dirais-tu si je faisais de même ? Si je te rappelais les vœux de ta consécration ? Si je te reprochais ton goût pour les objets précieux, les livres rares, la chère fine, les musiciens coûteux, l'alchimie, les sciences suspectes, et plus encore les longs cheveux roux et les cuisses un peu grasses ? Est-il séant à un homme d'Église d'entretenir sous son toit une maîtresse ? de la chérir exclusivement ? de la traiter en épouse ? Si encore ton choix s'était porté sur une femme bien née, mariée si possible, ce commerce fût entré dans l'ordre de la banalité. Mais une fille d'orchestre ! qui déjà à dix huit ans, lorsque tu l'as prise, traînait deux enfants sans père ! et dont les menstrues reviennent trois fois le mois ! Je sais, elle te préfigure les anges. Mais, monsieur mon ami, c'est vous excuser à peu de frais quand vous n'excusez pas les autres, qui ont des raisons plus vaillantes à leur actif. J'ai sorti Lakmé du sérail, je l'ai fait baptiser, elle ne manque de rien et grandit entourée d'affection. Ne me juge pas sur elle, je ne te jugerai pas sur Louise-Charlotte. La vie ne serait point tenable s'il fallait s'arrimer à une morale qui ne pliât jamais sous le vent des hasards. Pour ma part, je trouve plus commode de se forger ses propres principes, et d'user à cette fin d'un alliage assorti avec son caractère. Sur le chapitre de ma petite Circassienne, je me sens l'âme en paix. Je pense aujourd'hui à elle comme à un elfe, une fée

110

minuscule et rieuse, habile à dispenser le bonheur comme
à en recevoir. Si un jour un parti convenable se présente,
je serai trop heureux de la rendre heureuse pour le lui
refuser. Vous voyez, monsieur mon censeur, que je me
suis amendé ! Je me soucie d'autrui plus que de moi-
même, je ne suis donc ni une pierre ni un loup ! Si je me
suis dépris de l'enfant ? Non point, mais, le temps et
l'éloignement jouant, je l'aime autrement. Un songe, un
conte dont je me berce quand Maryam peine à m'endor-
mir. Alors ? Etes-vous plus content de moi ? Le grand
seigneur méchant homme que vous vous reprochiez de
chérir vous chagrine-t-il encore ? Je vous vois sourire,
au-dessus de ce surplis en dentelle que je vous ai offert.
Vous mâchouillez un bâton de réglisse, les incommodités
de Louise-Charlotte ont au moins ceci de louable qu'elles
vous ont fait renoncer au tabac. Vous grognez que je ne
serai sage qu'un temps, que je n'ai jamais su me contrain-
dre sur rien et que mon feu, s'il reprend vie, emportera
mes serments. Joyeux Noël tout de même, mon ami. Vous
m'êtes cher, Victorien, moi qui ne sais rien de la tendresse, je voudrais l'apprendre un peu pour vous. Quelles
que soient mes errances, vous serez toujours mon ancrage.
Je ne puis donc me perdre, n'est-ce pas ?

Prenez grand soin de vous, et mandez-moi de temps
en temps des nouvelles de l'enfant.

Votre infidèle mais fidèlement affectionné
Charles de Fourcès.

au comte de Fourcès,
ambassadeur de Sa Majesté auprès de la Sublime Porte,
ce 16 de mai 1716

Mon très cher Charles,
Hier, chez Mme de Parabère, qui depuis l'avènement
du Régent promène sous le nez de tout le monde ses
appas, hier donc, j'ai vu votre protégée. Je regrette de
n'avoir pas cédé à vos prières et d'être si peu allé, ces
dernières années, chez votre sœur avec qui je n'ai pu me
résoudre à me raccommoder. Si j'avais pensé que votre
Lakmé était telle que je l'ai découverte, je me serais fait
une joie du désagrément de fréquenter l'hôtel de la rue
des Petits-Champs. Vous n'imaginez pas, Charles, ce que
c'est que cette enfant qui, d'ailleurs, n'en est plus du tout
une. Il n'y a rien en elle que de clair, d'attentif, de juste.
Sa beauté est parfaite, une beauté régulière, sans hauteur
ni mièvrerie, comme éclairée du dedans. Mais cela n'est
rien encore, car sa grâce surpasse sa beauté, sa gentillesse,
sa grâce, et la transparence de son âme tout le reste. Ses
yeux un peu verts, un peu gris, vous regardent sans peur,
sans flatterie non plus. Elle parle avec un je-ne-sais-quoi
derrière les mots qui n'est pas un accent, une musique
plutôt, comme le bruit de la mer ou du vent dans un
bois. Sa conversation témoigne d'un esprit curieux,
imprégné de lectures sérieuses, d'une bonté répugnant à
concevoir le mal, d'un cœur tout innocent. Elle n'a point

aimé encore, et ses sens s'éveillent à peine. Elle est si pure, enfin, qu'elle m'a donné honte, à moi qui ne me conduis pourtant pas en pourceau, d'être si grossièrement incarné. Mariez-la au plus tôt, mon ami, afin qu'à votre retour elle soit déjà mère. Vous lui épargnerez, ainsi qu'à vous-même, des tentations auxquelles elle résisterait peut-être mais vous, sûrement pas. A la Cour, des rumeurs prétendent que votre santé donne de l'inquiétude, que vous vous livrez à de fâcheux esclandres, enfin que vos emportements, vos accès tyranniques et vos exaltations sont tels que vos proches doutent de votre raison. Est-il vrai que parce qu'il ôtait du revers de la main une mouche posée sur votre épaule vous avez cravaché au visage M. de Ruppeldieu ? Que sans le soutien du roi de Suède, qui vous protège parce qu'il est aussi brutal que vous, on vous eût mis au secret ? Que par deux fois au moins il a fallu vous ligoter sur votre lit et vous arroser d'eau froide pour vous faire rassembler vos esprits égarés ? Que vous ne vous confiez qu'en Maryam et injuriez qui prétend vous soigner ? J'emploie tous mes efforts à démentir ces bruits mais, bien qu'on ne vous ait pas revu en France depuis quatorze ans, le souvenir qu'on y garde de votre intransigeance et de votre hauteur ne vous avantage pas. La mode, il vous faut l'accepter, mon ami, n'est plus aux héros. Le siècle s'est mis à ressembler à ceux qui le gouvernent. Le duc d'Orléans aime les petites femmes, et ces petites femmes-là prisent peu les façons guerrières. Les échines et les reins, les jeux et les conversations, le tomber des robes et la façon des sièges s'assouplissent et se cambrent. Le bruit de vos éclats détonne dans cette bonbonnière. Reprenez-vous, Charles, contenez-vous, ou vous serez démis. Que vous apporterait une retraite forcée, sinon de multiples aigreurs ? Rien de ce que vous trouveriez en regagnant la France ne vous consolerait de l'Orient. Faites donc en sorte d'y rester, mon ami, et mandez à votre sœur de travailler à établir Lakmé.

Votre ange gardien en ce terrestre monde,
Victorien.

L'homme brun remonte la ceinture de flanelle qui comprime son ventre. Il se redresse, glisse un ongle sous la perruque qui le chatouille, se racle la gorge. Le carrosse franchit le porche monumental de l'hôtel de Fourcès. D'un dernier adieu l'homme caresse la Corne d'Or sous le soleil couchant, les chevaux piaffent, tirent du col vers l'écurie, voilà, il est de retour chez lui. Sa sœur toque au carreau. Il ne se souvenait pas qu'elle fût si large, ni si poudrée ; deux dents lui manquent, qui gâtent son sourire de bienvenue. Le noir lui coule au coin des yeux, il ne se souvenait pas non plus qu'elle lui portât tant de tendresse. Il descend, plus lourdement qu'il l'aurait souhaité. Quinze années d'absence, lui non plus n'a pas rajeuni et pourtant il se sent inchangé. Il redresse sa stature de lutteur, campe ses épaules qui au temps des guerres ottomanes pouvaient renverser un coursier au galop. Sa sœur se hausse sur la pointe de ses mules, tend ses lèvres trop fines, baisse à demi les paupières en signe de pâmoison. Il marque un temps, les yeux se rouvrent, inquiets. Bon prince, il baise la bouche fardée de frais, serre la grasse dame sur son poitrail. Elle soupire :

— Voilà si longtemps que nous vous espérions...

Elle ment, il le sait. Depuis qu'il est parti, elle gère sa fortune. Elle aime l'argent comme elle aime les hommes, en fourmi, engrangeant et classant biens et sensations, en sorte de ne point se sentir lésée lorsque l'hiver de l'âge s'annoncera. L'homme brun est son aîné, le père est mort, la mère aussi, c'est lui qui a hérité le plus gros. Le feu roi Louis XIV appréciait sa vigueur au combat et son honneur d'airain, le Régent respecte sa connaissance de l'Orient et sa prédilection pour les nudités exotiques. La marquise de Vineuil sait quel intérêt il y a à ménager un frère de cette aune. Elle-même, pourtant fort assidue à la Cour et agissante en son salon, n'a point tant d'appuis ni tant de rentes qu'elle puisse se soutenir sans lui. Gaston, son mari, marquis de Vineuil par extinction de la branche aînée, est un fat, honnête et court d'esprit ; il se trouve honoré qu'une si vigoureuse personne lui ait donné deux fils ; elle le méprise, le ménage et le gouverne en tout. Chaque année, il mange trois cent mille livres avec des gredines d'Opéra dont il ne jouit plus que des yeux car il est devenu impuissant, et pour son salut il fait dire des messes tournantes qui coûtent presque autant mais réconfortent l'âme en sus des sens. Benoît, son cadet, seigneur de Saint-Léonard, est né simple, et même un peu pire ; on le cache depuis l'enfance en Gascogne, chez une

116

parente qui tire son revenu des soins patients qu'elle lui prodigue. Louise de Vineuil, la benjamine, s'est retirée non loin de là, au monastère des Repenties, après avoir été séduite puis trahie par un Anglais aux favoris tombants ; il promettait de se faire catholique pour l'amour d'elle, et même d'apprendre la langue de Corneille pourvu qu'elle lui donnât un rejeton mâle ; mais le jour de ses fiançailles une dame éplorée vint témoigner que le promis était déjà marié de l'autre côté de la Manche, et père de quatre filles ; la jeune Louise comprit que le monde n'est qu'illusion et traîtrise ; elle y renonça sans se retourner.

Ainsi la marquise de Vineuil ne peut-elle compter sur sa parentèle pour la pousser à la Cour. Elle choisit ses amants en fonction de leurs charges. Comme on fait pour le service du Roi, elle les cumule et se donne à eux par quartier. Ce commerce-là lui permet de passer l'an, mais pas de mener le train auquel sa vanité aspire. Son hôtel jouxtant celui de son frère, en l'absence de celui-ci elle a abattu le mur entre les deux jardins, déplacé quelques meubles et beaucoup de domestiques. A l'annonce que le comte de Fourcès était rappelé en France pour raisons de santé, elle a tout remis en l'état et déjà elle soupire sur l'heureux temps où seule elle régnait sur les deux domaines confondus. Elle n'aime pas Charles. Elle le craint. Petite, il la souffletait pour rien, juste pour la curiosité de ses joues qui viraient aussitôt lie-de-vin. Il se moquait en public de ses pieds, qu'elle a grands et plats. Il faisait le loup-garou, les nuits de pleine lune, et

117

elle y croyait comme elle croyait aux horreurs qu'il lui contait sur l'accouplement des jeunes mariés. De ces terreurs et humiliations enfantines, la marquise s'est vengée en tyrannisant ses fils, qui tous deux montrent un goût prononcé envers leur propre sexe. Elle-même n'ouvre jamais les yeux sur la nudité des messieurs qui s'aventurent dans son alcôve et se mortifie durant le carême pour se punir du plaisir que ses organes lui procurent à son cœur défendant. La réputation de satrape qu'a son frère ne la trouble pas. A qui se moque ou se récrie, elle a pris l'habitude d'expliquer qu'à un arbuste transplanté en pays étranger poussent de nouvelles racines ; le comte de Fourcès a passé la moitié de sa vie en Orient, dont fort naturellement il a adopté les coutumes les mieux aptes à le consoler d'être privé de la France. Il ne s'est pas ruiné, il ne s'est pas marié, il n'a dérogé ni à son rang ni à ses devoirs. L'essentiel étant sauf, pourquoi s'offusquer ?

— N'avez-vous pas un peu forci, Charles ?

— Pas plus que vous, ma chère Angélique.

Se tenant avec quelque difficulté par la taille, le frère et la sœur passent sous la voûte qui joint les écuries au jardin. Près du bassin aux carpes que le comte, en hommage au roi Louis XIV, a fait copier sur celui de Versailles, trois jeunes gens jouent au volant. Ils sont vêtus de blanc, le rire clair, les gestes vigoureux. L'homme brun serre le bras de la marquise :

— C'est « elle » ?

– Jugez vous-même, mon frère, quel soin je sais prendre de ce que vous me confiez...

L'homme s'approche. Les deux garçons se figent. La jeune fille, de dos, agite sa raquette. Déjà il est sur elle, penché vers la torsade de cheveux sombres qui couronne sa nuque mince. Lentement, pour suspendre s'il se pouvait le mouvement du temps, elle se retourne. Elle l'imaginait moins grand. Moins lourd. Beaucoup moins vieux ; ces joues flasques, ces yeux luisants comme ceux d'un fauve sous le buisson gris des sourcils, et ces lèvres rentrées, et ces oreilles de faune d'où le poil sort en touffes. D'un doigt ganté sous son menton, il lui relève la tête. Elle se force à ne point ciller, elle se force à sourire, il faut bien, dans sa tête sonne le glas et ses jambes se dérobent. Sous le pourpoint de l'homme brun, le cœur est merveilleusement calme. Il a tant attendu ce moment, il l'a si souvent rêvé, et voilà que maintenant tout lui semble naturel. Sa demeure, son port, c'est cette jeune fille. Ses longs yeux relevés vers les tempes, l'ourlé de sa bouche qui tremble un peu, cette pâleur mate qu'il a en vain cherchée sur d'autres peaux. Si elle l'ignore encore, il lui dira. Tout vient de rentrer en son ordre.

L'homme brun épie la jeune fille. Il ne se lasse pas. Les tracas de ses retrouvailles avec Paris voudraient le détourner d'elle, mais toujours il lui revient. A l'affût,

119

guetteur sûr de sa force, il attend. A la tombée du soir,
les bêtes viennent boire. Au retour du printemps, les
solitaires de toutes races s'accouplent. Jour après jour,
le désir de l'homme se nourrit, s'enfle et se fortifie de
sa contemplation. Rien ne presse. La proie doit se
sentir proie pour mieux appâter le chasseur et Lakmé
s'attarde dans une enfance qu'elle sent protectrice.
Dépouillés de toute intention, ses gestes et ses regards
n'offrent aucune prise. L'homme brun attend qu'un
trouble les ébouriffe, les force à saillir. Entre elle et lui
rien ne subsiste de la miraculeuse complicité du sérail.
L'enfant aux baisers de faon a mué en pupille modèle,
spirituelle et modeste, limpide et mystérieuse, à qui
jamais n'échappe un mot vif ni une marque d'émotion.
Elle traite son protecteur en chef de famille revenu au
logis, avec déférence mais sans empressement marqué
ni visible souci de lui plaire. Que pressent-elle de son
sort ? Faute de le connaître mieux qu'elle, la marquise
de Vineuil ne lui en a rien dit. Mais depuis que le
comte est rentré, elle ne la promène plus dans les
salons comme par le passé. C'est que personne maintenant n'ignore qu'à Constantinople l'ambassadeur a
payé deux mille livres pour l'enfant qui est devenue
cette jeune fille. Connaissant sa réputation, personne
ne songe à la lui disputer. Autour de Lakmé, le cercle
des soupirants s'éclaircit. La voici comme suspendue
par un fil invisible. La nuit, elle espère l'aube. Et le
jour, elle prie que le soir tombe.
Il plaît à l'homme brun de la voir ainsi progressive-

ment ramenée à la vulnérabilité, à la dépendance d'où il l'a tirée. Depuis trois, six, neuf mois, il trompe son impatience avec Maryam, qu'il a installée rue des Petits-Champs et qu'il tient dans sa chambre, d'où elle ne sort qu'une ou deux fois par semaine pour se promener sous les tilleuls. Lakmé l'observe de loin, avec un mélange de crainte et de compassion. L'Arménienne doit approcher trente ans. Elle porte des vêtements aux couleurs d'épices et de mer, amples et légers, étranges et gracieux, avec autour du cou et des bras de lourds anneaux d'argent ornés de cabochons. Elle est plutôt petite, la taille très marquée, le teint couleur d'ivoire, le visage ovale, les yeux et les sourcils noirs, les dents régulières, les épaules rondes et la gorge voluptueuse. Elle chante pour elle-même, elle sourit aux brises qui jouent avec ses voiles. S'il ne fait pas trop froid, elle ôte ses chaussures plates à bouts retroussés pour marcher nu-pieds sur l'herbe rase des pelouses. Elle ferme les yeux, elle s'attarde, elle savoure. Lakmé, cachée derrière un arbre, se persuade qu'elles auraient tant à se dire. Mais lorsqu'elle s'avance vers elle, Maryam se raidit, les yeux fixés sur les pâquerettes.

Lakmé lui tend la main.

– S'il vous plaît, voulez-vous bien que nous soyons amies ? Je viens de loin moi aussi, mais je sais à peine d'où. Vous pourriez me raconter...

L'Arménienne lui lance un regard de noyée, se détourne et prestement sur ses petits pieds ronds s'enfuit. Lakmé ramasse les babouches et, dans le secret de son alcôve, elle les essaie. Plusieurs fois, en venant ouvrir les rideaux, la fille qui la sert l'a trouvée ainsi chaussée sous ses draps. Elle l'a avoué à l'homme brun qui, contre la promesse de bien espionner sa maîtresse, lui a donné un louis. La servante n'est pas trop fière de sa trahison, mais un louis, dame ! c'est quelque chose, et la marquise de Vineuil n'est pas si généreuse.

Depuis ce marché, l'homme se nourrit des secrets dérobés à la jeune fille. Ses rêveries devant le miroir de sa coiffeuse, ses langueurs dans la baignoire de cuivre où le valet déverse en ahanant les brocs d'eau chauffée sur les braises, les huiles à la tubéreuse dont elle oint son corps mince, le peigne d'or ciselé piqué dans ses chignons, ses lectures, ses cauchemars les nuits de lune montante, ses badinages avec les fils Vineuil, sa façon de prier, à demi nue, en bonnet à ruchés, ses vocalises des matins insouciants, ses mets favoris, son humeur pendant les périodes de menstrues. En quelques mois, sans qu'elle s'en doute, il sait tout d'elle. Ou du moins, il le croit. Elle vient d'avoir dix-huit ans. Bientôt il sera prêt, il voudrait qu'elle aussi le soit. Mais comment choisir le moment ?

Le médecin a prescrit le repos et la marquise de Vineuil a posté devant la chambre un robuste valet. Dehors il pleut, la pluie glacée de février qui, grossie en ruisseau, va tuer avant l'aube cinq ou six vagabonds dans leur sommeil. L'homme brun se tourne et se retourne sous son édredon. Entre ses paupières mi-closes, les images s'étirent et se chevauchent. Les médecins sont des ânes et ma sœur une génisse. Je sais bien ce que j'ai et comment le soigner. Je crie, je crie, mais personne ne m'entend. Le monde se dérobe, mes mains se referment sur rien, je glisse, je crie encore plus haut, on ne vient pas, j'essaie d'arracher les barreaux de la grille, mes paumes saignent et la femme, de l'autre côté, du côté de la vie, la femme avec ses seins de lait, ses cuisses où rouler ma tête lasse, son ventre pour m'enfouir tout entier, cette femme-là s'éloigne au bras d'un cavalier. Je démolis la cage, je bondis sur le drôle, avec mes dents je lui arrache la grosse veine du cou, autour de moi des perruques s'attroupent, je veux tirer ma lame, pourfendre qui m'ose regarder, mon épée n'est plus là, un filet s'abat sur ma tête, il fait nuit, l'éclat des torches m'ouvre le crâne, je bave, je me débats, les griffes me poussent au bout des doigts, je les cache en attendant mon heure, je ne suis pas défait encore, je ne puis mourir sans avoir possédé Lakmé...

L'homme brun se redresse sur sa couche. C'est la deuxième fois ce mois-ci qu'il a une pareille crise. Pas si forte qu'en Turquie, mais inquiétante tout de même. Il a demandé son narguilé, il a réclamé Maryam, sa sœur l'a fait enfermer dans cette chambre, il n'est pas fou, il n'est pas fou mais on est en hiver et il a tellement chaud. La sueur lui coule dans les yeux. Il ne l'essuie même pas. Il voit, clairement il voit Lakmé qui se délace, Lakmé qui vient vers lui. Il sourit, il lui fait place entre les draps trempés, il pose un doigt sur ses lèvres, tais-toi, les esclaves ne parlent point au maître, c'est à moi de décider de tout. Tu es mienne, j'ai acheté jusqu'à l'air que tu respires, rien ne te soustraira au sort que je te veux réserver. Tu dois tout espérer et tout redouter de moi. Je vais t'apprendre comment me plaire. Tu m'aimeras selon ma fantaisie, docile toujours, âme et corps entre mes mains remis. Tu ne le sais pas, sans doute, mais c'est pour moi que tu t'es gardée pure.

L'homme halète. Il déchire sa chemise souillée, il s'essuie le visage, la poitrine, ses mains tremblent, il les met devant lui, à hauteur de ses yeux, elles tremblent encore plus, il gémit, il glisse hors du lit ses jambes musculeuses. Le plancher à damier de chêne tangue comme le pont de *L'Assuré* qui l'a ramené d'Orient. Il replie ses genoux, les serre entre ses bras, se balance d'arrière en avant. Ce qu'il va faire, a-t-il le droit de le faire ? Il grogne, il crache dans la coupelle en vermeil pleine encore de son sang caillé et que le docteur, pour l'effrayer, a laissée à son chevet. J'ai tous les droits, je l'ai sauvée du sérail, elle m'appartient. Mehmet Uklan en aurait disposé dès l'âge de dix ans, élevée en animal domestique elle n'aurait pas eu de conscience, juste un hochet jeté sitôt que défraîchi. Pourquoi avoir honte de mes désirs ? Qui me reprochera de venir réclamer ce qui m'est dû ? Je suis un seigneur et un guerrier. Le Créateur m'a fait puissant parce qu'Il m'a voulu tel. Le sort des créatures inférieures est de se soumettre, le devoir des forts est de les protéger. En rendant Lakmé chrétienne, j'ai payé mon tribut au Ciel. Je ne reconnais à personne, pas même à Dieu, le droit de me juger.

L'homme brun arpente à grands pas sa chambre et il boit. A souper déjà, pour fêter l'été revenu, il a beaucoup bu. Beaucoup parlé, aussi. La marquise de Vineuil, inquiète, haussait les sourcils. Elle donnait du pied sous la table à monseigneur de Palmye, qui venait de rentrer d'Annecy avec sa maîtresse malade pour se réinstaller en son hôtel du faubourg Saint-Germain. L'archevêque écartait sa chaussure et, l'œil fixé sur son ami, se taisait. A demi levé de son siège, l'homme brun pourfendait en termes de cavalerie les tièdes et les hypocrites de la Régence, et, plus généralement, toutes les mollesses de la nature humaine. Les invités, fort embarrassés d'eux-mêmes et craignant que le forcené ne les prît à parti, comptaient les animaux féeriques de la grande tapisserie en priant que l'hôtesse écourtât ce supplice. Monseigneur de Palmye surveillait le teint du bavard, qui se marbrait de pourpre. La marquise sentait les sanglots lui monter dans la gorge. On achevait de porter le dessert, compotes, confitures, blanc-manger et pyramides de fruits. Comme s'il prenait d'assaut une citadelle, l'homme brun abordait au chapitre des mœurs. Les convives tortillaient leur serviette. L'archevêque interrogeait du regard la marquise qui, d'un petit signe de tête, répondait non, je ne crois pas, mais surtout ne lui en dites rien. Au moment des liqueurs, monseigneur de Palmye entraîna son ami à l'écart.

— Charles, je sais ce qu'il en est.

— Vous ne savez rien, curé ! Nous ne sommes pas du même bois. Gardez vos sermons et vos mines pour vos vachers et vos petites chanteuses !

— Me rudoyer ne te rendra pas ce que tu prépares plus léger à porter.

— J'ai la conscience en paix.

— Vraiment ?

— Laisse-moi, Victorien. Tu ne peux ni m'aider ni me retenir.

— Demain, après-demain, tu le regretteras.

— Que m'importe ? Je suis vieux. Je serai mort.

— As-tu su te faire aimer ?

— Je ne l'ai pas cherché. Je suis qui je suis, elle n'est rien.

— Quand j'ai pris avec moi Louise-Charlotte elle n'était rien non plus, mais je ne l'ai pas forcée. Et c'est parce qu'elle m'aime qu'elle me comble.

— Je ne me soucie pas d'aimer ni d'être aimé. J'ai toujours vécu ainsi et je m'en trouve fort bien.

— Tu te mens à toi-même. Tu aimais cette enfant quand tu l'as achetée.

— Il ne reste rien entre nous de ce que j'avais cru

découvrir alors, ni de ce que durant toutes ces années où elle était ici et moi là-bas, j'avais espéré.

– Charles, ne te voile pas les yeux. Lakmé n'est plus un bibelot de harem. C'est toi qui l'as confiée à Angélique, toi qui as voulu qu'elle grandisse en fille de marquise. Cette petite est maintenant de notre race par l'esprit, les façons, le jugement, les attentes. Tu ne peux la traiter en esclave après avoir fait d'elle la sœur de tes neveux !

– Si elle a le sens droit, comme tu le prétends, elle connaît ses devoirs envers moi, et elle s'est préparée.

– Je jurerais que non.

– Alors, tant pis pour elle.

– Tu ne penses pas ce que tu dis.

– Je ne pense pas tout court. Méditez là-dessus, monsieur le fin lettré. Une leçon que j'ai tirée de mes guerres et de la sagesse ottomane. Quand on pense trop, on n'agit pas. On se contemple, on se tortille, on se repaît de « je devrais » ; « j'aurais dû » ; « si j'avais » ; « quand j'aurai ». Au front, ces arguties-là vous envoient les pieds outre avant d'avoir épelé le premier alphabet. Et dans l'alcôve, avouez, mon cher, que le conditionnel prête au rire plus qu'au plaisir. Donc, quand il s'agit de choix, je pense le moins possible.

– Tu m'atterres.

– Mais c'est ce qui te fascine en moi, Victorien ! Je suis le glaive, tu es le mot. Il faut un lot de chacun de nous pour faire un monde qui vaille. Tu le sais, toi qui sais tout et devines le reste. Alors ne me cherche pas querelle. Je vais à ma pente, une pente sans doute trop accusée, mais rien de ce que j'ai jusqu'ici rencontré n'a su l'adoucir. Que je fasse bien ou mal, qu'il y ait une victime, une victoire, le débat m'indiffère. La morale ne tient pas devant le mouvement de la vie. Et je sens, moi, que tant que je plierai la nature sous ma loi, je resterai vivant.

L'évêque a pris congé avant les autres. Il avait la mine longue, l'œil grave. Il a embrassé son hôte sans une parole d'au revoir. L'homme brun l'a raccompagné jusque sur le perron, hommage qu'il ne rend à personne. Il l'a regardé monter dans sa chaise à porteurs, et en se retournant il s'est truffé le nez de tabac. Monseigneur de Palmye est son seul ami. Il ne veut pas le perdre. Mais perd-on un ami parce qu'on abuse d'une fille ?

Maintenant, assis sur son grand lit, l'homme s'impatiente. Lakmé viendra, le billet qu'il lui a fait porter ne souffrait point de refus, mais pourquoi tarde-t-elle ? L'homme ôte sa veste de velours bleu roi, son gilet damassé, sa large ceinture, les manchettes de dentelle qu'il porte fort fournies et fort longues, couvrant jusqu'à la première phalange. Il hésite à quitter ses souliers pour passer les pantoufles brodées par Maryam. Renonce, un seigneur en pantoufles ressemble à un bourgeois. Il se tâte l'estomac. Il a soixante-quatre ans. Il gonfle sa poitrine comme il ferait d'une voile au milieu du Bosphore. Il n'a que l'âge de son désir. Seize ans tout juste, ce soir précisément. Ce soir précisément, il y a tout juste seize ans qu'il s'est vu franchir la grille du jardin de Mehmet Uklan avec, blottie contre son cœur, une petite Lakmé qui roucoulait de joie. Une colombe de quatre ans qui lui becquetait les joues et applaudissait à chacun de ses gestes. La première nuit, elle a dormi au pied de son lit. La suivante, il l'a confiée à sa femme de charge, qui l'a emmenée dans sa chambre au-dessus des appartements du maître. L'enfant s'est sauvée. Au matin, l'homme brun l'a retrouvée allongée le long de lui, sur le drap. De même le matin suivant, et tous les autres pareillement, pendant trois mois entiers. Au Palais de France, on commençait de jaser sur les affections véritablement surprenantes de l'ambassadeur. C'est alors qu'il a décidé d'envoyer Lakmé chez sa sœur. Incapable de se séparer si brutalement d'elle, et craignant pour leur avenir les périls du voyage, il a tenu à l'accompagner lui-même. Partis au début d'octobre, où les vents d'ordinaire sont cléments, ils ont navigué sans encombre jusqu'à Marseille. Suivant les instructions de la marquise de Vineuil, un carrosse pourvu des dernières commodités les y attendait, pour les mener par petites étapes jusqu'à Paris. En Gascogne, ils se sont arrêtés au monastère des Repenties, dont Louise de Vineuil venait d'être nommée abbesse.

L'homme brun et la nonne ont versé l'eau vive sur le front de Lakmé, rebaptisée dans la foi chrétienne, et pour un instant seulement, Héloïse. Emue, Louise de Vineuil a proposé à l'étonnant parrain de séjourner quelques jours au couvent. Sentant confusément que sous cette robe de moniale le sort lui tendait la main, il a accepté.

Au fond, Louise lui ressemblait. Une nature taillée dans le roc, rebelle aux lois et aux hypocrisies du siècle, éprise de cette vérité profonde que peu d'êtres recherchent. En observant l'homme brun, en l'écoutant raconter à cœur de plus en plus nu son irrépressible passion pour l'enfant du sérail, elle songeait qu'elle aurait pu le rendre heureux. L'homme la regardait, penchée sur le morceau de lin qu'elle ourlait. Lorsqu'elle levait sur lui ses yeux verts où glissaient sans hâte les ombres, il retenait le mouvement qui le poussait à l'enlacer. Elle ne lui avait rien caché de l'Anglais parjure, de leurs étreintes, du petit qu'elle avait attendu puis perdu ici même, dans sa cellule de novice. Elle en gardait une douleur sourde, mais n'éprouvait aucun remords. Le jugement d'autrui l'indifférait et elle gageait que, devant la pureté de son cœur, Dieu lui pardonnerait l'embrasement de ses sens. Elle n'avait que vingt-cinq ans mais l'homme la sentait plus libre et plus maîtresse d'elle-même qu'aucune des femmes, veuves ou épouses adultères, duchesses ou courtisanes, qu'il avait côtoyées. Il l'admirait. Elle lui plaisait. En se laissant aller, il aurait pu l'aimer. Mais il y avait le bandeau qui enserrait ses traits réguliers, la lumière poudrée du cloître, les envolées de tourterelles au-dessus du pigeonnier écroulé, le chant des pension-

130

naires qui rapprochait le ciel. Au moment de l'adieu, quand il baisa la main de Louise, puis sa joue tiède, et ensuite, une seule fois, ses lèvres, il hésita. Il se savait capable d'enlever cette femme. Avec l'appui de Victorien, on pouvait la relever de ses vœux. Il n'était même pas besoin de demander, la main de Louise, enfouie dans la sienne, lui confessait assez qu'elle était prête à tenter l'aventure. Mais Lakmé le tirait par un pan de son manteau, elle tapait du pied, elle voulait qu'il lâchât cette drôle de dame toute blanche et montât avec elle en voiture. Il la hissa sur sa hanche. Louise de Vineuil sourit d'un beau sourire vaincu et retira ses doigts pour caresser le petit visage renfrogné. Jusqu'au tournant du bois et malgré la poussière soulevée par les pieds des chevaux, l'homme et l'enfant par les vitres baissées agitèrent leurs mouchoirs. Sur la cheminée de sa chambre, Louise plaça la pendule de chevet offerte par son visiteur en souvenir de leurs heures suspendues. Elle savait qu'elle ne le reverrait pas. Chaque soir, en se couchant, elle priait pour lui.

On gratte à la porte. Perdu dans ses souvenirs, l'homme brun sursaute et renverse son verre de tokay sur la soie des coussins. Lakmé court au lit. Autour de ses cheveux, elle a noué une mousseline noire. Elle l'ôte prestement, frotte la tache, qui ne part point. L'homme lui prend les poignets, la tourne vers lui.

— Te souviens-tu de ce que tu faisais aux invités, quand tu étais enfant ?

Lakmé rougit. Secoue la tête.

— Prends l'aiguière, sur la table.

Elle la prend, ôte le bouchon, s'apprête à lui verser à boire.

— Non. Asperge ma figure.

Elle le fait, maladroitement. Trempée, la chemise colle aux poils gris du torse. Elle tremble, elle essuie de son mieux, mais le foulard taché n'absorbe plus les gouttes.

— Plus doucement...

Elle effleure le grand front, les deux profonds sillons autour du nez busqué. Elle s'applique. Elle passe le bout de sa langue entre ses dents très blanches. Lui rouvre grands les yeux qu'il plissait. Effrayée par son expression, elle recule. Il l'enlace et la bascule sous lui.

— Excellence ! Je vous en supplie...

— Tais-toi.

Elle baisse ses longues paupières. Dessous, sa nourrice du sérail, une énorme négresse aux lobes cloutés de perles, lui murmure la berceuse des captives qui s'apprêtent pour le maître.

Chez Mme de Ruppeldieu, on entoure l'homme brun. Il raconte avec des gestes vigoureux sa prise de fonctions à Constantinople, son audience manquée chez le Sultan et l'obstination sans remède d'où est née leur

132

estime commune. Les dames s'extasient comme devant une antiquité exotique. Les hommes songent qu'à la place de l'ambassadeur, ils auraient sans balancer troqué l'honneur contre les avantages que procure la faveur. L'homme brun, du coin de l'œil, surveille la jeune fille, qui s'est assise auprès de monseigneur de Palmye. L'évêque la taquine sur son décolleté. Elle rit, en nature franche et qui connaît sa beauté. Elle lui demande des nouvelles de Louise-Charlotte. Il rapproche son siège, il est touché, personne jamais ne s'enquiert de sa bien-aimée qui se meurt. Lakmé prend sa main. Il se penche vers elle et l'embrasse sur la tempe, là où la peau est si fine qu'on voit le sang battre au travers. L'abbé d'Ogny, renard déguisé en hermine et précepteur des enfants Vineuil, s'écrie : « Un baiser ! un baiser ! » en applaudissant du bout de ses gants jaunes. Dix, quinze têtes se tournent. L'homme brun sent son cœur se crisper, il a les paumes chaudes, il maudit son ami. L'archevêque, placide, propose une partie de trou-madame. Lakmé, qui n'aime pas le jeu, se lève. L'homme lui fait signe de le rejoindre.

— Dites adieu à notre hôtesse. Nous allons rentrer.

— Déjà ? Nous venons seulement d'arriver !

— Aimez-vous tant le monde ?

— Devrais-je le fuir ? C'est vous qui m'y menez, et il ne vous déplaît pas, d'ordinaire, de m'y produire.

Elle se tient devant lui, svelte, le front pur. Tous les messieurs présents l'embrasseraient sur les lèvres dans le coin d'un rideau qu'elle ne rougirait pas. Elle n'a rien à

cacher. Elle n'a rien à prétendre. Elle ne sait pas tricher.
Voilà presque un an déjà que l'homme brun jouit d'elle
chaque nuit, et il s'étonne que ses façons de vierge
demeurent. Maintes fois il a déniaisé des pucelles et
toujours, après, il a regretté leur innocence enfuie.
Lakmé, quelles que soient les complaisances qu'il exige
d'elle, ne change pas. Le même regard serein, dont
l'angélisme materait un cocher aviné, les mêmes élans
entrecoupés des mêmes langueurs, le même mélange de
babillage femelle et d'insondable silence. Cette fille-là
est un meuble à secrets, songe-t-il, il me faudra des lunes
avant d'en connaître les fonds. Il sourit. Il est fier. Il
bombe le torse. Il est heureux. La comtesse de Ruppeldieu lui prend le coude.

— Votre protégée se montre digne de l'intérêt que vous
lui portez. Je vous en félicite. Elle a fait nos délices, et
je me réjouis qu'elle fasse maintenant les vôtres.

L'homme brun hoche la tête. Il a oublié son tabac
à priser. Il n'aime ni la gorge enfarinée de Mme de
Ruppeldieu ni le parfum douceâtre que lève son
éventail.

— Dites-moi en confidence : les femmes de là-bas ont-
elles quelque chose que nous autres n'avons pas ?

De la main gauche, elle s'accroche à sa manche. Elle
mordille sa lèvre d'un air gourmand. L'homme dégage
son bras.

— Tant de choses, chère amie, tant de choses...

Le visage de poupée s'enlaidit d'une grimace.

— Mon aînée était fort liée avec elle, je n'ai pas vu de

raison d'entraver leur mutuelle inclination. Bien sûr, la situation maintenant est un peu différente.

– Et pourquoi, je vous prie ?

– C'est que... Ma fille va se fiancer. Avec le comte Bronski, qui est polonais, fort civil et très en cour auprès de la duchesse d'Orléans.

– Et donc ? Achevez ce que vous alliez dire.

– Mais, je n'allais rien dire...

– Achevez, car je vais me lasser !

Le teint de l'homme a viré rouge brique. Le vicomte de Prémont s'approche. L'embonpoint le menace et, pour s'en prévenir, il se donne du mouvement sur la comtesse sa voisine tous les matins. Il se campe, l'œil laiteux fixé sur les joues de l'ambassadeur.

– Fourcès, vous vous trahissez. Avouez que vous êtes épris.

L'homme brun éclate d'un rire énorme. On se retourne. Monseigneur de Palmye, inquiet, pose ses cartes sur la table. La voix se casse d'un coup. L'homme se penche vers le petit vicomte.

– Si j'étais en Orient, monsieur, je vous ferais bâtonner par mes valets.

Mme de Ruppeldieu tire son amant en arrière. Ils échangent un regard bref, c'est un fou, comment se défaire de lui, que vont penser les gens ? Monseigneur de Palmye se glisse jusqu'à l'homme brun, l'entraîne vers la porte. Il est maintenant livide, il tend la main vers Lakmé qui tremble, immobile au milieu du salon.

L'archevêque commande au portier de faire avancer la voiture. Il prend son ami par l'épaule.

— Je t'avais prévenu, Charles. Et cela ne fait que commencer.

La jeune fille brode près du feu mourant. L'homme tousse. D'un mouvement de chat, elle se coule jusqu'au foyer dont elle attise les braises. Il ne peut regarder ailleurs, la lueur des premières flammes qui danse au pli de son cou, les épaules frêles, les bras minces, un peu plats, les mains diaphanes, les cheveux d'un brun chaud, nattés négligemment. Elle se retourne, surprend l'éclat sauvage de ses prunelles, ses mâchoires durcies, ses doigts qui se crispent. Elle reste là, accroupie, sans plus bouger. Le feu lui chauffe les reins, et c'est par là qu'il l'empoigne, la trousse, la poignarde sans un mot, sans une caresse. Elle laisse tomber sa nuque tandis qu'il la besogne, il la mord en vieux fauve qui couvre sa femelle, et quand le plaisir le brûle, il manque la frapper.

Il est dans son fauteuil, rajusté, essoufflé, des étoiles devant les yeux et le cœur qui cogne dur. Elle rabat simplement sa jupe, le visage dans ses boucles échappées, elle tisonne à nouveau les braises, une veine bat sur sa tempe, elle respire un peu vite, elle ne dit rien. Il reprend son souffle, lisse les pans de sa veste, il est le comte de Fourcès, ambassadeur en retraite, ses ancêtres remontent aux croisades et ses rentes confortent l'autorité de son épée, il n'a plus guère d'avenir mais le présent lui suffit, un présent toujours renouvelé et jamais refusé, comme l'eau bleue dans les fontaines de Mehmet Uklan...

– Lakmé, avez-vous jamais songé à vous marier ?

Elle ne lève pas les yeux. Elle répond de cette voix douce, un peu lente, qu'il affectionne plus qu'aucune musique :

– Il en sera selon votre volonté, mon seigneur.

Il sourit. Il soupire. S'il n'était qui il est, il la bénirait.

La nuit dernière, elle n'est pas venue. L'homme a attendu en se rongeant les doigts, furieux de se sentir pareillement atteint. Deux fois, il est sorti dans le couloir, il a pris l'escalier, puis la galerie joignant l'hôtel de Fourcès à celui de Vineuil où Lakmé loge encore. Mais les gens d'Angélique ciraient les parquets, et, saisi d'une pudeur inconnue, sur la pointe des pieds il est retourné sur ses pas. A l'aube, il est entré chez Maryam. Il comptait tromper avec elle son dépit. Il n'a pas pu. L'Arménienne est bonne fille, elle l'a fortifié de son mieux. Mais aucun des détours dont elle use d'ordinaire n'a su l'émouvoir. Il se hait, il hait Lakmé. Le mois dernier, il l'a vue lire dans le jardin une lettre qu'elle a baisée puis cachée sur son sein. Il a pensé à quelque enfantillage, Lakmé a les sens tièdes mais l'amitié passionnée. Cependant, la semaine passée, au bal de printemps donné par la duchesse de La Rochelambron en sa maison des champs, derrière La Muette, il a trouvé la jeune fille

138

étrangement nerveuse, et des taches roses sur ses joues lui ont fait croire qu'elle couvait une fièvre.

La presse était grande, Mme de La Rochelambron voulait célébrer devant le monde ses retrouvailles avec le duc son mari, dont elle vivait séparée depuis plusieurs années. La maîtresse de celui-ci, qui fait l'actrice au Palais-Royal, lui a donné un fils. La duchesse, qui approche la trentaine, s'inquiète. Elle veut combattre le mal par le mal et, pour garantir ses vieux jours, donner elle aussi un héritier au Néron syphilitique dont elle est affligée. L'intéressé s'en réjouit, car il est laid à dégoûter un vérat, libidineux et avare. Répugnant à payer les femmes qu'il désire et qu'il goûte belles, donc coûteuses, il a calculé qu'une épouse dont on assure déjà le train engage à moins de frais qu'une courtisane à la mode. Comme la duchesse est gracieuse et vicieuse, il s'en promet plus de plaisir que de dépense, et cette économie le comble par avance. Sous les boiseries fraîchement repeintes du petit château de la Source où l'on peut, en été, prendre les eaux, les invités congratulaient le couple comme s'il venait de sortir de l'église. La duchesse portait beau, elle savait qu'on la plaignait mais qu'on l'admirait plus encore, et ce réconfort la tenait ferme dans la perspective des nuits à venir. Elle semblait intime avec Lakmé. Au milieu de la foule, elles trouvaient à tout moment le moyen de se parler à l'oreille. L'homme brun les surveillait de loin, amusé par leurs mines de complot. Maintenant qu'il y repense, il s'amuse beaucoup moins. La jeune fille peut-être contait à la duchesse comment il en use avec elle. Affligées d'un même sort, elles cherchaient sans doute le moyen de se consoler de leur joug. L'abbé d'Ogny, qui connaît Lakmé depuis son arrivée en France, se fichait comme un clou entre elles deux. L'homme déteste ce jésuite. Familier des salons où sa science et son acidité remportent les suffrages, il a des façons de faux dévot et des mœurs scandaleuses. C'est lui, l'homme en est sûr, qui a converti les deux fils d'Angélique à la bougrerie. Ce tartuffe arborait à son bras son frère cadet, le chevalier d'Ogny, qui vient de rentrer d'une campagne contre les Barbaresques pour prendre son service auprès du Roi. Le jeune homme est de Malte, sa compagnie sert par quartier, huit mois sur douze il vit hors de France. Il est grand et de mâle prestance, les cheveux au naturel, le visage ouvert, la voix douce. On l'imaginerait en Renaud aux genoux de la belle Armide. Lakmé ne le quittait pas des yeux. Il lui plaît, l'homme en jurerait. Cette façon qu'elle avait de frémir à son approche, ces regards dont elle le caressait à son insu, ce feu sur son visage, l'agitation qui la prenait lorsqu'il quittait la salle. Et puis surtout, depuis cette funeste soirée, ses froideurs, ses silences, son dégoût pour toute société, ses réticences à se laisser caresser en dehors des heures habituelles. L'homme brun jusqu'à cette nuit s'est refusé à se laisser troubler. Il ne peut concevoir que Lakmé lui résiste, encore moins qu'elle lui manque. Mais il l'a attendue jusqu'à l'aube et elle n'est pas venue. Il va la tancer en sorte de lui ôter le goût de la coquetterie. Elle est jeune, bien sûr, et il sied que jeunesse en public se frotte à qui la fait briller. Mais l'homme, par un droit qu'il estime divin, s'en est réservé les fruits. Des sucs, de la sève de Lakmé, il s'abreuve. Il va convaincre Angélique de se séparer d'elle, et l'installer ici même, à côté de Maryam. D'ailleurs, il est résolu à marier l'Arménienne. Elle l'a bien servi mais il n'a plus besoin d'elle. Lakmé sans partage, sans échappée, à portée de désir. Il gardera la servante félonne et augmentera ses gages. Lancelot d'Ogny trouvera porte close et cœur sous le boisseau. Rien n'a changé. Rien ne changera.

Monseigneur de Palmye panse le front de son ami, qui s'est fait en chutant une plaie large et profonde.

— Tes crises recommencent, et chaque fois plus rudes. Si tu ne te contiens pas, tu vas retomber vraiment malade et tu sais que notre Faculté soigne plus radicalement que tes médicastres turcs.

— On ne prévient pas les coups de sang, Victorien. J'ai vu rouge, j'ai voulu la gifler, elle s'est baissée, mon coup a emporté mon corps, j'ai donné contre le bois du lit...

— Cela ne doit pas se reproduire, Charles.

— Il ne dépend que d'elle de ne pas m'irriter.

— Elle a tant de pouvoir sur toi ?

— C'est moi qui ai tout pouvoir sur elle ! Elle me doit ce qu'elle est, hier comme aujourd'hui ! J'en ai fait publiquement ma maîtresse, depuis quatre ans je l'initie à mes affaires, j'entends lui donner le gouvernement de ma maison, je la semonce parfois mais je la bats rarement, elle sait que je tiens à elle...

— Tu le lui as dit ?

— Je le lui prouve d'abondance, crois-moi ! Il n'est pas besoin de serments, de douceurs, quand on se donne si complètement que je le fais !

— Tu te donnes ? Ou tu prends ?

L'homme brun se laisse tomber sur un siège, qui craque sous son poids.

— Je me demande souvent, Victorien, pourquoi nous sommes amis. Tu n'aimes rien de moi, et pourtant tu m'aimes, n'est-ce pas ? Tâche de comprendre que les gens envient mes libertés plus qu'ils ne s'en offusquent. Comme ils n'osent confesser leur désir de sang frais, ils crient au vampire sur mon passage, mais si je mettais Lakmé dans leur lit, je te jure qu'ils ne la raccompagneraient pas à la porte. Je traite la petite en esclave ? Et alors ? Je l'ai choisie esclave parce que j'aime les esclaves. Je le dis et je pourrais le crier dans le salon de ma sœur. C'est là ma vérité, je n'en tire aucune honte. Je crois plus estimable de vivre dans le vrai de soi, jusqu'au bout de soi, que de s'engluer dans les atermoiements et les mensonges. La vie ne dresse qu'un seul banquet, et je serais assez sot, assez lâche, pour me voiler la face et refuser d'y porter les deux mains ? Allons, Victorien, quitte cette moue de curé ! Tu n'es pas plus saint que moi, toi aussi tu transiges avec ta conscience !

— Tu n'as pas de conscience, Charles.

— C'est vrai. A seize ans, après mon premier combat, je l'ai enterrée avec mes hommes et je ne l'ai jamais regrettée. Victorien, sois honnête. Tu me préférerais acoquiné avec la grosse Ruppeldieu, avec la petite duchesse de La Rochelambron, avec une bourgeoise dont le mari endosserait les fruits adultérins, avec une danseuse qui me donnerait la fatuité de rester au goût du jour ? Je méprise les demi-mesures. Le monde n'est qu'hypocrisie et complaisance, je crache sur le monde. Je me moque d'être digne, d'être humain, d'être bon. Je suis tel que je suis, et je ne suis pas un monstre si damnable puisque tu me conserves ton affection.

— Lakmé ne t'aime pas.

— Il suffit à ma philosophie qu'elle me respecte et qu'elle m'obéisse.

— Si elle te quitte, tu souffriras.

— Elle ne peut pas me quitter. Je la tiens de toutes les manières.

— Il y a mille façons de quitter un homme.

— Elle ne me quittera pas.

— Lancelot d'Ogny est beau, il est épris, il lui écrit, ils se voient secrètement...

— Tais-toi, ou c'est toi que je cogne !

L'homme brun, main levée, menace l'archevêque.

— Je te plains, Charles..

L'homme, pour se retenir de frapper son ami, donne du poing sur le dos d'un fauteuil.

143

– Elle n'a pas plus de malice que lorsqu'elle avait quatre ans, et aucune inclination pour le plaisir. Son tempérament la porte à la passivité, elle est fille d'Orient, elle n'imaginerait pas commander son destin.

– Charles. Elle est amoureuse du chevalier. Elle a maintenant vingt-quatre ans, lui vingt-six, toi presque soixante-dix. Sa reconnaissance l'attache à toi, mais tu n'as su émouvoir ni son cœur ni ses sens, tu ne peux exiger qu'elle te reste fidèle.

– Elle t'a avoué quelque chose.

– J'ai des yeux pour voir. Ta sœur, qui craint de te déplaire plus que d'offenser Dieu, se ronge les sangs. Dans les salons on murmure que tu mérites ton châtiment et les paris se prennent en faveur du chevalier. Les gens ne te veulent pas du bien.

– J'y suis accoutumé.

– Pour te nuire, ils seraient prêts à faciliter la trahison de celle que tu aimes.

– Je n'aime personne !

– Merci pour moi.

– Je suis apprivoisé à la petite, c'est tout. Depuis combien d'années bornes-tu ton horizon aux seins de Louise-Charlotte ?

– Vingt-cinq, merci, et je prie le Ciel de me faire mourir avant elle, tant elle me demeure chère. Dis-moi, pourquoi as-tu voulu gifler Lakmé ?

Deux petits valets poudrés préparent le thé que l'évêque verse lui-même. L'homme brun marche de long en large.

144

– Elle me narguait avec un aplomb ! Elle soutenait que les sentiments ne se règlent pas comme les mouvements de troupes. Je lui ai répondu que Maryam s'accommodait bien de son sort et même en était fière. A quoi elle a répliqué que je libérais Maryam, qu'elle au moins allait se marier et avoir des enfants. Qu'une fois je lui avais demandé si elle-même y pensait, mais qu'elle me craignait trop alors pour risquer de me fâcher, et qu'elle m'avait répondu ce que je souhaitais entendre.

L'homme brun cherche son souffle. Il agrippe le rideau de velours. Monseigneur de Palmye pousse vers lui un siège. Il s'y laisse tomber, son cou se marbre de plaques rouges.

– Je me suis mis à hurler : « Des enfants ! Tu veux des enfants ? Mais je vais t'en faire, moi ! Et tout de suite ! » Je l'ai attrapée par sa jupe, qui s'est déchirée. Elle s'est débattue. Je l'ai violentée. Elle a crié, d'habitude elle est muette. Je lui faisais mal et j'aimais ça, elle l'a bien vu. Quand je me suis reboutonné elle m'a regardé droit, et elle m'a soufflé : « Soyez maudit. » Alors, j'ai voulu la frapper.

– Il faut la laisser aller, Charles.

– Jamais ! Tu m'entends ! Jamais !

L'homme a les yeux veinés de rouge. Il ouvre et referme ses doigts, ses jointures craquent, la sueur colle sa perruque.

– Jamais.

145

Elle va m'aimer. Elle doit m'aimer. Je saurai l'y amener. L'amour n'est qu'une illusion parmi toutes les illusions du monde, il suffit de l'enflammer. Des ailes. Je vais lui donner des ailes. En venant dans ma chambre, elle se croira ma fée. Un vent serein l'allongera contre moi, elle se répétera que sa mission est là, que je suis juste et bon, elle s'enorgueillira de me faire du bien, et la folie de changer son sort contre celui d'une amante pâmée la quittera à jamais. Je vais user de douceur. M'apprivoiser à sourire. Lui faire compliment. La reprendre moins souvent sur ses distractions, ses bouderies, ses rêveries. Lui imposer de l'exercice, elle vit trop confinée, entre son appartement et le mien, le salon d'Angélique et les visites où elle m'accompagne. Dès les premières chaleurs, je l'enverrai à la campagne, elle marchera, elle nagera dans la rivière, le mouvement dissipera ses vapeurs. Je le sais d'expérience, il n'est point de mélancolie qui tienne devant une hygiène vigoureuse. Le chevalier d'Ogny n'a pas répondu à ma lettre. Il me craint, comme les autres. Il est bon de savoir se faire craindre. Il ne bronchera pas. Son service auprès du Roi s'achève. Il va repartir. Lakmé l'oubliera, je m'appliquerai à ce qu'elle l'oublie. Sa servante m'aidera. Lorsqu'il s'agit de choisir, cette fille juge droit. Elle convient qu'un simple chevalier de Malte pèse moins qu'un comte de Fourcès. On peut compter sur moi de toutes les manières. Je ne dérobe jamais, je ne plie jamais, je n'ai jamais trahi. Lakmé se rangera à cet

146

avis. Elle me connaît mieux que personne. Elle ignore seulement encore que je puis être tendre. Je l'ignorais aussi, nous l'apprendrons ensemble. Et si Lancelot d'Ogny s'avise de venir troubler notre entente, je le tuerai.

— Lakmé, si tu le revois une fois, seulement une fois, c'est toi que je tue !

— Faites-le maintenant, en ce cas, car je vais le revoir.

— Comment oses-tu me tenir front ?

— J'aime, seigneur, et d'aimer me rend forte.

— Tu ne peux aimer que moi, ne le sais-tu pas ?

— Je vous aime aussi, mais j'aime davantage ailleurs.

— Je t'ai nourrie ! je t'ai appris ma langue ! j'ai payé tes robes, ton maître à lire et à danser ! Tu me dois tes succès dans le monde, les soupirs qui meurent à tes pieds, les demandes en mariage dont on t'honore...

— Je ne vous dois pas le sentiment du chevalier d'Ogny.

— Sans ce que j'ai fait de toi, il ne t'aurait pas seulement remarquée ! Ton chevalier est un homme de cour, son intérêt commande ses choix. Si tu n'étais à la mode, il ne te regarderait pas !

— Il a pour moi une affection très vive. Il me jure que je suis la première...

— Naïve ! C'est un viveur et un libertin ! Son frère l'abbé ne tarit pas sur ses frasques, Angélique me répète

147

tout par le menu, le récit chaque semaine prend à lui seul une heure ! Demande à ma sœur ! La première ! Apprends qu'en sus des filles de cabaret, dont il est friand, on connaît à ton Lancelot trois maîtresses régulières, deux titrées dont je tairai les noms, plus la présidente de Lourmain, femme du second magistrat de la Chambre. Sa marquise et sa comtesse le poussent à Versailles, sa bourgeoise aide à le tirer des procès où son impécuniosité le jette. Ça, pour folâtrer, pour faire le paon, il ne manque jamais ni d'or ni d'audace, ton bel oiseau ! Mais il traîne vingt chaînes aux pattes, avec à chaque bout un prêteur impatient. Et si encore il n'y avait que les dettes ! Bon sang vit en prince, il y a de l'élégance à jeter l'argent aux fenêtres. D'Ogny perd ses éperons au jeu. Bon. Il fornique utile. Bon. Il boit. Bon. Mais il n'a pas de parole. Pas de panache. Des ambitions étroites, des horizons bornés. Il mourra comme il aura vécu, tièdement, et rien, ni une haine ni une légende, ne restera de lui.

— Monseigneur de Palmye comme lui est né cadet, et vous l'estimez fort.

— C'est que Victorien assume ses passions. A sa manière, qui est différente de la mienne mais aussi radicale, il va jusqu'au bout de lui-même. C'est un croisé du sentiment, avec pour Jérusalem l'être humain. Il protège des alchimistes, des prêtres renégats, des savants excommuniés, des pamphlétaires traqués, des putains repenties. S'il n'était prêtre, il épouserait sa Louise-Charlotte qui ne sait toujours pas rire sur le

148

bon ton ni manger proprement. Ton chevalier n'aurait jamais de pareilles bravoures. T'a-t-il proposé le mariage ?

— Les chevaliers de Malte font vœu de célibat.

— De chasteté aussi ! De pauvreté encore ! Et de se consacrer leur vie durant à servir Dieu et leur prochain ! Qui a-t-il jamais servi, ton petit moine-soldat bouclé, sinon son bon plaisir ? Il ne sait pas tenir un serment, comment peux-tu croire qu'il te sera fidèle ? S'il t'aime, qu'il le prouve ! Qu'il renonce à son bel habit, à ses coquets amis, qu'il démissionne de l'Ordre et t'emmène à l'autel !

— Il lui resterait peu de chose.

— Toi ? Peu de chose ? Je suis bien placé pour affirmer que tu satisfais amplement un homme.

— Vous êtes riche, puissant, votre vie est derrière vous, il ne vous reste rien à prouver et rien ne vous menace.

— Plus on possède, plus on s'expose à perdre. Il faut savoir montrer les dents. Je doute que ton chevalier ait beaucoup de mordant. Des mots fleuris, des gestes gentillets, délices et roucoulades Fadaises ! Une femmelette, voilà ton galant ! Qui ne saurait t'enlever, te garder, te défendre ! Il n'oserait pas ! Il n'a jamais rien osé, il n'osera jamais rien ! Que valent les sentiments, si les actes ne suivent pas !

— Vous ne le laisseriez jamais m'emmener.

— Il ne le tentera pas.

— Il m'aime plus que vous, cependant.

– Qu'en sais-tu ? Si je t'aimais, moi, comme personne n'aimera jamais ?

– Vous ne me l'avez jamais dit. Vous ne me montrez rien qu'une curiosité et un appétit également maniaques. Vous me faites espionner, je souffre de vous des ordres, des réprimandes, des jalousies, des violences. Vous êtes mon maître, pas mon amant.

– Désormais, je veux l'être, et il en sera ainsi !

– Il est trop tard, seigneur. Ce qui ne s'est tissé entre nous depuis sept ans que vous êtes rentré d'Orient ne se nouera plus.

– Tu ne ressens rien pour moi ?

– Oh si ! Je ne suis pas une ingrate ! J'ai pour vous l'affection que dicte la reconnaissance...

– Fameuse récompense !

– Si je vous déçois tant, laissez-moi au chevalier.

– Il ne te mérite pas. Je t'ouvrirai les yeux.

– Sur Lancelot ? Je lui pardonne par avance, car aimer véritablement, seigneur, c'est accepter les imperfections de qui l'on aime. Quant à vous, qu'auriez-vous à m'apprendre ? Vous êtes une âme d'airain dans un corps insatiable. Vous haïssez la faiblesse et n'en avez aucune. Vous méprisez l'amour justement parce qu'il rend faible, et que souvent il force à déposer les armes. Même devant Dieu, vous ne quitteriez pas votre épée. Vous ne sauriez aimer, ni moi ni aucune autre. Je l'ai compris à l'instant où vous m'avez pris le menton, dans le jardin, le jour de votre retour. A ce moment-là, sur votre bouche accoutumée à commander des régiments et à mordre des escla-

150

ves, j'ai lu que mon sort serait seulement de me soumettre.

– Comment peux-tu me dire cela ? A moi qui me damnerais pour toi !

– A quoi bon vous moquer...

– Tais-toi, folle ! Tu t'embrases sous les œillades de ton galant, mais pour moi tu n'as jamais eu d'yeux ! Je m'exhibe moins volontiers que les muguets d'aujourd'hui car je tiens à la dignité, sans laquelle le monde ne serait que chiennerie ! Mais je suis là, pourtant ! Regarde-moi ! Là ! Je ne sais pas aimer ? Tu avais quatre ans quand je t'ai choisie ! Dans le jardin de Mehmet Uklan, avec tes fossettes, ton rire de tourterelle, tes petits doigts poisseux, tes pieds nus, tes colères, tes caprices, tes élans si sincères. Je me suis raconté que je ferais de toi ma fille. Je me mentais, bien sûr, mais le temps qui séparait nos corps coulait si lentement. Maryam m'a distrait de toi. Lorsque je t'ai retrouvée chez ma sœur, tu étais devenue une femme. A l'abord, je ne t'ai pas reconnue. Et puis, petit à petit, je te suis revenu. Et le miracle est qu'en te revenant, je découvrais que je ne t'avais pas quittée. Que tu avais vécu, en moi, toutes ces années, et que toutes ces années j'avais vécu pour toi, dans l'attente exclusive de toi. C'est mystérieux, je sais, même Victorien répugne à me comprendre. La vie ne m'a pas appris les mots doux, les gestes qui attachent. C'est vrai, je ne t'ai pas fait ma cour. Les femmes se donnent d'autant mieux qu'on les prend, croyais-je, alors je ne me suis pas attardé en détours. Je le regrette, oui, aujourd'hui je le regrette. Mais tâche de comprendre, tu avais alors vingt ans et moi quarante de plus. Hors mon prestige, mon autorité, la crainte que j'inspire, ta dette envers moi, quels atouts, quels attraits faire valoir ? Je t'ai forcée pour que tu ne me refuses pas. Car tu m'aurais refusé, bien sûr. Et cela, à mon âge, avec tout cet amour jusqu'alors ignoré, avec cette sensation de brûler comme une torche, sans passé, sans avenir, tout entier dans le cercle éclairé par mon feu et qui te tenait là, captive, sous mon désir, cela, vois-tu, je n'aurais pu le supporter. L'orgueil et la peur ont renfermé les mots que j'aurais dû te dire, et retenu les gestes qui t'auraient prouvé mon amour. Je me suis raidi, j'ai été ombrageux, tyrannique, et sous le faix de mes ardeurs j'ai étouffé en toi les sentiments que je redoutais à si juste titre de ne pouvoir faire naître. Tu pleures ? Pourquoi pleures-tu ?

— Parce que je vous crois, et parce qu'il est trop tard.

— Il n'est pas tard. Le chevalier n'est qu'un grain de sable. Je souffle, il s'envole. Je puis encore beaucoup sur toi, Lakmé. Si je le veux...

— Non, seigneur, vous ne pouvez plus rien. Vous vous êtes livré. Vous ne m'enfermerez pas au couvent. Vous ne me renverrez pas à Constantinople. Vous ne me tuerez pas non plus, car vous ne pouvez vous passer de moi. Si je n'étais plus, vous vous laisseriez mourir.

— Comme tu dis cela...

— Maintenant c'est vous le prisonnier, seigneur, et c'est moi le geôlier.

Elle m'a tout appris. C'est moi qui lui dois tout. Elle a raison, si elle s'éloigne, je meurs. Je suis né par elle, loin d'elle je me réduis à rien. Quelle ironie... Victorien jubile, il croit m'amener bientôt à céder, il s'étonne que je résiste tant. Il ne comprend pas, l'honnête homme, le brave cœur, que je ne lâcherai jamais. Bien sûr, je sais qu'elle voit d'Ogny ; je sais que Mme de Falari est devenue son amie, qu'elle abrite leurs étreintes, que la Cour et la Ville raillent mon infortune, qu'enfin dans ma famille on guette le sang sur mes joues en supputant que ma fureur jalouse, si elle tourne en apoplexie, libérera un fameux héritage. Je me raconte que le chevalier a jusqu'ici mené une vie fort dissolue, que la fidélité lui pèsera, que la passivité de Lakmé le lassera, ou qu'au moins ses caravanes le remmèneront au loin. Je m'exerce à la patience, je bois force tisanes et plus une goutte de vin, je m'assomme à traduire le Coran en latin. Mais qu'on ne me demande rien de plus. La contrainte que je m'impose me fait souvent trembler des cheveux aux talons, et lorsque je surprends mon image dans la glace, je doute de qui je suis. C'est pour m'en assurer, pour ne pas me perdre tout à fait, que je la force encore à venir dans mon lit. Elle est inerte et parfaitement docile, comme elle l'a toujours été. Mais maintenant elle garde les paupières baissées. Alors, je ferme les yeux moi aussi, et il me semble revenir aux premiers temps, avant le chevalier, avant ma confession, avant qu'elle comprenne qu'elle me tenait en laisse. Parfois, lorsqu'elle se rhabille sans un mot ni un regard, un sursaut me prend. Je la menace, je la maudis. Ensuite, je pleure, mais elle ne le voit pas, elle s'est enfuie, auprès de lui réfugiée, ensemble ils complotent comment se débarrasser de moi. Je me berce comme je la berçais quand elle avait quatre ans, je me console avec les petits mots que je trouve si malaisément pour elle. Elle n'est plus là pour l'entendre, et quand je la rappelle, quand je lui demande pardon, car j'en suis venu là, à demander pardon, quand je veux lui prouver par mon chagrin, par mon repentir, quelle passion m'habite, à nouveau elle s'enferme sous ses paupières closes. Elle n'attend qu'un mot de moi, et ce mot je ne le dirai pas. Elle le sait, d'Ogny aussi le sait. Les tractations et sermons de Victorien n'y changeront rien. Si je la libère, je m'ouvre les veines. Pour son chevalier, elle n'est qu'une maîtresse dont l'étrange condition pimente la beauté. Pour moi elle est un monde. Penché sur son ventre, je goûte à l'univers. Elle est mon sang, ma vie qui bat. Renonce-t-on à sa vie ? On peut la partager, on peut un moment transiger avec l'inévitable, le temps, les lois du désir ou du cœur, mais céder sa vie, sans remède, sans retour, qui le fait ?

Debout près de la fenêtre, la jeune fille se force à respirer lentement. Elle a maintenant vingt-six ans. Elle pose ses mains à plat, chacune sur un carreau. Elle compte un, trois, huit, dix doigts et deux rides sur son front, et encore tant de bonheur à arracher à la vie. Elle se retourne.

– Seigneur, j'attends un enfant.

De surprise, l'homme brun lâche la perruque dont il coiffait les boucles. Il n'a pas remis ses chaussures, en se hâtant pour la prendre dans ses bras il glisse, se tord la cheville, se rattrape à une chaise, grimace de douleur. Il la serre contre lui, il ne sent pas sa raideur, il caresse ses cheveux, il respire sa peau, il est si fier, il transpire de bonheur, il crie sa joie à la face de l'ancêtre qui le toise dans son cadre.

– Ce sera un fils, je le reconnaîtrai, il portera mon nom ! Mais non, ma beauté, non ! nous allons faire mieux ! nous allons nous marier ! Victorien sera content, marier son vieil ami ! Et baptiser son premier-né, un premier-né à soixante et douze ans, le beau pied-de-nez aux frileux de ce siècle !

– Seigneur, je ne puis jurer que l'enfant soit de vous.

La gifle jette Lakmé contre la pomme de cuivre qui retient les rideaux, elle saigne du nez, sa lèvre fendue enfle. Elle se laisse glisser sur le plancher, l'homme se tient au-dessus d'elle, énorme, terrible, sa main s'abat encore, au hasard. La jeune fille se tasse, se replie, protège le trésor de son ventre.

155

– Je n'ai rien dit au chevalier...

Un murmure. Malgré la fureur qui lui brouille la vue, l'homme s'arrête net. La relève, l'assied, arrache un pan de ses dentelles pour lui essuyer le visage. Elle le regarde sans peur, sans haine, sans colère, sans rien. Il se recule. Ces yeux vides l'ouvrent en deux, et par la plaie il sent sa raison le quitter. Il la secoue, elle ne réagit pas.

– Lakmé ! Parle-moi ! Je n'aurais pas dû, je sais...

Elle revient. L'éclat dur des prunelles aussitôt tamisé sous les cils.

– Je voulais vous prévenir en premier.

Il lui embrasse les mains, il lui tend son mouchoir.

– Tu as bien fait. Tu te tairas. Tu iras cacher ta grossesse et accoucher en Angleterre, personne, pas même ma sœur, ne sera du secret. Personne, m'entends-tu ?

Elle baisse la tête.

– Jure de cacher jusqu'à ton dernier soupir l'existence de cet enfant. Qu'il vive ou qu'il meure, pas un mot, pas une allusion, jamais. Jure.

Elle pleure.

– Je ne puis. Le chevalier me chercherait jusqu'aux enfers, où que vous m'envoyiez il me retrouvera.

– Il n'aura pas à te chercher. Je vais user de mes appuis auprès du duc de Bourbon, il sera du prochain convoi de Malte, les Indes, il connaît déjà, il n'en sera que plus utile. Il restera absent huit mois. Lorsqu'il reviendra, tu auras repris ta place auprès de moi. Si tu ne te trahis pas, il ne se doutera de rien.

— Comment pourrai-je lui cacher...

— Tu n'auras rien à lui cacher. Dès demain, chez ma sœur qui nous a conviés à souper après la comédie, tu vas rompre avec lui. Avec éclat, à toi de trouver le prétexte.

— Je ne pourrai pas.

— Tu pourras. Tu songeras au petit que tu portes. Si tu m'obéis, tu le verras chaque mois, je veillerai à son éducation, et lorsqu'il sera en âge, je le doterai.

— Vous ne vivrez pas jusque-là.

— Merci. Je le doterai quand même, tu sais que je n'ai qu'une parole. Mais il me faut la tienne.

— Si je refuse ?

— L'enfant te sera retiré à la naissance. Tu ne sauras rien de lui. Tu ne le verras jamais.

— Vous feriez ce sort à votre fils ?

— Au fils de ton amant ? Sans un battement de cœur.

— Il peut être de vous autant que de lui.

— Tu dis cela pour m'émouvoir et protéger ton fruit. Je connais les ruses femelles, crois-tu que tu sois la première que j'aie engrossée ?

— Je le croyais.

— Eh bien, détrompe-toi !

— Vous mentez, je le sens.

— Le propos n'est pas là ! Jure ! Maintenant ! Sur la

Bible qui est là ! L'enfant contre ton silence éternel et ta promesse de ne plus voir Lancelot d'Ogny !

Elle tremble.

— Je ne puis...

Il se lève. Se tourne vers le lit où il s'est donné tant de joie. Un grand froid lui remonte des pieds jusqu'aux cuisses, il est las, une fatigue si pesante, il lutte contre la tentation de s'étendre. Elle le regarde, inquiète de son silence.

— Seigneur, laissez-moi quelques jours...

— Tu partiras dès l'annonce de ta rupture. Je sais un couvent anglais qui cachera ta honte et la mienne.

— Je ne vous reverrai plus ?

— Si tu ne jures pas, tu me perdras comme tu perdras ton bâtard. Je te ferai prendre le voile après tes relevailles.

— Vous m'imposeriez cela ?

— Que ne m'imposes-tu, à moi ? Enceinte ! De mon rival !

— Je vous le répète, je ne sais...

— Tais-toi ! Il fallait me mentir ! Me dire qu'il était de moi ! J'aurais tout fait pour lui, et pour toi plus encore ! Même cela, garce, tu me le voles !

— Mais seigneur...

Il serre le poing, il vise l'épaule, la cuisse, le ventre, il écume, il bredouille, il titube, il l'entend qui déverrouille la porte et se sauve dans le couloir, le plafond descend jusqu'à sa nuque, appuie, broie, il tombe à genoux, il coule, son front s'écorche à la boucle d'un soulier, il rit,

158

la bouche sur un talon boueux, son bras toujours vif frappe d'estoc et de taille, il fait noir, juste le bruit de son cœur, si lourd, si lourd.

— Célénie, ouvre-moi ! Célénie ! Tu m'entends ?

Matthias tambourina à nouveau sur la porte, si fort que sa peau aux phalanges se fendit. Il lécha le sang et reprit de plus belle.

— Sept jours que tu es là-dedans ! Célénie ! Je t'avais défendu de fumer ! Je t'avais défendu ! Célénie ! Réponds-moi !

Matthias entendait distinctement un couple de tourterelles roucouler sur la fenêtre que Célénie avait laissée ouverte. S'il y avait eu le moindre mouvement dans la chambre, si elles avaient senti une présence, elles se seraient envolées. Le sang de Matthias descendait dans ses pieds.

— Célénie ! Je t'en supplie...

Pas un bruit. Matthias fouilla le sac qu'il avait apporté, tira une large lame plate qu'il glissa entre la porte et le mur. Le loquet, poussé à fond, résistait. Il ferrailla, suant et jurant. Essaya une tige ronde, une autre lame, maudissant Allah et monseigneur de Palmye. Sans le coffre, l'héritage, le narguilé, les papiers, Célénie et lui seraient en train de cueillir les premières pêches de vigne aux Repenties. On aurait déniché quelques jeunes busards pour remplacer les victimes des loups, ils seraient dégrossis déjà, dans quelques semaines on les lâcherait sur un lièvre. Sous le front ruisselant de Matthias la voix de Célénie dansait, la petite courait vers le lac qu'elle aimait, elle riait dans le vent et sœur Marthe en la regardant s'enfuir ruminait sa vengeance.

Matthias jeta ses outils et sans s'aider des mains dévala l'escalier. Revint avec l'homme de peine et deux ravaudeurs de tapis racolés dans la rue. A quatre, ils portaient la table de la grande salle, longue et lourde, avec des coins de cuivre. Sous le premier choc, un peu de bois s'effrita. Ils prirent de l'élan dans la galerie et revinrent à toute volée. Au cinquième coup, la porte se fendit assez largement pour que Matthias y pût glisser la main pour tirer le verrou.

Célénie gisait, renversée en arrière, sur le divan recouvert d'un drap. Toute nue, le portefeuille de chagrin vert calé sur son ventre, les lèvres blanches comme celles d'un cadavre, ses cheveux épars, ses bas tortillés au milieu du mollet. Le narguilé ne fumait plus, mais une odeur âcre stagnait dans la pièce. Lorsque Matthias secoua l'enfant, le journal du comte de Fourcès et sa correspondance avec l'évêque de Palmye glissèrent sur le carreau. Foulant et froissant avec rage les feuillets, Matthias frotta de toutes ses forces les mains et les pieds glacés, les mollets minces, les cuisses creusées par le jeûne. Il la releva, tête ballante, yeux renversés, et lui frictionna le dos. Elle gémit. Hoqueta. Vomit une abondante bile brune.

– Mais qu'est-ce que tu as fumé ?

Elle grimaça, un pauvre rictus de petite fille punie.

– Au souk, quand tu achetais ta poudre pour dormir sans rêver... Moi j'ai pris le mélange pour rêver sans dormir...

Sa voix venait de si loin que Matthias sentit à nouveau la sueur mouiller sa nuque. Il lui massa les épaules et le cou. Elle ouvrit avec effort les yeux. Les cernes noirs, très creusés, lui donnaient l'air d'une chouette, mais elle était là, bien là. Il éclata de rire, un merveilleux fou rire de presque père, il la serra sur son cœur exultant, il la sauverait toujours, du passé, des douleurs à venir, c'était là sa mission, à lui qui n'avait pu sauver Plus-que-Belle, sa colombe resterait libre et pareille à nulle autre, les loups ne la prendraient jamais.

– Je vais te préparer un bain. Avec du lait et de l'huile d'amandes, comme on fait au harem. C'est fini, mon oiseau. C'est fini...

Faible à ne pouvoir lever un bras, elle se laissait bercer.

– Et puis il faut te refaire une santé, nous allons recevoir notre première visite. M. le chevalier d'Ogny, de l'ordre de Malte, on a porté une lettre de sa part ce matin. Le cavalier qui me l'a remise m'a prié d'excuser le chevalier auprès de toi, mais ses affaires de charité le retiennent et il ne pourra arriver à Constantinople avant le début de l'automne. D'ici-là, pour passer les chaleurs, nous pouvons aller à Buyukdéré, qui est un vallon choyé des rossignols. Tu veux bien ? Les gens riches y déménagent pour l'été. Il y a deux rivières, des maisons de toutes les couleurs, et des prés et des bois, comme chez nous, en Gascogne. Tu iras nager, tu reprendras des joues roses, et ce chevalier de Malte, lorsqu'il se présentera, te trouvera la plus jolie du monde. Tu le sors d'où d'ailleurs, celui-là, ma cachottière ?

Célénie tremblait. Matthias l'enveloppa dans le drap et la porta sur la banquette qui tenait lieu de lit. Elle lui prit la main.

— Je lui ai écrit avant notre départ de France. Je ne savais pas où le trouver, mais Ariel m'a promis de s'en occuper pour moi. Dans mon mot, je disais que j'étais une héritière en mal de faire le bien. Que je souhaitais construire ici un hôpital pour enfants. Que si mon offre intéressait l'Ordre, j'attendais le chevalier sur place, afin que nous en causions.

— Qu'est-ce que c'est que cette histoire ! Tu le connais, ce monsieur ?

Le regard vague, Célénie enroulait sur son doigt une grosse mèche de cheveux.

— Alors ? Tu le connais ?

— Un peu...

IV

Procès d'un amour

Le chevalier mit pied à terre devant la porte, leva les yeux sur la façade et s'étonna de son délabrement. Un homme de haute taille, les yeux bandés d'un linge bleu, saisit la bride de son cheval et, s'inclinant sobrement, le pria d'entrer. La nuit tombait, il pleuvait dru, une de ces premières pluies glacées dans l'air encore tiède des douceurs de septembre. Le chevalier, en ôtant seul son manteau noir dégoulinant et son chapeau détrempé, frissonna. Dans l'entrée nue, un miroir fêlé lui renvoya l'image d'un homme de quarante-trois ans, la mise soignée, le port altier, le visage plein et les yeux tristes. Il se força à sourire comme antan il le faisait dans le monde. Il se trouva simiesque, rajusta avec lassitude la croix de Malte accrochée à son pourpoint et se tourna vers la seule porte d'où filtrât une lumière. Contre son épaule, l'aveugle, qu'il n'avait pas entendu rentrer, lui souffla qu'il était attendu. Le chevalier sursauta et se dit que les gens riches, décidément, avaient d'étranges façons.

Dans la cheminée du grand salon brûlait une souche

d'eucalyptus qui sifflait et craquait avec d'épaisses fumées. La pièce, longue de quinze pas et large de sept ou huit, était aussi richement ornée que le reste du palais semblait lépreux. Le cuir doré au fer, sur les murs, luisait de l'éclat de dix torchères d'argent, cinq de chaque côté, et les tapis de soie cachaient la pierre du sol comme dans le boudoir d'une odalisque. Des coffres à marqueterie de cuivre et d'ivoire s'alignaient sous les fenêtres, devant lesquelles de hautes volières d'osier recouvertes de draps blancs abritaient des oiseaux assoupis. L'hôtesse était assise devant le feu, sur un canapé français à la dorure passée. Le chevalier ne voyait d'elle qu'une nuque et des épaules minces sous un épais lacis de cheveux noirs. Le cœur curieusement ému, il s'avança. Sur les tapis ses bottes ne faisaient aucun bruit. Une robe couleur d'aurore, très échancrée dans le dos. Une peau de fruit pâle, avec au creux des omoplates un léger duvet brun. Des pendants d'oreilles en ambre ciselé qui buvaient la lumière des flammes. Elle tournait les pages d'un livre. Le chevalier, d'instinct, retenait son souffle. Il n'était qu'à cinq pas. C'est alors que le rapace perché sur le bras d'un fauteuil ouvrit des yeux féroces. Les épaules blanches frémirent.

— Je suis bien audacieux d'être entré sans avoir été annoncé, mais votre domestique...

Elle se retourna.

C'était une enfant. Ou quelque miracle l'avait si bien préservée des hasards de la vie que sur elle le temps n'avait pu trouver prise. Assis à côté d'elle après qu'elle l'eut courtoisement accueilli, buvant le chocolat qu'elle avait fait servir sans se soucier de savoir s'il l'aimait, le chevalier se demandait sur quelle planète insolite il venait de s'échouer. Elle lui souriait en femme accoutumée aux hommes et ne les craignant point. En maîtresse de maison accomplie, elle s'enquérait de son voyage, de sa santé, de ses relations à Constantinople, du temps qu'il y pourrait demeurer, de ses préférences en matière d'épices et de musique. Mais lorsqu'elle lançait une friandise au faucon Archibald, elle semblait une pensionnaire échappée du couvent. Et quand elle baissait le nez sur sa tasse et, par-dessous ses cils étonnants, lui coulait un regard de lave vive, il la sentait rassemblée comme un fauve à l'affût. Qui était-elle ? Hors ce salon, la maison paraissait abandonnée. Des tourterelles, des mainates, mais pour tout service un homme de peine et l'aveugle, dont le chevalier croyait comprendre qu'il était le maître du faucon et, d'une manière inexplicable, celui de sa maîtresse. Par la lettre que le talentueux Ariel de Restaud lui avait remise peu après son retour en France, le chevalier savait qu'elle se nommait Célénie Black, mais ni son frère l'abbé, ni aucune de ses relations n'avait pu lui donner la moindre information sur sa famille. Sa fortune venait d'un héritage considérable et mystérieux. L'archevêque de Palmye l'avait menée une fois, deux hivers plus tôt, chez Mme de Parabère, où elle avait produit grand effet. On ne l'avait jamais revue. Seul le neveu de l'archevêque, un démon doué d'une voix d'ange, semblait savoir ce qu'elle était devenue. Tout en refusant d'en rien dire. D'où les bavards déduisaient qu'il avait abusé d'elle et qu'elle était partie cacher sa honte dans quelque province reculée.

— Vous avez grand mérite, chevalier, d'avoir fait tout ce chemin pour venir jusqu'à moi. Mon cuisinier est un homme rare, vous ne serez pas déçu.

— Auprès de vous, rien ne peut me décevoir, mademoiselle.

Elle ne cilla pas. Elle était donc trop jeune pour la coquetterie, ou bien, et cette idée donnait le frisson, elle avait déjà tout vécu. La tête penchée un peu, elle attendait que son invité lui offrît le bras. Elle lui arrivait à peine à la poitrine, et elle marchait de ce pas velouté qu'ont les chats. Ils passèrent dans une petite salle attenante au salon, tendue du même cuir et où se trouvait dressée une table couverte d'un tissu précieux. Deux fauteuils à l'ottomane, des assiettes d'argent, des couteaux à manche d'ivoire, des verres de cristal jaune et bleu dans des cuvettes à glace, des fourchettes à trois dents sur lesquelles en dépliant sa large serviette damassée le chevalier reconnut les armes des Palmye.

— Vous êtes parente de l'archevêque ?

La jeune fille rosit.

— Il y a bien des manières d'être parent de quelqu'un.

L'aveugle servait un vin clair. Derrière lui, posés sur une large console, une dizaine de plats creux fumaient. Le chevalier vida son verre.

— Vous n'êtes donc pas de sa famille ?

— On peut être parent par le cœur autant que par le sang.

Il ne sut qu'ajouter. Elle le regardait d'une étrange manière, à la fois aiguë et lointaine. Elle se tenait très droite. La lueur des bougies s'irisait sur le galbe de ses seins pressés par le corset. Etait-elle novice ou coquine affranchie ? Qu'attendait-elle de lui ? Par-dessus le couvert, elle lui tendit une main sans bagues, aux ongles courts. Il baisa le bout des doigts minces. Elle sourit et porta à ses lèvres le vin clair. Elle but à gorgées régulières. Elle sourit d'un sourire plus secret. Elle aimait donc le vin, le plaisir, la vie. Lorsqu'elle tendit son verre à l'aveugle pour qu'il le remplît à nouveau, le chevalier la trouva irrésistible et se sentit très vieux.

— Racontez-moi, je vous prie.

— Quoi donc, mademoiselle ?

— Racontez-moi qui vous êtes.

— Vous devez le savoir, puisque vous m'avez choisi. Car c'est vous qui m'avez choisi, n'est-ce pas ?

— Vous en doutez ? Quand nous aurons parlé, car nous allons beaucoup parler, vous saurez ce que vous devez croire.

— Puis-je cependant vous demander quelle raison vous a fait me distinguer ?

Elle toucha la cuisse de l'aveugle debout contre sa chaise. L'homme se raidit, s'inclina et sortit.

— Je vous répondrai, bien sûr, mais plus tard. Je vous attends depuis longtemps et l'hospitalité que je vous offre

171

me donne sur vous quelques droits. Cette nuit est la mienne, faites-moi la grâce de ne pas me la contester. Il me faut démêler si je puis en confiance fonder sur vous mes espoirs, et pour cela je voudrais vous connaître comme on connaît un ami de toujours ou un parent.

Le chevalier ouvrit les bras en signe d'abdication.

– Je me livrerai donc ! Mais je crains qu'il n'y ait rien de bien passionnant à raconter ! Je me nomme Lancelot Marie François d'Ogny. Ma mère est morte du choléra en Provence, où mon père vit encore. Je suis de Malte comme on est franciscain. Ma nature et ma vie se résument à ma passion de servir mon prochain. Je me crois loyal, obligeant, scrupuleux, fidèle. Je pardonne plus volontiers aux autres qu'à moi-même et me connais peu d'ennemis. Je ne hais personne...

– Personne ?

– Non. A quoi bon, quand on ne peut changer la nature humaine et que le mal est fait ? Le passé ne se récrit ni ne se rachète. Il faut s'en consoler et songer à l'avenir. J'ai déjà fait bâtir deux hôpitaux aux Indes, et je puis assurer que je serai digne de la mission que vous voulez me confier. Mais pourquoi, je vous prie, un orphelinat plutôt qu'une léproserie ? Il y a quantité de lépreux à Constantinople, et rien ne serait si utile...

Célénie repoussa sa chaise.

– Parce que, chevalier, j'aime les enfants. Je n'en aurai jamais, car je ne veux pas me marier. Je rêve que mon or m'en fournisse des dortoirs entiers, imaginez, des rangées de petites têtes bien coiffées qui sans moi serviraient de bilboquets à des matelots en rut ou de bétail à des marchands cupides. Voilà pourquoi un orphelinat, chevalier. Pour me faire plaisir, à moi. Je n'ai de comptes à rendre à personne, quelle chance, n'est-ce pas ? Si nous faisons affaire, c'est vous qui m'allez rendre des comptes, dès ce soir et pour le restant de votre vie !

Malgré le geste qu'il tenta vers l'aiguière, elle se versa elle-même du vin et se rassit.

— Vous êtes surpris, c'est bien. Je n'ai pas fini de vous surprendre, c'est un de mes péchés, j'adore perdre mes hôtes dans une forêt profonde et leur faire croire au loup.

— Je ne crois plus au loup.

— Vous avez tort.

— Vous parlez étrangement pour une personne de votre âge, de votre sexe et de votre qualité.

— On me le dit souvent. Ne vous leurrez, chevalier, ni sur mon âge, ni sur ma qualité. Hormis ma fortune, qui se peut palper et soupeser, je ne suis rien de ce dont j'ai l'air. C'est là tout mon talent, et je crois que vous ne vous ennuierez pas ce soir.

— Qu'attendez-vous au juste de moi ?

— Nous allons jouer à un jeu. Je ne l'ai pas inventé, tout le monde le connaît. Je vais vous poser des questions et vous y répondrez la vérité entière, toujours, sans tricher ni rien cacher.

— D'abord vous posez les questions, et ensuite c'est mon tour ?

— Votre tour viendra, bien sûr... Mais après. Et seulement si vous m'avez avoué tout ce que je souhaite entendre.

— Quelle étrange lubie ! Je n'ai pas l'habitude de me confier ainsi au premier venu !

— Je ne suis pas la première venue, croyez-moi.

— Je ne voulais pas vous offenser. Certes, je connais votre nom, je ne doute pas de la pureté de vos intentions, vous ne m'auriez pas fait venir jusques ici pour vous moquer de moi...

— J'aurais pu, mais rassurez-vous, ce n'est pas le cas.

— Je ne suis pas homme à ce qu'on me mène par le nez, et si...

— Rassurez-vous, vous dis-je. Qui parle de se moquer ? Si vous saviez le sérieux qui m'anime, c'est vous qui vous excuseriez.

— Comment en être certain ?

— On n'est jamais certain de rien en ce monde, chevalier. Tout flotte, tout glisse, se fond et se défait. Restent les souvenirs. La seule vérité, peut-être, la seule vie vraie et qui ne meurt jamais.

— Mais à nouveau, pourquoi moi ? Nous sommes plus de deux cents à servir l'Ordre, qui vous a parlé de moi ?

— Un mien parent, qui est mort.

— Il se nomme ?

— Je vous le dirai lorsque ce sera votre tour de poser les questions. Commençons-nous ? Après avoir juré, bien sûr.

Elle se leva et, d'un coffre caché sous la console qui portait le dessert, tira un gros portefeuille de cuir vert.

— Ce sont les Ecritures. Je les serre là-dedans, en feuillets découpés, afin de les lire à mon gré, dans l'ordre ou le désordre. Je lis toujours couchée et trouve les ouvrages reliés fort incommodes. Placez votre main ici, je vous prie. Jurez-vous de dire la vérité, seulement la vérité et toute la vérité ?

— Est-ce là un procès ?

— Ses préliminaires seulement.

— Et si je ne veux pas jurer ?

— Alors, nous ne pourrons pas jouer. Tout sera dit entre nous, puisque rien n'aura pu être dit. Vous vous en retournerez à votre solitude, vous aurez manqué un beau rêve, un peut-être devenu un jamais. N'avez-vous pas votre ration de regrets, chevalier ?

— Comment le savez-vous ?

— Je sens ces choses-là. Je lis ce que d'autres ne remarqueraient pas. Les rides autour de votre bouche, cette façon qu'ont vos mains de se tendre puis de se resserrer, vos yeux tristes même lorsque vous riez, les silences derrière vos mots.

— Vous paraissez si jeune, pourtant... Pardonnez mon indiscrétion, mais quel âge avez-vous ?

— Mille ans, et plus encore. L'âge du monde qui me veille. Alors, jurez-vous, chevalier ? Ayez confiance, nous ne risquons rien dans ce palais ignoré des puissants. Matthias et Archibald nous gardent, personne ne viendra dérober nos secrets.

Le chevalier ne savait plus que penser ni quelle contenance prendre. Il songeait que l'orphelinat dépendait de

175

sa fantaisie et qu'il fallait la ménager. Qu'elle était belle et qu'il ne serait pas déplaisant de la séduire. Qu'elle était assez enfant pour être sa fille et qu'il devait la respecter, mieux, la protéger.

— Quel usage ferez-vous des confidences que vous exigez de moi ?

— Je l'ignore encore. Nous le découvrirons ensemble. Allons, laissez-vous guider, chevalier, l'or pour vos bonnes œuvres est au bout du chemin. Ce serait dommage, avouez-le, de devoir déjà nous dire adieu.

Depuis le premier regard, lorsque Archibald avait claqué du bec devant la cheminée, lorsqu'elle s'était retournée vers lui, elle savait qu'il ne pourrait se lever, la saluer, reprendre son manteau, son chapeau, son cheval et retourner à la nuit, à sa nuit. Elle ne doutait pas, elle lui souriait de ce sourire flottant, sans âge, qui, d'une manière incisive et obscure, levait en lui une danse de fantômes.

Il vida son gobelet d'argent. Au fond il surprit ses yeux, qui lui parurent briller d'une fièvre oubliée. Cette étrange demoiselle lui ravivait le sang. Pourquoi repousser la chance qu'elle lui offrait ? Une dernière action d'éclat avant la retraite dans les terres familiales, les souvenirs en bandoulière, le deuil fidèle compagnon de lit. La reconnaissance de Malte, les félicitations du Roi, le comte d'Ogny son père enfin fier de lui. Le chevalier s'essuya la bouche. Les fenêtres aux jalousies mal jointées tremblaient du vent levé au-dessus du Bosphore. Il releva le front. La jeune fille gardait les yeux fixés sur lui, mouchetés d'or comme ceux du faucon. Sa peau transparente, son cou idéal. Une énigme en peau de femme, veillée par un aveugle et un oiseau de proie. Il se dit qu'au fond, il n'avait guère le choix. Il n'était plus très beau, il ne serait jamais riche ni puissant, le sort en l'asseyant à cette table sûrement se jouait de lui. Mais que vivre de mieux ?

— Ainsi c'est oui, n'est-ce pas ?

Il voulait commencer par ses caravanes. Il voulait la faire rêver. Qu'elle l'admirât. Il voulait reculer les murs, rouvrir les lèvres du temps et sur les chemins de sa vie ressuscitée l'emmener au galop. En croupe, serrée contre son dos, rieuse et insouciante comme une autre, autrefois, l'avait été.

— A cette époque, j'avais la foi.

Il espérait qu'elle lui demanderait s'il l'avait perdue, et pourquoi, mais elle ne dit rien.

— J'avais la foi, donc. Je croyais à la bonté, à la justice, au pardon des péchés, à l'éternité. Je croyais que je ne mourrais jamais, et qu'il me suffirait d'aimer pour sauver qui j'aimais.

Elle l'écoutait moins qu'il ne l'eût espéré. Elle découpait son poulet en carrés réguliers et ne le regardait plus.

— Mes parents m'avaient voué à Malte dès ma naissance. Chez nous, depuis la première croisade, chaque génération engendre cinq fils. L'aîné sert à la Cour, le

177

deuxième à l'armée, le troisième veille sur nos grains, le quatrième sillonne les mers sur les galères de l'Ordre et le cinquième prie Dieu dans un couvent. Ma famille est de souche fort ancienne, je justifiais des huit quartiers de noblesse requis, j'étais de bonne taille et d'allure vigoureuse, je jouais du clavecin à ravir, on me prédisait au sein de la confrérie un avenir brillant. Nos vaisseaux croisaient en Méditerranée, cinq galères à deux mâts avec cinquante rames pour deux cent cinquante hommes de chiourme, plus quatre vaisseaux de haut bord, plus encore une flottille de frégates et de chébecs admirables dans la guerre de course. Comme nous manquions d'Infidèles pour nous occuper tous, nous pourchassions les felouques turques et barbaresques jusque dans leurs ports. Le butin revenait à l'Ordre, qui nous en reversait une partie, et les captifs que nous n'enchaînions pas sur nos bancs servaient de monnaie d'échange contre des objets précieux et des esclaves chrétiens.

Les yeux de Célénie brillaient.

– Vous en avez sauvé beaucoup ?

Le chevalier lissa sa moustache, où un brin de verdure s'était emmêlé.

– Durant le temps qu'a duré mon service, c'est-à-dire quatre caravanes de six mois chacune, j'en ai bien racheté vingt, peut-être trente...

Ses cils lorsqu'elle les relevait lui frôlaient les sourcils.

– Des enfants aussi ?

– Quelques petits garçons. En Orient, on garde les filles pour les harems, il est presque impossible de les en arracher. Une peau blanche vaut vingt fois, parfois jusqu'à cinquante fois le prix d'une peau cuivrée ou olivâtre. Ainsi chez le Sultan...

— Je sais tout cela.

Sa voix était glacée. Elle n'avait pas mangé une miette de son poulet.

— Aimez-vous les esclaves, chevalier ?

Il manqua s'étrangler en buvant.

— Qu'entendez-vous par là, mademoiselle ?

— En avez-vous déjà acheté pour votre compte ?

— Certes non ! Comment osez-vous ?

— En avez-vous déjà usé ?

— Usé ?

— Avez-vous souvent, ou seulement quelquefois, joui de femmes esclaves ?

— Assurément non ! Enfin, quel est cet interrogatoire ?

— Je m'enquiers de vos goûts, voilà tout.

— De bien injurieuse manière !

— Pourquoi donc ? Vous avez séjourné en des pays où les femmes sont des objets dont on dispose à loisir. Vous-même...

— Je suis né français, comme vous !

— Vous ai-je jamais dit que j'étais née française ?

— Mon éducation et mes croyances me font chérir la liberté d'autrui et son bien-être plus que ma liberté et mon propre plaisir ! Je respecte le divin dans l'homme.

— Et dans la femme aussi ?

— Dans la femme plus encore, car la femme tient de l'ange, elle rapproche du ciel !

179

— Toutes les femmes ?

— Certaines, tout au moins.

— Certaines ?

— Celles que l'on aime, et c'est pourquoi on les aime...

Il avait baissé le ton. Le fantôme au fond de son cœur levait vers lui ses doux yeux d'ombre. Célénie aussi se taisait. Elle regardait vers la porte que Matthias en sortant n'avait pas complètement refermée.

— Avez-vous souvent aimé, chevalier ?

Il se redressa. Ce jeu était absurde, mais il avait juré. Faire front. Rester celui qu'on a décidé d'être.

— Une seule fois. Une femme qui n'était pas pour moi. J'ai beaucoup souffert d'elle.

— Et elle ?

— Nous ne nous voyons plus depuis huit ans.

— Vous manque-t-elle ?

— Elle m'a manqué. Maintenant je suis guéri, la charité est un remède puissant et je ne suis pas homme à m'apitoyer sur moi-même.

— Et elle, elle est guérie aussi ?

— Oui. Tout à fait. Depuis plus longtemps que moi. Elle était plus forte, ou mieux soutenue par ceux qui l'entouraient.

— Où vit-elle ?

— En Suisse. Près du lac de Genève. Un endroit très calme, qui incline à la sérénité.

— Vous n'y allez jamais ?

— Si. Une fois l'an, au mois d'avril.

— Et elle vous reçoit ?

– Elle m'attend, elle sait qu'à la floraison des cerisiers je serai là. Mais nous ne nous voyons pas. Je me promène dans son parc, qui est très vaste et descend jusqu'à l'eau. Je respire les parfums, j'y reconnais le sien, et je plante, dans un coin de paradis, entre l'eau et le ciel, un arbuste que j'ai apporté. Ainsi je lui fais, année après année, un jardin secret, un jardin pour elle seule, où elle vient, j'en suis sûr, lorsqu'elle veut songer en paix à moi.

– Mais elle préfère ne pas vous voir ?

– Elle sait que c'est bien ainsi. C'est elle, d'ailleurs, qui l'a voulu.

– Pourquoi ?

– C'est une bien longue histoire, mademoiselle, qui vous éclairera peu sur mes capacités à construire votre orphelinat.

– Contez-moi votre histoire, chevalier. Je veux savoir comment vous aimez.

Il retint un mouvement trop vif. Elle l'observait, enjôleuse et grave, comme s'il s'agissait de sceller entre eux quelque pacte trouble. Il se raidit, soupçonnant un enjeu dont la nature lui échappait.

- Permettez-moi de vous répondre que ma façon d'aimer ne regarde que moi.

– En êtes-vous si sûr ?

La question le surprit.

– Et qui d'autre ?

– Ceux qui vous aiment. Ceux qui vous ont aimé. Ceux qui pourraient vous aimer...

Elle avait visé juste. Il la dévisageait en cherchant le

sens caché de ses mots. Elle était si jolie, si étrange. Elle repoussa sa chaise.

— Vous n'avez pas plus faim que moi, n'est-ce pas ?

Il n'avait pas songé à manger. Sur son assiette, les morceaux de veau aux amandes, les légumes farcis lui parurent incongrus.

Elle était debout et lui tendait la main.

— Retournons près du feu, voulez-vous ? J'aime les feux. Eux aussi racontent des histoires.

Il se souvenait d'une autre voix disant presque les mêmes mots. Il revoyait sur fond de braises une autre silhouette gracile, couronnée de nattes brunes, penchant un visage pâle aux pommettes rosies. Un chant clair, des gestes de tourterelle. Il pressa ses doigts sur ses yeux qui brûlaient et, se levant à son tour, il prit la main de Célénie.

— Je ne suis pas un convive très jovial.

— Cela ne me déplaît pas.

— Si vous m'aviez connu autrefois...

— Justement. Je veux vous connaître autrefois.

Il renversa la tête vers le plafond et soupira très fort.

— Comment j'aimais ? Dans l'allégresse, dans l'insouciance, dans un instant devenu éternité. L'amour était mon vin, la musique sous mes doigts, mon avenir en ce monde et dans l'autre, le seul dieu enfin qui me parût sincèrement adorable. Je n'avais rien vécu avant et je n'imaginais rien après. Mais on peut aimer ainsi, de tout son être, en croyant s'oublier, s'offrir sans restriction, et

182

pourtant ne jamais parvenir à combler celle qu'on voudrait mener jusqu'au ciel avec soi.

— C'est elle qui vous a quitté ?

Il posa le genou sur un tabouret et se tourna vers les bûches qui chuintaient.

— C'est elle qui s'est arrachée de moi. Comme on arrache une plante, doucement mais fermement. Elle a pris les fleurs et les racines, elle a laissé le trou, le terreau inutile, les chers pétales fanés que dans un livre un à un j'ai serrés. Je n'ai jamais compris. Qu'au plus fort de notre passion, elle ait choisi de s'enfuir. En Angleterre, avec une parente. Dans un couvent, une espèce de prison. Pour réfléchir, disait-elle, pour comprendre où la menait notre mutuelle et délicieuse folie. Vers ce moment, je dus moi-même quitter la France pour une mission de l'Ordre. A mon retour, elle était rentrée. En apparence toujours aimante, toujours ardente. Mais je compris vite que ce n'était plus la même femme. Je l'avais connue d'une gravité recueillie qui solennisait et par là sanctifiait nos étreintes. Je l'aimais ainsi, parce que ainsi elle différait de toutes les autres, si légères, si voraces et souvent si triviales. Mais cette gravité s'était changée en silence, en tristesse. Un voile de mélancolie que ni mes serments ni mes présents ni le plaisir pris dans mes bras ne parvenaient à lever. Quel mal lui avais-je fait ? Qui l'avait sournoisement conseillée ? Il semblait que quelque chose en elle fût en train de mourir. Sans bruit, sans éclat, elle ne voulait rien me dire et je ne savais par où l'aborder, comment la rejoindre. Je m'évertuais à la distraire, à nous

183

distraire, et, malgré mes efforts, de semaine en semaine nous nous éloignions. Elle m'embrassait encore, elle se donnait encore, mais au lieu de ressentir, au lieu d'oublier, elle pensait. Ses lèvres avaient un parfum d'irréparable, une sécheresse de drame, comme un obscur avant-goût de la tombe. Quand je la questionnais, elle pâlissait et ses yeux se mouillaient. J'en perdais le sommeil. Lorsqu'elle se mit à tousser, je perdis l'appétit. L'autre homme, celui qui était dans sa vie avant notre rencontre, était malade, depuis longtemps déjà. Son état empira brusquement. Paralysé, puis sourd, puis aveugle, puis fou, un délire atroce, que même sa sœur, même ses neveux fuyaient. Elle se consacra chaque jour davantage à lui. Elle voulait le sauver, pour, je suppose, se sauver avec lui. Une amie calviniste, une Suissesse vertueuse et compassée, dont elle avait, par une attirance des contraires, fait sa correspondante privilégiée, lui serinait qu'en se sacrifiant pour lui, elle rachèterait le scandale de sa liaison avec moi. A mesure des mois qui passaient, cette femme si sûre d'incarner la vérité prenait plus d'emprise sur elle. Et à proportion de cet envoûtement où elle voyait l'appel du Ciel, mes doigts, mes baisers, mon rire, mes mots perdaient sur elle leur pouvoir. Elle espaçait nos rencontres où elle se montrait distraite, presque froide. Je ne l'ensoleillais plus. Livrée à cet inconnu, cet indicible qui semblait s'être emparé de son être, elle devenait grise, sèche. Elle priait beaucoup et ne songeait qu'à l'au-delà. Elle me soutenait avoir trouvé sa voie, elle m'assurait m'aimer plus intensément et plus sereinement que par le passé. Je la respectais tant que je n'osais la secouer, la forcer. Petit à petit, elle me relégua au rôle d'ami fidèle, de confident dévoué. Son protecteur mourut. Elle prit le grand deuil et refusa mes caresses. Elle fit de fréquents voyages en Suisse, qui se prolongèrent de plus en plus. Enfin, elle s'installa non loin de Genève, chez cette amie qui, m'écrivait-elle, lui avait apporté la paix. Je m'efforçai de la comprendre, je ne me révoltai pas. Je partis moi aussi, chaque fois plus loin et plus longtemps. Je consacrai à servir les rebuts de la terre, lépreux, infirmes, idiots, tout le feu qui brûlait encore en moi. Je continuai d'écrire, d'un comptoir ou d'un autre. Puis seulement deux fois l'an, à Noël et en avril. Et je ne la revis plus.

Le feu languissait. Le chevalier se leva. Célénie le trouva plus grand et de plus noble allure qu'elle ne l'avait perçu. Il avait les traits las, et le pli, autour de ses lèvres, s'accusait.

— Me pardonnerez-vous, mademoiselle, si je prends congé ? Il est tard, et je ne me sens plus le cœur aux confidences.

— Je vous pardonnerai si vous dormez ici. Votre chambre est prête. Elle vous attend depuis un grand mois.

D'une main légère elle caressait son faucon.

— Soyez confiant, chevalier. Matthias ne vous coupera pas la gorge dans votre sommeil.

Il se raidit, en homme qui ne craint ni diable ni loup-garou. Elle rit comme d'une bonne farce.

— Ou serait-ce moi, par extraordinaire, qui vous

inquiéterais ? Vous vous demandez si je songe à poursuivre notre jeu par des conversations encore plus secrètes ?

Il restait coi, l'air offensé, le rein cambré, les cuisses
dures. Elle vint à lui de son pas d'elfe et prit entre deux
doigts le nœud de moire noire auquel pendait, sur son
sein gauche, une croix d'or et d'émail.

— Allons, suivez-moi.

Elle le tira vers le fond de la pièce où, sur une table,
il vit une cassette de bonne taille.

— Ouvrez donc.

Il ouvrit. De l'or, en piles soignées. Assez pour nourrir
cinq familles turques pendant cinquante fois cinq ans.

— Ceci pour vous prouver que, malgré ma curiosité
mal venue, malgré ma jeunesse incongrue, malgré la solitude suspecte dans laquelle je vous reçois, je n'affabule
point. Je ne suis, chevalier, ni une folle ni une menteuse.
Je vous le répète, si j'entends de vous ce que je souhaite
entendre, je vous tiendrai parole. L'argent que vous voyez
ici est un acompte, le reste dort dans les coffres des frères
Bernard, à Paris. Mais il faut rester dormir ici, passer
notre journée ensemble et souper encore, demain soir,
avec moi.

Il s'inclina.

— J'aurais mauvaise grâce à refuser.

— Je le crois aussi.

— Cependant sans mes gens ni mon linge...

— Matthias a veillé au nécessaire. Vous trouverez un
coffre garni au pied de votre lit, de l'eau et des parfums
sur la toilette, et demain le barbier viendra vous raser,

186

vous coiffer et vous servir en toute chose que vous lui commanderez.

Il s'inclina encore plus bas et lui baisa la main. Lorsqu'il fut sorti, elle huma l'endroit qu'il avait embrassé et, fermant les yeux, y appuya ses lèvres.

Le lendemain, ils commencèrent par visiter des emplacements pour leur orphelinat. Ils parlèrent et plaisantèrent comme on fait au grand jour, entre gens de bonne compagnie. Célénie montra une détermination et une sagacité qui stupéfièrent le chevalier, elle s'étonna qu'il connût la ville mieux qu'elle, qui y résidait. Leur estime s'en accrut, et leur sympathie également. Le chevalier retrouvait des élans et des rires de jeune homme et, lorsqu'elle l'en félicitait, il la taquinait en menaçant de lui conter fleurette. Après avoir longé tout le port à dos d'âne, escortés par deux janissaires au crâne ras, ils arpentèrent les bas quartiers de Galata où, dans un grouillement de termitière, les marchands francs et levantins disputaient aux chiens errants chaque carré de terre rouge. Ils remontèrent ensuite le chemin de Kiaghthane à l'Ok-Maïdan, rêvèrent sur de forts beaux jardins et quelques grandes friches, enfin se firent conduire au bout du faubourg de Scutari, là où se contorsionnent les dervis rifaïs qui au milieu de leurs transes éteignent des crochets de fer rougi dans leur bouche. Célénie portait un pantalon bouffant comme en ont les marins, une veste courte sur une large chemise de soie écrue et un foulard noué sur ses nattes brunes. On eût dit un aspirant de vaisseau, un jeune page de Malte, peau lisse et sourire crâne. Le chevalier, en admirant sa grâce et son aplomb, regrettait que la vie lui eût refusé un fils. Vers le milieu du jour, comme il faisait doux et qu'ils se trouvaient bien ensemble, ils s'accordèrent une récréation aux Eaux Douces. Le chevalier apprit à Célénie qu'on surnommait ce paradis de kiosques, de bassins de marbre et de cascades le Petit Marly, et il lui raconta la vie que dans une autre vie, si loin, si proche, il avait menée au vrai Marly, celui du roi de France, où la femme qu'il avait tant aimée l'accompagnait parfois. Le long des prairies qui bordaient le canal des Eaux Douces, ils se promenèrent lentement au milieu des baladins vêtus de soie brodée et couverts de bijoux, des lutteurs luisants d'huile, des marchands ambulants et des cavaliers demi-nus, un javelot à la main. Ils prirent du lait caillé, des sorbets à la rose, causèrent architecture, hygiène et règlement intérieur, fumèrent en riant des pipes à bout d'ambre tendues par d'affables vieillards, enfin s'en retournèrent serrés l'un contre l'autre dans un arabat attelé de deux buffles ornés de mille clochettes.

Mais lorsque la nuit tomba et que dans le salon éclairé par le grand feu ils se retrouvèrent, ce fut à nouveau comme s'ils se rencontraient. Célénie portait une robe rouge, le chevalier était poudré de frais, en habit noir à boutons armoriés, les bottes luisantes et l'épée au côté. Comme la veille, elle lui prit le bras. Ils s'assirent face à face. Matthias les servit sans un bruit. Le chevalier, qui avait tant péroré dans le chahut des ruelles et la poussière des places, ne trouvait plus que dire. Il la regardait fixement manger sans faim, boire sans soif, se taire alors qu'elle brûlait de parler. Il ne savait s'il la guettait ou si c'était elle qui le faisait languir. Le temps passait. Elle repoussa enfin son assiette et toucha la cuisse de Matthias, qui sortit. Le chevalier se sentit curieusement délivré. Il tendit la main et prit le bout des doigts enfantins qui émiettaient une galette au sésame.

— Vous ne ressemblez décidément à aucune autre

Elle recula le haut du corps.

— Vraiment ?

Il mentait, elle le savait, et lui sentait qu'elle le savait.

— Vous rougissez, chevalier.

Il eut envie de partir, là, tout de suite, de renoncer, d'effacer cette rencontre, ces yeux piqués d'or, ce front sur lequel s'étoilait la lumière, de rentrer en France, d'oublier, de mourir peut-être, pour en finir tout à fait...

— Chevalier, si vous posiez votre sac, votre cape, votre épée, cette nuit ? Si vous redeveniez pour moi l'homme que vous croyez ne plus être ?

Il ne voulait plus la regarder. Sa bouche exquise, la respiration langoureuse de ses cils.

— A quoi bon...

— Vous m'avez promis !

— Vous m'avez forcé. Je ne suis ici ni pour moi, ni pour vous, mais pour les enfants que grâce à votre don nous allons sauver.

— Vous étiez ici pour cela en effet. Hier. Ce matin. Cette nuit c'est autre chose. Cette nuit, c'est la dernière peut-être, et c'est vous et moi, Célénie et Lancelot, et non l'héritière et le chevalier de Malte. N'ai-je pas raison ?

Elle retint son souffle. Il le sentit et releva la tête.

— Vous ne jouez plus, n'est-ce pas ?

Elle était blanche comme une cire, et sur ses tempes un peu de sueur perlait.

— Je veux votre âme. L'envers de vos jours, de vos nuits, le plus secret de vous. Je veux votre grand amour.

Il se pencha au-dessus de la table.

— Qui vous a soufflé cela ? Lui, votre fauconnier aveugle, qui nous épie comme un busard en mal de viande fraîche ? De l'or contre une conscience ? Vous êtes des collectionneurs tous les deux ? Des manières de voyeurs, de vampires qui, faute de vivre à plein, vous nourrissez des larmes et des bonheurs d'autrui ?

— A Paris, j'ai cru comprendre qu'on achetait couramment les gens, et que personne ne s'offusquait de ce trafic.

Il frappa de la paume sur la table.

— Je ne mange pas de ce pain-là !

— Prouvez-le.

Il renversa sa chaise.

— Il suffit. Je m'en vais.

— Pourquoi vous fâcher ? Ce n'est pas ainsi qu'on illustre sa vertu, sa vaillance encore moins.

Il se figea, piqué.

— Et comment, selon vous ?

— En vous montrant libre. C'est-à-dire en assumant ce que vous prétendez cacher.

Il s'accroupit devant elle et lui prit les deux bras.

— Vous-même, que voulez-vous prouver ?

Elle ne cilla pas.

— Vous le saurez à votre heure.

Elle cherchait à dégager ses poignets. Il resserra ses doigts.

— Vous qui vous intéressez tant à l'amour, avez-vous déjà aimé, mademoiselle Black ?

— Lorsque vous m'aurez appris ce que vous entendez par aimer, je vous répondrai.

Il se recula pour la dévisager. Ses traits parfaits étaient indéchiffrables. Elle cala deux coussins dans son dos et lui tendit la main.

— Allons, souriez-moi comme cet après-midi, quand nous avions oublié tous les deux qui nous prétendons être. Commençons, les vampires n'ont que la nuit devant eux. Je consens qu'à l'aube vous me plantiez un pieu dans le cœur, mais je ne voudrais pas mourir pour l'éternité avant de savoir si vous méritez que je me sacrifie pour vous. De grâce, installez-vous, ne perdons plus de temps. Il n'y a pas de coq dans cette maison, mais Archibald bat des ailes au premier rayon du soleil.

Il se releva.

— Je suis navré de vous décevoir, mais je n'ai plus le cœur à badiner, mademoiselle.

— Vous n'avez plus le cœur à rien, chevalier. Donc plus grand-chose à perdre, avouez-le.

Il cherchait sur ses cheveux, sur sa gorge, moins offerte que la veille, la clef du mystère qui malgré ses réticences l'aspirait.

— Vous ne vous pardonneriez pas d'avoir manqué cette chance, chevalier. L'orphelinat. Moi.

Il ne répondait pas.

— Que fuyez-vous, monsieur ?

Les hautes épaules plièrent d'un coup, comme sous le poids d'une croix. Il murmura, presque un soupir :

— Ma honte. Mon remords. Le dégoût de moi.

Il se tourna vers la fenêtre.

— Me jugerez-vous ?

Elle le fixait.

— Sans doute.

— Savez-vous pardonner ?

— Je ne suis pas prêtre. Je ne puis vous délivrer de vous-même. Mais parfois, à remonter le fil de soi, on se réconcilie avec ses ombres.

— Comment le savez-vous, vous qui n'avez pu vivre assez pour connaître ce dont vous parlez ? Comment avez-vous deviné qu'hier soir je ne vous avais pas tout dit ?

— L'ombre. Dans vos yeux, dans votre voix. Vous êtes plein d'ombre, et l'ombre cache toujours quelque chose.

— Qui vous l'a appris ?

— Le vent, sur les collines de Gascogne, d'où je viens. Les chasses d'Archibald, les nuits où viennent rôder les loups, le fouet donné par des femmes jalouses, la bonté qu'on découvre comme une aube sur un matin de neige. Et Matthias, surtout. Il m'a enseigné à écouter la sève derrière l'écorce. A chercher en tout être et toute chose le vivant, le sang qui pulse, le puits des larmes et des soupirs.

— Vous lui devez beaucoup.

— Il dit que non, que je savais d'instinct, avant notre rencontre, qu'il m'a seulement aidée à affiner mon don. Nous nous ressemblons. C'est pourquoi nous nous sommes choisis. Il est mon bâton d'aveugle et je suis sa lumière.

— Dites-moi quel âge vous avez.

— L'âge des morts qui me parlent, c'est dire si je suis jeune et vieille ! Ceux qui ne sont plus ont tant de sagesse et de folie à partager...

Elle savait que ce mot le déciderait. Il s'assit par terre, face au feu. Elle ne voyait plus son visage mais seulement son dos large et sa nuque brunie sous les cheveux coupés court. Il ouvrit et referma plusieurs fois ses longs doigts.

— C'était à Paris, aux tout premiers temps de la Régence. A dix-sept ans, après mes caravanes, j'avais fait vœu et promesse à Dieu, à la Vierge et à saint Jean-Baptiste d'obéir à mes supérieurs, de vivre sans propriété personnelle et de me garder chaste. J'avais désormais droit de porter le manteau noir orné de la croix à huit pointes, symbole des huit béatitudes. Affilié à la langue d'Auvergne en raison de mes origines limousines, j'aspirais à me pousser le plus rapidement possible auprès du Grand Maréchal de l'Ordre, commandant des troupes à terre et pilier de la nation d'Auvergne. Ma famille avait plus de noblesse que de bien, mon père s'était saigné pour payer mon droit de passage à l'Ordre et je ne pouvais lui demander aucune aide. Je rêvais d'une commanderie, une bonne terre pourvue de fermes à tondre. J'eus beau jouer du clavecin, du mot d'esprit et du rond de jambe avec la meilleure grâce du monde, on ne me donna rien. Mon oncle, qui à cette époque croyait en mon avenir, intrigua pour me placer dans la maison du Roi. Ce fut le commencement de ma vie, et en même temps sa fin. En peu de temps, j'oubliai les idéaux de Malte, les serments et la gratitude que je devais aux maîtres qui avaient formé mon enfance. Je servis par quartier dans le régiment des Dragons-Dauphin, où la fine fleur du sang le plus illustre se disputait le pas. Il me fallait passer trois mois sur douze en garnison auprès du Roi, et comme la santé délicate de notre petit Louis XV exigeait qu'il changeât souvent d'air, je connaissais les recoins de Marly, Saint-Cloud, Compiègne, Saint-Germain et Fontainebleau mieux que le château de mes pères. J'y contractai au point le plus violent la fièvre du jeu et des plaisirs. Je me montrais généreux de mes deniers et de ma personne, je fus bientôt aussi en faveur auprès des princes que des maquerelles.

Il s'interrompit, et se retourna vers elle.

– Je ne vous choque pas, j'espère ?

Elle se força à rire.

– En vous attendant j'ai écouté beaucoup d'autres histoires, et je ne déteste pas qu'on me fasse un peu peur, ni même un peu horreur.

Elle lut sur son visage une inquiétude qui la toucha.

– Tout est bien. Continuez.

– Vous êtes sûre ?

Elle rapprocha son fauteuil.

– Continuez, et nous serons amis.

Elle l'encourageait du menton. Le faucon Archibald, sur le dos de son siège, s'était endormi. Dehors, il pleuvait encore. Le chevalier demanda s'il pouvait boire. Il remplit lui-même deux verres, elle remercia, il but trop vite, se resservit, se rassit, croisa les jambes.

– Hors du service du Roi, j'étais libre. Dieu et le prochain que j'avais juré de servir résidaient en terres fort lointaines et, dans le présent, je ne trouvais rien de si utile que de m'employer à me rendre heureux.

J'avais pour cela des dispositions excellentes, que l'époque secondait avec allégresse. Le prince Philippe d'Orléans, qui régnait pour le compte de son neveu mineur, voulait donner à la France un grand bal à l'image de ceux qu'il offrait au peuple de Paris dans son théâtre du Palais-Royal. Un bal public, bon enfant et canaille, où rangs et désirs se mêlaient, où tout devenait possible et rien ne se payait. Je vous l'ai dit hier, j'étais doué. Doué pour la vie, pour l'amour, pour le fou rire, pour la musique, pour l'instant. Je m'éprenais au coin d'une porte, me déprenais dans l'escalier, pleurais sur des vers déchirants et oubliais en les écrivant à qui je les voulais adresser. Les dames se disputaient mes faveurs et je mettais le peu d'honneur que cette vie me laissait à n'en décevoir aucune. Je brillais sans brûler dans les salons, brûlais sans me consumer dans les alcôves, me consumais sans me perdre au jeu, et me perdais dans le vin sans jamais devenir grossier ni laid. Aussi ma cote flambait-elle comme les actions de la Compagnie des Indes orientales ou ce tronc, là, dans votre cheminée. Je n'étais pas dupe. Je savais que ma réputation était aussi vaine que mes actes, mais je n'en ressentais ni honte ni chagrin. Je me répétais qu'il est un temps pour bien jouir et un autre pour bien vivre, que les hommes se retrouvent chauves et édentés avant d'avoir vu l'âge venir, et que j'acceptais de payer au centuple à condition que ce fût plus tard.

Le chevalier s'arrêta à nouveau, juste pour vérifier que Célénie le priait de poursuivre.

– Je rencontrai la femme que j'ai si fort aimée un soir d'avril, chez la duchesse de La Rochelambron. Il y avait là deux de mes maîtresses, un bon lot de duchesses, la marquise de Vineuil coiffée d'un nid de fausses perles dont on jasait en coin, nombre d'hommes d'esprit ou d'influence, des soutanes à tête grise et ambition féroce, des laiderons fort riches, des beautés sans dot, des jeunes partis désirables bien que vérolés et lardés de dettes, un géographe, quelques trousseurs de vers et un mime déguisé en buisson ardent. Mon frère l'abbé d'Ogny m'avait accompagné pour se faire valoir, car tout en affectant de mépriser mes débauches, il s'enorgueillissait que je les menasse en flatteuse compagnie. A son grand dam, je n'eus pas le loisir de m'employer pour lui. Dès l'entrée je la vis, elle, et de toute la soirée ne pensai plus qu'à lui être présenté. Elle avait vingt-quatre ans et en paraissait seize. Grande, la taille comme une liane, peu de gorge, des doigts de fée, une peau mate et pâle, le front presque aussi bombé que vous et des yeux, surtout, des yeux immenses, étirés vers les tempes, qui brillaient avec l'éclat paisible des nuits de fin d'été. Elle conversait gracieusement, riait sans se forcer, ne rougissait pas quand on lui glissait un billet. Les femmes semblaient l'aimer, et les hommes l'aduler. Mon frère, agacé que je le négligeasse, me souffla dans l'oreille :

« N'y rêve pas, dit-il, elle n'est pas libre.

– Mariée ?

– Pire.

– Fiancée ? Amoureuse ?

– Esclave. »

Le marquis de Vineuil approchait. Mon frère glissa vers lui comme le squale vers sa proie. Je restai, moi, interdit, statufié. Un homme d'âge mûr, à la mine aussi haute que revêche, s'approcha de ma belle inconnue et, glissant son bras sous le sien, l'entraîna. Elle ne reparut plus. Je rentrai chez moi, gourd des pieds à la tête, sans avoir même songé à demander comment elle se nommait.

Le lendemain, à l'heure de la toilette, je me présentai chez Mme de Parabère, qui était alors la coquine préférée du Régent. Je la trouvai en déshabillé, souffrant sous les mains de son coiffeur. En me voyant elle applaudit et, retroussant ses cheveux, qu'elle portait assez courts, sous un petit bonnet, elle m'attira à part.

« Ne me demandez rien. Vous me féliciterez après, et mesurerez l'amitié que je vous porte à mon habileté à vous percer à jour. La raison de votre visite si étrangement matinale vit à deux rues d'ici et se nomme Lakmé. »

Elle me sentit frémir.

« Croyez-vous que je n'aie pas surpris votre manège, hier soir ? Le comte de Fourcès a acheté cette beauté dans sa petite enfance, au fond d'un harem turc. Il l'a confiée à sa sœur, la marquise de Vineuil, à charge d'en faire une chrétienne aussi docile qu'une Mauresque. Et lorsqu'il est revenu, voilà de cela six ans, il a réclamé ses droits.

– Qu'on lui a accordés ? »

Mon ton la fit éclater de ce rire de gorge qui enflammait ses amants.

« Mon cher, mon très succulent chevalier, Lakmé ne sera jamais à vous. »

Je l'enlaçai et l'embrassai sur les frisottis qui dépassaient du bonnet.

« Ne m'aiderez-vous pas, ma chère, ma très succulente amie ?

– Ai-je de bonnes raisons pour cela ? »

Je ne l'avais jamais courtisée. Juste basculée, trois ou quatre fois, à l'occasion de ces soupers où le Régent conviait ses amis bons à rouer à faire en toute fraternité la cuisine et l'amour.

« Je vous le revaudrai.

– Vous seriez amoureux, vous seriez comblé, et cependant infidèle ?

– Je serais juste reconnaissant, qui viendrait m'en blâmer ? »

Elle roucoula, se cambrant sur mon bras.

« Pourquoi ne m'aimez-vous pas... »

Je me montrai reconnaissant par avance avec une fougue assez persuasive pour que, la semaine suivante, elle invitât Lakmé à faire des découpures chez elle. Mon élue portait piqués dans ses cheveux des brins de cerisier en fleur. Les poignets, la gorge, les oreilles nus, avec pour tout bijou ces yeux comme les ailes d'un rêve. J'avais arrêté un plan de conquête implacable. Je ne pus que la regarder d'un peu loin, l'écouter en silence, chercher à rassembler la force qui à chacun de ses mots, à chacun de ses gestes, s'écoulait de moi pour aller se lover à ses chevilles. Elle me remarqua pour mon obstination à ne pas l'approcher. En partant, son « au revoir » déçu me fit pressentir pour la première fois de ma vie que je pouvais être moins heureux homme que je ne m'en flattais. Elle me sentit bouleversé et me dit plus doucement : « Car nous nous reverrons, n'est-ce pas ? » Mme de Parabère, qui espérait de son intercession quelques friandes confidences, ne décoléra pas. Mais, bonne fille, elle réinvita Lakmé le jeudi suivant. La fureur des découpures connaissait alors un retour de mode. Les dames portaient des petits ciseaux d'or autour du cou, au bout d'une chaîne aussi lourde que les rentes de leur mari le permettaient et, sitôt entrées quelque part, elles tiraient de leur aumônière des cartes ou des gravures, dont elles se mettaient avec passion à découper les figures. Elles cisaillaient à table, à confesse, en carrosse, sur leur chaise percée et, en prosélytes zélées, convertissaient à cette mode absurde tous les mâles qui les abordaient. Le jeudi, je découpais sagement un cygne entre Mme de Tencin et le chevalier Destouches, lorsque le valet annonça : « Mademoiselle Lakmé. » J'appris ainsi que ma belle n'avait qu'un prénom. J'en fus si étonné que je le laissai paraître. Elle rougit et, s'excusant, tourna prestement les talons. Je courus derrière elle, certain que si je ne la rattrapais pas, jamais je ne la reverrais. Je l'arrêtai alors qu'elle montait en carrosse. Les portières portaient l'écusson des comtes de Fourcès.

« Me pardonnerez-vous ?

— Et quoi donc, monsieur ? De m'avoir prise pour ce que je ne suis point ? Je ne vous en veux pas. Je vous comprends.

— Laissez-moi m'expliquer ! Vous êtes si...

— Si différente, c'est cela ?

— Cela aussi, mais pas seulement... Vous êtes un ange ! »

Un pli amer se creusa sur ses lèvres.

« Un ange sans ailes, monsieur. Un ange perdu.

— Je vous rendrai vos ailes ! Je vous apprendrai à voler et c'est vous qui m'emmènerez loin d'ici, là où personne ne juge ni ne médit ! »

Je ne savais ce que j'inventais. Il me semblait parler comme une vieille conteuse, comme un enfant peureux. Les mots se pressaient, ridicules et touchants, pour empêcher le charme de se rompre, pour empêcher Lakmé de retirer sa main, pour nous convaincre ensemble de ma sincérité.

Célénie haussa les sourcils.

— Vous n'étiez pas sincère ?

— On n'est jamais sincère au commencement de l'amour. On est pris, on est fou, on se jette dans le feu, on se berce, on s'exalte. On aime le trouble qu'on inspire et celui qu'on ressent. On s'aime soi.

— Et après ?

— Après, on apprend l'autre. On l'épelle, on le déchiffre. C'est là sans doute le moment le plus merveilleux de l'amour. L'autre devient un continent, un peuple, une langue. On se penche sur ses conjugaisons, ses rites, ses zones interdites, ses fantômes, ses aubes et ses soirs, ses raccourcis et ses détours. On piaffe, on revient en arrière, on s'applique, on s'émerveille. Et quand on commence de se sentir chez soi, alors seulement on découvre le bonheur.

— Vous l'avez rendue heureuse ?

Derrière la porte quelqu'un toussa. Le chevalier se leva. Raidie dans l'obscurité humide, il devinait la haute silhouette du fauconnier.

— Votre serviteur nous écoute.

— Il n'est pas mon serviteur. Il est mon ami.

— Alors, pourquoi vous sert-il ?

— Parce qu'il m'aime, et que je le rends heureux.

— C'est à cause de lui que vous vivez loin de tout ? Vous vous cachez ici, sachant trop bien ce que dirait le monde ?

— Si cela était, que penseriez-vous de moi ?

Le chevalier la regarda avec ces yeux qu'ont les hommes lorsqu'ils découvrent la femelle sous la femme. Célénie soutint ce regard qui la mettait nue et jaugeait le prix de sa reddition. Elle y lut qu'elle était désirable et que, si elle le voulait, Lancelot d'Ogny souffrirait. Elle se sentit étrangement forte et seule. Elle eut envie de l'embrasser pour le remercier de la liberté que son désir lui donnait. Puis elle songea que Matthias ne le permettrait pas, qu'ils se battraient peut-être. Le chevalier la vit presser son mouchoir sur sa bouche. Il crut qu'elle pleurait. Il avança la main vers son épaule nue.

203

– Ne vous méprenez point et ne soyez pas triste ! Je ne vous blâme pas, oh non ! Quoi que vous ayez fait, si vous l'avez fait avec votre cœur, c'est vous qui avez raison. Il faut aimer en se riant du jugement des hommes, ne pas craindre le monde, ne rien espérer de lui. En l'être aimé toute félicité, en lui la vérité et le salut.

– Vous parlez comme un moine !

– L'amour véritable est une consécration.

L'une après l'autre, il mouchait les bougies à demi consumées.

– Lakmé craignait le noir et la lumière trop vive, les portes ouvertes, les brumes et les fumées. Elle voyait des présages partout. Les premiers temps, ses peurs me faisaient rire, je la traitais d'enfant. Et puis, petit à petit, j'ai compris qu'elle ne croyait pas au bonheur.

– Vous lui avez appris ?

Il resta un long moment silencieux.

– Elle disait qu'on n'échappe pas à sa condition. Et moi, tout en soutenant le contraire, je lui ai donné raison. Elle était née esclave, esclave elle se sentait. Malgré l'engouement qu'elle y suscitait, elle se persuadait que le monde ne voyait en elle qu'un bibelot de prix, une curiosité dont la valeur tenait autant à son étrangeté qu'à l'impossibilité d'y porter la main. Elle n'avait confiance en personne. Les deux fils Vineuil, qui avaient grandi avec elle, la traitaient en sœur, mais leur nature plus femelle que mâle les rendait pusillanimes. La marquise leur mère ignorait la tendresse, Mme de Parabère ne vivait que d'intrigues, les pucelles à marier jugeaient

Lakmé compromettante, les dévergondées s'agaçaient de sa fidélité à un vieillard atrabilaire, bref, peu de jeunes femmes se trouvaient alors aussi entourées et si seules. A l'époque dont je parle, elle n'avait qu'une seule amie, une nature fort légère, qui folâtrait allégrement dans les prés de la Régence, et qu'on nommait Jeanne de Falari. Une porcelaine blonde et rose, juste une pointure en dessous de la Sultane Parabère sur le chapitre du vice, avec un peu moins de beauté mais plus de sentiment, ce que nous autres effrontés appelions une étoile filante. Lakmé, un peu comme vous, savait voir le cœur à travers les dentelles, et entendre les silences au milieu des rires. Elle avait rencontré Mme de Falari dans une de ces fêtes échevelées où nous allions tous mais où, à cause de son protecteur, elle ne pouvait rester qu'un moment. Une même solitude sous des apparences de fortune les avait rapprochées. Lakmé passait chez elle toutes les heures dérobées au comte de Fourcès, chez qui elle habitait. C'est là, quelques semaines après notre rencontre, que nous nous retrouvâmes pour la première fois. Mme de Falari avait gagné en agiotant rue Quincampoix un hôtel qui aurait pu abriter trois familles. Elle y tenait table et lit ouverts, personne ne surveillait les entrées, ni qui s'isolait où et en quelle compagnie. Un havre pour les amours interdites dont elle se voulait la marraine. Elle a revendu cette maison il y a deux ans, lorsqu'elle est tombée malade.

Célénie s'étonna. Elle avait vu Mme de Falari à Paris, justement deux ans plus tôt, et cette dame, dont elle se souvenait fort bien, lui avait semblé en excellente santé.

– Elle souffre d'une tumeur au sein qu'on lui soigne par des applications de braises chaudes. D'abord ce n'était presque rien, une noisette qui roulait sous les doigts, mais lorsque j'ai quitté la France pour venir ici, la noisette était devenue une grosse noix et les traitements de la Faculté empiraient les douleurs. Je suis sorti d'une de ces séances, que les médecins donnent en public afin de faire valoir leur science, avec les larmes aux yeux. Je dois tant à Mme de Falari. C'est elle qui m'a donné à Lakmé, c'est elle qui l'a conduite vers moi. Juste une heure, puis une autre, et puis le temps a suspendu son cours. La beauté sans fard de Lakmé, cette façon qu'elle avait de poser ses yeux, comme une brise légère. Son étonnement de découvrir un homme qui la désirait sans prétendre la forcer, un homme qui se souciait de lui plaire plus que d'être obéi d'elle. Un homme qui riait, aussi, je me souviens qu'elle ne se lassait pas de mon rire. Je lui parlais, personne ne lui avait jamais vraiment parlé. Je lui contais mes années en mer, la vie sur le rocher de Malte, l'impécuniosité de mes débuts, mes impatiences, mes désillusions et les compromis auxquels comme tant d'autres j'avais cédé. Je ne lui cachais rien, ni mes vices ni mes dettes ni mon goût forcené de l'instant. Elle ne s'offusquait pas, elle me poussait toujours plus avant dans ma mémoire, dans la vérité de moi que personne avant elle ne s'était soucié de connaître. A tout elle préférait ma petite enfance, notre terre en Limousin, mes quatre frères, la nourrice picarde qui nous avait élevés, mon costume de page, mes premiers concerts au clavecin devant le Grand Maître et sa cour. Avant de m'aimer tel que je suis, elle m'a aimé enfant. C'est même, je crois, ce qu'elle a préféré en moi. Le temps de l'innocence, de l'insouciance, celui où l'on est ange, sans sexe ni désir de pouvoir. Au fond, elle craignait le mâle, tous les mâles, par nature cousins de celui qui depuis cinq ans la dominait. Cet homme l'avait marquée dans sa chair et son cœur comme on imprime un sceau sur une cire tendre. Elle le portait en elle, une blessure à vif car chaque jour ravivée. J'ai mis très longtemps, beaucoup trop longtemps, à comprendre cela. Lakmé tenait son rang au sein de la société qui par éducation était devenue la sienne, comment imaginer que dans le secret d'une chambre on pût disposer d'elle en maître de sérail ? Et comment concevoir qu'elle ne cherchât même pas à se soustraire à cette contrainte inouïe ? Elle l'eût pu, j'en suis sûr, Mme de Falari offrait de la recueillir, plusieurs partis se déclaraient prêts à l'accepter sans dot, enfin il restait le couvent, qui me paraissait douce geôle à côté de la couche d'un vieux bouc. Mais malgré les larmes que lui tirait son sort, elle ne se décidait pas. Son « Aga », comme elle appelait M. de Fourcès, l'avait sortie du néant. Elle lui devait tout ce qu'elle était, il fallait qu'elle payât, il n'y avait aucune autre voie. Elle en parlait avec passion. Son devoir envers cet homme lui tenait lieu d'horizon, loin de lui elle ne se voyait pas d'avenir. Je me demande maintenant si elle ne le chérissait pas plus qu'elle ne voulait l'admettre.

Moi, j'étais résolu à attendre. Fourcès mourrait avant moi et j'avais le beau rôle, j'étais celui qui emmène en voyage, qui invente des mondes et fait chanter la pluie. Lorsqu'elle me retrouvait, elle devenait une reine, une déesse, un autel, et le coin de ciel entrevu dans mes bras continuait de briller dans sa nuit. Je n'étais pas jaloux. Je ne la partageais pas puisque je me savais seul à la combler. La vie pour moi se résumait à nos rencontres. Avant, je les espérais. Après, j'en ressassais les délices. Je me racontais que je souffrais, que le manque me rongeait, mais en vérité j'étais suprêmement heureux. C'est là le drame. Elle me rendait tellement heureux que je supportais sans douleur qu'elle le fût moins que moi. Au lieu de briser sa cage, je me satisfaisais de souffler un peu de joie entre ses barreaux. Elle me jurait que c'était déjà beaucoup, que c'était bien assez, que de toute manière ce ne serait jamais plus tant que l'Aga vivrait. Et moi, je la croyais. Cela m'arrangeait de la croire. En confortant ses peurs au lieu de les exorciser, je ménageais les miennes. Je la laissais crier qu'elle ne pourrait jamais, afin de ne pas entendre une voix sourde me souffler que c'était moi qui ne pouvais pas. Je ne pouvais pas braver mon père. Je ne pouvais pas affronter le comte de Fourcès. Je ne pouvais pas implorer le Grand Maître et le Grand Maréchal de l'Ordre ni subir leur mépris. J'appréhendais le regard du monde, celui de mes frères, de mes compagnons d'armes, de mes anciens partenaires de débauche et de jeu. Enlever Lakmé, c'était tourner le dos à ma vie et cela sans retour. Renoncer à mon habit, à mes charges, à la commanderie que depuis mon noviciat je guignais. Décevoir les espoirs, les intrigues, l'or dépensé par les miens en vue de me servir. Je serais dégradé, effacé, je reviendrais à rien. Un cadet de famille, noble mais pauvre, sans soutiens, sans futur. J'approchais trente ans, je n'étais même plus jeune. Je l'avoue, j'avais peur. Mon père était un homme bon, il me préférait à ses autres enfants, je ne me résolvais pas à lui porter ce coup. Si encore Lakmé avait été un parti raisonnable, mais une ancienne esclave, concubine affichée d'un extravagant qui prétendait exercer sur elle l'empire le plus absolu ! Et lui, Fourcès ! Comment lui annoncer la chose ? Je viens, Monsieur l'Ambassadeur, vous demander la main de votre filleule. Monsieur, Lakmé n'est plus à vous, elle est à moi. Nous réglerons ce différend, Monsieur, sur le pré, selon les conditions que vous arrêterez. S'emparer nuitamment de la belle et laisser une lettre. N'en pas laisser. Trouver une campagne accueillante, Paris nous serait interdit. Déjouer les recherches, l'Aga certainement lancerait ses gens après nous. Rompant mes vœux et déshonorant mon habit, je risquais la geôle et même pis. Selon le vice et la rancune du vieux fou, Lakmé finirait au bordel, ou au couvent. Et l'argent ? J'en manquais, j'en avais toujours manqué et en manquerais toujours. Les hommes de ma sorte dépensent comme on sème, mais derrière eux rien ne pousse. Point de descendance officielle, pas de biens au soleil, libres et nus, enfin, sous le grand manteau noir. Libres et nus, c'était bien notre affaire ! A ses heures d'abandon, Lakmé rêvait d'une ferme dans une vallée tranquille. Mais qui paierait la bâtisse, et les champs, et les bêtes, et les gens pour faucher, traire, tondre, plumer, égorger, rôtir, pour frotter carreaux et casseroles, et nos chemises, aussi, et puis lustrer mes bottes ? Hobereau soit, mais je ne connaissais rien à la terre et Lakmé avait des mains trop blanches pour tremper les lessives. Elle comprenait tout cela mieux que moi. Je lui taisais mes craintes, mais elle les déchiffrait parfaitement. Elle n'en disait rien, jamais, jusqu'à la fin elle ne m'en a rien dit. Elle voulait me protéger, sauver en moi le petit garçon qui à ses yeux valait mieux que l'homme. Me laisser mes illusions, mes cachettes, les mensonges qui me permettaient de m'aimer. Elle m'emmenait à la fenêtre et me faisait regarder le ciel entre ses doigts. Elle riait clair : « Tu vois, un jour, la vie sera comme ça, bleue, sans fin, et rien ne nous empêchera de voler. » Elle savait bien que je ne m'envolerais pas. J'étais l'esclave, enchaîné par ma croix nourricière, et elle, pauvre alouette, à cause de moi elle repliait ses ailes. Lorsque je m'agitais pour me donner le change, brandissant cent projets garantis par autant de serments, elle ne répondait rien, elle regardait la lune. Je l'assurais que c'était décidé, je renonçais à Malte, j'allais me faire relever de mes vœux, nous pourrions nous marier, elle élèverait nos cinq fils, je jouerais du clavecin, elle donnerait des leçons de chant, tous ensemble nous vivrions de musique et d'amour, ce qui coûte peu d'écus. Elle se levait, elle fermait la fenêtre, elle venait m'embrasser. Et elle refusait. Tout, en bloc et en détail. Elle m'aimait comme j'étais, accepter de me voir changer, c'était s'exposer à me perdre. Je m'offusquais, je l'accusais de manquer de confiance, de courage, de ne pas m'aimer vraiment. Elle fondait en larmes. Je la portais sur le grand lit, où je la consolais.

C'est ainsi que, saison après saison, presque insensiblement, le ciel s'est éloigné de nous. Elle ne le regardait plus entre ses doigts. Son rire sonnait comme un adieu à venir. Un jour, elle s'est refusée à moi. Le vieux Fourcès était mort six mois plus tôt et je n'avais rien fait, sinon sécher des larmes qui m'avaient semblé la vider d'elle-même. Elle se tenait là, je m'en souviens si bien, adossée au rideau. Elle me regardait comme un parent perdu de vue, un ancien ami qu'on hésite à reconnaître. Elle m'annonça qu'elle partait pour la Suisse, chez cette Mme Graaf avec qui elle correspondait depuis deux ou trois ans. Je m'étonnai, comment la compagnie de cette femme, dont je savais seulement qu'elle était calviniste, veuve et vertueuse, pouvait-elle lui paraître préférable à la mienne ? Justement maintenant, alors que nous allions toucher les fruits de notre patience et pouvoir enfin proclamer notre amour au grand jour ? Elle me prit les mains et me tira dans la lumière : « Regardez-moi, mon ami, et vous comprendrez. » Je la regardai, et je compris en effet qu'il était trop tard et que j'avais manqué notre vie. Elle avait les

211

joues creuses, les lèvres sèches, et dans ses yeux si longs la lune ne brillait plus. Je la serrai dans mes bras, je balbutiai des folies, que je voulais un enfant, que je l'emmènerais en Turquie, que cette nuit elle dormirait pour la première fois près de moi, et toutes les nuits qui suivraient, jusqu'à la fin du monde. Elle n'a pas dormi avec moi, ni cette nuit-là ni aucune autre. En la perdant, j'ai perdu le goût du bonheur qui me protégeait si bien. Dans le miroir où elle ne souriait plus, j'ai découvert le visage de mon âme. C'était celui d'un fanfaron, d'un enfant trop gâté, d'un petit soldat de parade. Je me suis injurié, giflé, mais mon tour était passé et rien ne servait de s'obstiner. Lakmé ne voulait plus de moi, et elle avait raison. J'ai demandé à l'Ordre de m'envoyer au loin. Je pensais que l'oubli viendrait, il paraît qu'on guérit de tout. Entre mon amour et moi, il n'est resté et ne reste aujourd'hui qu'un morceau de ciel, au-dessus d'un carré de cerisiers, là où je la retrouve, chaque année, vers le milieu d'avril.

– Au bord du lac ?

Le chevalier la regarda, étonné.

– Comment le savez-vous ?

– Vous m'avez déjà parlé de ce lac.

Il était très pâle et semblait épuisé.

– Ah... Je n'aurais pas dû...

– Vous irez l'an prochain ?

– Je ne sais pas. Je me sens si étrange de vous avoir dit toutes ces choses, sans vous connaître, sans même savoir pourquoi vous m'avez fait parler.

Elle aussi était pâle et, sous ses longs cils, ses yeux s'étaient creusés.

— Vous regrettez ?

— Je crois que je vous en veux. Vous avez mis le pied dans mon royaume, là où je gardais mon trésor. D'avoir partagé la femme que j'aime avec vous, il me semble qu'elle n'est plus à moi de la même façon.

— Elle n'était déjà plus à vous.

— Si. Elle l'était redevenue et sans vous, à jamais elle le serait restée.

Le chevalier pressa ses mains sur ses tempes. Célénie se leva, ralluma une à une les bougies. Dehors, le vent s'était levé. Elle ouvrit grand la fenêtre et se pencha vers les nuages qui fuyaient sur la mer.

Les tourterelles réveillèrent le chevalier un peu avant midi. Confus d'avoir dormi si longtemps, il sauta du lit, lissa ses cheveux et aspergea ses paupières gonflées au-dessus d'une cuvette d'étain. Du jardin clos, aucun bruit ne montait. Il héla la servante. Personne ne répondit. Il ouvrit sa porte, descendit l'escalier. Le couvert était encore dressé du souper de la veille mais il n'y avait personne, dans aucune pièce, et la cage du faucon ne se trouvait plus dans l'entrée. Après avoir attendu un moment, le chevalier frappa chez Célénie. La chambre était vide, les malles ouvertes, les draps froissés sur la banquette. Plus de chaussures, plus de manteau, plus de livres. Il retourna dans le salon. Le feu fumait encore. Des yeux, il chercha la cassette aux louis d'or. Elle était toujours là, dans le fond, sur la même table. Il souleva le couvercle. Les pièces luisaient doucement, mais il semblait qu'il y en eût deux fois plus, trois fois plus que le premier soir. Le cœur du chevalier s'emballa, il commença de sortir les piles, l'une après l'autre, et à les aligner sur la table. C'est alors qu'il remarqua le portefeuille de chagrin vert glissé sous le coffret. Il le tira doucement, la voix de Célénie résonnait dans sa tête : « Les Ecritures... Il faut poser votre main et jurer que vous direz la vérité... » Il dénoua le lien de cuir, se pencha pour bien voir. Les feuillets lui glissèrent des mains, et il glissa à terre avec eux.

V

Le faucon sur le lac

Matthias sortit de l'eau un poisson bleu long comme un bras, qu'il assomma d'un coup sec sur son genou. Il se piqua en décrochant l'hameçon, jura par tous les saints du Ciel et s'excusa avec autant de véhémence. Célénie lui fit remarquer que de ce côté-ci des Alpes jurer n'était pas pécher, et que Dieu, de toute manière, n'entendait jamais rien.

— Cela t'arrangerait bien, avoue ! Et qu'Il soit aveugle, aussi, comme moi, pour ne rien voir de ce que tu trames !

Célénie ôta les sabots qu'elle portait sous son jupon doublé de cachemire et, tachant de moisissure ses bas, marcha sans bruit vers le bout de la jetée. Le ponton s'avançait d'une vingtaine de pas au-dessus du lac. Dessous et tout autour l'eau était d'un gris dur qui, sous le vent engouffré par la plaine genevoise, se marbrait de ridules blanches. Célénie remonta sur sa nuque le châle acheté à Galata, cherchant en vain sur ce miroir sévère les moirures du Bosphore. Elle ferma les yeux, huma le vent sans odeur et frissonna. Constantinople lui manquait, la Gascogne lui semblait un paradis perdu, ces montagnes l'écrasaient, trop proches, noires de pins et de nuit sous la calotte virginale des glaciers. Elles la toisaient, elles la jugeaient, elles ne lui pardonneraient rien. L'air était limpide à se dégoûter de soi. Respirer faisait l'effet d'une cure. Tonicité musculaire et rigueur morale, la vie au pas élastique, l'âme douchée dans les moindres recoins, cire, lait frais, grelots, examen de conscience vespéral, en Suisse on pensait sain, on dormait sans rêver et on ne doutait jamais.

— Je rentre. J'ai froid.

— Encore ! Mais il fait bon aujourd'hui, il y a presque du soleil !

— Je déteste ce climat. Je déteste ce lac. Je déteste ces gens.

— C'est dans ton cœur que tu as froid, ma colombe. Depuis que tu fréquentes la vieille dame d'à côté, tu as froid. C'est un hasard, peut-être ? Crois-tu que je ne remarque rien ? Que je ne réfléchisse pas ? Constantinople quittée en fuyards, notre marche forcée jusqu'à ce lac, but ultime, promettais-tu, où tout se résoudrait ! Se résoudre ! Notre errance de villa en villa, pendant treize affreux mois, pour se fixer finalement ici où tout te déplaît et coûte atrocement cher ? Tu as laissé une vraie fortune au chevalier d'Ogny, et bientôt, au train que nous menons, il faudra planter nous-mêmes nos salades ! Tu m'abandonnes la moitié de la journée et presque toutes les soirées, il faut bien que je pense ! Après je déballe tout à Archibald, tout ce que tu essaies de me cacher, tout ce que je devine derrière tes silences et tes ruses. Et il y en a à dire, crois-moi ! Elle est loin la petite Célénie des Repenties qui dansait dans les blés verts et donnait la viande aux rapaces à mains nues ! Mon enfant sans pareille qui regardait droit, qui parlait net, qui ne transigeait jamais, qui ignorait la honte, la peur, la lâcheté, le dégoût. Où es-tu passée ? En bientôt quatre années je n'ai pas laissé entre toi et moi une heure ni un souffle, et voici que je me retrouve face à une demoiselle qui ne parle plus ma langue et n'entend plus mes mots. Tu es devenue grande et belle, il ne m'est pas besoin d'yeux pour le voir. Mais ce n'est pas cela qui nous sépare. Même si tu aimais, même si tu te donnais, tu ne me quitterais pas tout à fait. Je le sais, nous le savons tous les deux. Célénie, écoute-moi. C'est la mort qui se glisse entre nous. Cette mort que tu héberges, qui te glace, qui t'enferme dans une solitude où ni ma tendresse ni mes cris ne peuvent plus t'atteindre. De semaine en semaine je te sens t'éloigner. C'est de toi que tu es malade, du passé que tu traques, de cette vie que tu t'échines à revivre et qui ne peut être la tienne. Ta mère ne reviendra pas, ma colombe, et son image, que sans répit tu rappelles parce que tu ne supportes pas de l'avoir oubliée...

— Tais-toi. Tu ne peux pas comprendre.

— Tu es jalouse de ta peine comme d'autres le sont de leur bonheur. Tu refuses qu'on t'approche, qu'on t'entoure et qu'on t'aide, tu te replies sur ta souffrance, tu la nourris, tu t'en nourris. Laisse-moi aller au bout, je n'en puis plus de me répéter que je dois te respecter. Je ne te respecte plus, Célénie. Je n'aime pas ce que tu deviens. Complaisante à toi-même, indifférente au monde. Tu te grattes nuit et jour, tu te délectes de tes plaies, tu promènes un air de sainte martyre qui me donnerait le fou rire si je me faisais moins de souci...

– Je ne t'en demande pas tant.

– Tu m'en demanderas bientôt beaucoup plus, beaucoup trop, je le sens venir. Et je te le refuserai, sache-le.

– Tu vieillis. Tu tournes à l'aigre. J'aurais dû te laisser à Constantinople.

– C'est ça. Mords un peu plus. Tu mériterais une bonne fessée.

– Si seulement !

D'un revers de main, il l'envoya contre la bassine où luisaient les poissons. Elle trébucha, il la retint par la taille, elle se dégagea d'une bourrade, cria qu'il était comme les autres, comme tous les hommes, lâche et brute, et se sauva pieds nus dans la boue de la rive.

– Célénie ! Tu as oublié tes sabots !

Elle courait comme après les raclées de sœur Marthe, courait dans l'herbe haute, le jupon retroussé jusqu'aux genoux, courait dans les ronciers, les larmes et les injures, courait sur le flanc et le dos des collines, vers le bois des loups, vers le soleil englouti, courait jusqu'à sentir le sang lui remonter aux yeux, et puis là, moisson fauchée au ras du sol, se laissait tomber sous un arbre, haletante, éperdue, et puis là, sous la feuillée bruissante, d'un seul bloc coulait dans un sommeil salé.

Matthias placidement réamorçait sa ligne. Il savait qu'elle dormirait trois heures. Toujours au même endroit, il ne prenait même plus la peine de vérifier. En s'éveillant, elle aurait oublié. Ils se querellaient sans cesse depuis qu'ils s'étaient installés en Suisse, et pourtant il ne s'inquiétait pas encore. Pas vraiment. Le pire était à naître, il le guettait, il voulait être prêt. Il éternua et referma la boîte où grouillaient ses appâts. Il avait pour ce qui touchait Célénie cette prescience infaillible des mères envers leur nourrisson. Elle, Archibald, la musique des vents, la ronde de ses souvenirs, les vers de ses poèmes, son royaume inviolable, ses précieuses certitudes, les seuls biens qu'il fût prêt à payer de sa vie.

Bien sûr, elle ne vint pas déjeuner. A quatre heures, le valet attela la jument baie au cabriolet que malgré le temps maussade elle refusait d'échanger contre une calèche fermée. Vêtue d'une robe de dame, verte avec des parements noirs, elle se hissa sur la banquette en pestant contre les brodequins qui lui comprimaient les orteils. Au bout du ponton, Matthias s'évertuait à lancer Archibald sur le lac. Célénie se pencha par la portière.

— Il est trop vieux pour apprendre à pêcher, je te l'ai dit !

— Comme moi, je sais !

Elle lui tira la langue. Il lui envoya un baiser.

Elle avait mis du rouge, des perles aux oreilles, et dans ses cheveux qui, dénoués, descendaient maintenant jusqu'au creux de sa taille, des chrysanthèmes blancs. Dès que la domestique annonça miss Helen Black, le petit-fils de Mme Graaf courut se jeter dans ses bras. Elle le repoussa doucement, il s'accrocha à sa jupe. Sept ans et orphelin, seul toute l'année ronde entre un vieux chien et une aïeule bigote, dans sa prison dorée le pauvret s'ennuyait à périr. Depuis que Célénie louait la maison dont le parc jouxtait celui de sa grand-mère, il lui semblait que ses jours s'étaient mis à chanter.

— Vous m'avez apporté le jouet que vous m'aviez promis ?

Célénie tira de son sac à ouvrage le bilboquet bricolé par Matthias.

— Je puis vous embrasser ?

Paul était frêle, constellé de taches de son, avec des cheveux et des cils pâles. Il avait l'enthousiame ému et transpirant, et tant de fougue dans la reconnaissance qu'aucune froideur ne la pouvait rebuter. Un peu raide, Célénie se laissa ensucrer les joues, griffer le cou et murmurer à l'oreille qu'elle était une fée, la seule fée véritable, parce que les autres, celles des livres, n'apportent jamais de cadeau pour de vrai.

— Poulinet, laisse notre amie. Tu la lasses, si tu continues elle ne viendra plus.

Paul desserra aussitôt son étreinte. Célénie lui sourit d'une bouche indifférente qui lui mit néanmoins des paillettes dans le cœur. Il prit sa main, qu'il porta à ses lèvres.

— Ce petit vous idolâtre, je vais être jalouse. Je dis des sottises, mon tempérament ne m'a jamais portée à de si sots mouvements. Approchez, jeune fille, je vous attendais en songeant à la façon de poursuivre cette histoire qui semblait tant vous plaire. Vous avez raison, cela pourrait faire un joli roman. A condition d'en soigner la morale, qu'elle soit bien édifiante, mais je vous fais confiance sur ce point, je vous vois si pieuse, si modeste, si réglée... Je me suis un peu effarouchée, ces derniers temps, de vos projets d'écriture, mais notre pasteur, un homme précieux, m'assure que tout talent mérite de s'exprimer et que je ne dois point vous chercher querelle là-dessus. Les femmes prennent d'ordinaire la plume lorsque leur beauté les fuit, mais rien dans la Bible ne défend de s'y essayer à votre âge. Le sujet sur lequel vous m'avez lancée le mois dernier se prête à broderie, c'est vrai, et je vous pressens assez fine pour en tirer une matière des plus délicates. Lorsque le dessin en sera achevé, je m'en flatterai comme d'un tableau dont j'aurai, à la gloire du Très-Haut, réglé la composition et choisi les couleurs. Il ornera mon église et, au jour dernier, il témoignera des efforts que pour servir ma foi j'aurai entrepris et menés jusqu'à leur terme ultime. Mais je m'égare. On ne commence pas une histoire par la fin, pauvre chère, je vais vous embrouiller. Avez-vous faim ou soif ? Il faut vous nourrir davantage, regarde, Poulinet, comme elle est maigre !

Célénie demanda du chocolat. Mme Graaf applaudit, c'était là un remède naturel contre les maux de la vieillesse, le cardinal de Fleury qui venait de mourir à Versailles aurait dû en boire davantage. Elle vida coup sur coup trois tasses, dans l'hiver des ans la gourmandise n'est qu'un péché véniel, le pasteur aussi aimait le chocolat au lait. Après quoi elle voulut se promener, l'air était doux encore, le mouvement facilite la digestion, apaise l'esprit et favorise la conversation. Paul prit son cerceau, Célénie son chapeau et la vieille dame sa canne. En lui offrant son bras, Célénie remarqua le pommeau de l'objet.

— D'où tenez-vous cette canne, madame ?

— Elle vient d'Orient, de Constantinople, je crois. Une curiosité. C'est de l'écume de mer, voyez-vous, sculptée en forme de grenade, un fruit de là-bas m'a-t-on dit. Très solide, très pratique, j'y tiens beaucoup.

— Qui vous l'a rapportée de si loin ?

— Je vous l'expliquerai un autre jour. Regardez plutôt comme le lac est paisible.

Mains croisées dans le dos, Célénie enfonçait ses ongles dans ses paumes.

— Dieu est le principe et la fin de tout, jeune fille. Ne le sent-on pas ici mieux que nulle part sur notre terre ? Toute chose est en son ordre, d'une manière immuable et pour l'éternité. La paix des sens et de l'âme. Regardez bien, vous verrez comme je vois. A mes côtés, Lakmé avait appris. Lakmé, vous vous souvenez, cette ancienne esclave dont le sort vous paraissait propre à nourrir l'intrigue de votre roman. Nous venions ici ensemble. Le lac sous le gris de l'automne la rendait songeuse, souvent grave, elle disait que Dieu habite les airs et les eaux plutôt que la terre ou la chair, car Il cherche ce que l'homme n'a pas encore souillé. Elle disait tant de jolies choses, et si naturelles. C'était au tout début, quelques saisons après notre rencontre que je vous ai déjà décrite, bien avant la naissance de Paul, avant même le mariage de son père, mon pauvre cher fils si tôt rendu au Ciel. Lakmé s'asseyait ici entre mes deux enfants, le père de Paul et sa jumelle, que le typhus a emportée quelques jours seulement après lui. Tous trois avaient à peu près le même âge et mon cœur les distinguait à peine. Sauf que Lakmé était brune et mes deux enfants roux. Enfin là n'est pas le point. Elle leur contait des légendes, qu'elle inventait durant la nuit car elle dormait fort peu, et poursuivait au fil de la semaine. Elle tenait ce talent de son pays natal, on prétend que les conteurs orientaux touchent au prodige, je ne puis me figurer pourtant que les mahométans aient rien de prodigieux sinon le châtiment divin qui les attend. En tout cas, Lakmé par son talent nous captivait, comme quoi on trahit toujours ses origines d'une manière ou d'une autre, mais ne nous attardons pas là-dessus. Bien. N'oubliez pas que je vous parle d'il y a presque vingt ans, en France le duc de Bourbon venait de succéder au duc d'Orléans, j'étais alerte encore, vous ne m'auriez pas reconnue. Depuis le chant du coq, je m'affairais à contenter Dieu sur toutes les petites choses qui Lui donnent de la joie. Je veillais au bien-être de mon mari, à la propreté de mes enfants, je dirigeais avec fermeté les domestiques, je révisais les comptes de notre domaine près de Bâle, je préparais la lecture de l'office dominical, je surveillais les sauces et la fraîcheur du linge, je brodais nos nappes et nos oreillers de Noël. Pas une minute à moi, un capitaine de vaisseau n'aurait pas montré dans la tempête plus de vigilance. Mes promenades avec Lakmé étaient ma seule liberté, mon seul innocent bien qu'égoïste plaisir. Aussi en jouis-sais-je avec une béatitude dont je m'étonne qu'elle ait pu me combler à ce point. Au cours d'une de ces pro-menades, un soir pareil à celui-ci où, assises près de l'eau, nous admirions en silence le coucher du soleil, elle me demanda si au Ciel on lui pardonnerait d'être la femme de deux hommes sans avoir épousé l'un ni l'autre. C'est ce soir-là que je conçus la résolution de la sauver. Elle était si belle, avec sur son grand front comme un reflet de la lumière céleste, que je ne pus souffrir de la savoir promise aux flammes éternelles. Au fil des semaines qu'elle passa cette année-là près de nous, l'idée s'ancra en moi. J'avais été placée sur cette terre de sel et de glaise pour une mission. Incarnée sous des traits médiocres pour la plus exaltante des causes : arracher cette âme tendre au péché et la livrer à Dieu. A ce prix, et à ce prix seulement, je mériterais de siéger au nombre des élus. Consciente du privilège qui m'était consenti, je n'en parlai à personne, pas même à notre pasteur. Vers la fin de l'hiver, M. Graaf, qui n'était plus si jeune, prit en glissant dans le lac une forte pneumonie. Malgré les soins que je lui prodiguai au détriment de ma propre santé, il mourut au terme d'une douloureuse agonie. Mes enfants repartirent juste après l'enterrement, ma fille pour rejoindre son mari, et mon fils pour regagner Annecy, où il courtisait une jeune fille catholique que malgré mes mises en garde il a épousée le lendemain de sa majorité ; le Ciel l'a puni de m'avoir bravée, car sa femme est morte en couches ; je lui pardonne maintenant, pauvre petite, parce qu'elle m'a donné Paul. Enfin. Donc, je me retrouvai seule. Seule avec la pensée de Lakmé, qui bientôt m'investit, éclairant de son jour mon dénuement et lui donnant une douceur, une légèreté, qui me consola vite. Ceci pour vous montrer, jeune fille, combien une certitude, lorsqu'elle émane du Créateur, peut tenir lieu de tout. Je n'avais plus besoin de famille, ni d'appui, plus besoin de partager quoi que ce soit avec qui que ce fût. Ma vocation m'occupait exclusivement, et les journées n'étaient pas assez longues pour réfléchir aux moyens de parvenir au but que je m'étais fixé. Mais ceci est un second chapitre, que si vous revenez me voir nous ouvrirons demain.

— Il fait clair encore...

— Paul a froid. Tu as froid, Paul, n'est-ce pas ?

— Non, grand-mère. Je vous écoute.

— Tu ne devrais pas. On n'écoute pas les conversations des grandes personnes. Tu iras au coin.

— Mais vous parlez aussi de mon papa et de ma maman ! Et à moi vous n'en dites jamais rien ! Quand je vous interroge, toujours vous bougonnez que j'aurai de la peine, qu'il ne faut pas penser aux morts mais juste prier pour eux, et vous me renvoyez à mes jeux ! Alors il ne faut pas m'en vouloir, si j'écoute et si je n'ai pas froid !

Célénie sans réfléchir attira Paul sur ses genoux. Il se blottit sous un pan de son châle.

— Je vous aime...

Mme Graaf rassemblait ses laines et rangeait les chaussons qu'elle n'avait cessé de broder.

— J'ai décidé d'aller. Allons.

— Grand-mère... Je suis si bien...

— Méfie-toi. Quand on est trop bien, c'est que le diable rôde. Et puis on ne se frotte pas ainsi contre les gens !

— Miss Black n'est pas les gens, c'est une fée !

Célénie machinalement le berçait. Un refrain lui montait aux lèvres, les brumes gasconnes à l'âme, elle fermait à demi les paupières et dérivait vers un temps lisse où l'enfance souriait. Paul poussait son petit menton pointu dans le creux de son épaule.

— Vous sentez bon... Vous aussi vous m'aimez ?

Elle revint brusquement à elle-même. Le détacha de son cou, sans égard pour ses yeux ronds où une larme perlait.

— Je vous ai fâchée ?

Elle tapotait sa jupe.

— Ta grand-mère a raison. Rentrons. D'ailleurs Matthias m'attend.

— Vous ne restez pas souper avec nous ? Même si grand-mère continue son histoire ?

Mme Graaf boutonnait avec soin son manteau autrichien.

– Grand-mère ne racontera rien du tout. Le soir, grand-mère médite. Prends-en de la graine, Paul, si tu veux devenir pasteur.

– Mais je ne veux pas devenir pasteur ! Je veux être marin !

Célénie le regarda. Il était si pâle, têtu, désemparé, avec ses menottes ouvertes comme une prière, et ses lèvres qui tremblaient des baisers refusés. La moitié d'elle voulait le protéger, le consoler, le voler pour l'emmener loin de cette eau sans sourire, de cette vie sans rêves. Mais l'autre moitié parlait plus fort, et il fallait se soumettre. Avant de remettre ses gants, elle lui caressa la joue.

– La vie apporte des tas de surprises, Paul. Crois-moi.

– Bien sûr, je vous crois. De vous, je croirais n'importe quoi.

Elle soupira et se détourna à regret. Le soir tombait et son cœur pesait lourd.

Le lac, 30 octobre, jeudi

Je la hais. Je pourrais la tuer. C'est étrange, assise à côté d'elle, chaque fois je songe au vizir de Matthias. Je le comprends. Parfois, il n'y a pas d'autre voie. Ce n'est ni la colère ni le chagrin, je suis calme, je crois, et je n'ai plus vraiment de chagrin. C'est une évidence, voilà, comme pour le vizir découvrant Plus-que-Belle dans les bras de Matthias, il faut que cette personne meure et je dois m'en charger. Je n'ai plus d'âge. Je me sens si forte. Au fond, je n'ai jamais eu d'âge et j'ai toujours été forte. La vie ne m'a pas donné le choix. Là, j'ai le choix. La vieille parlera jusqu'au bout, elle dira tout, je saurai tout. Après, il faudra décider. En rentrant, elle m'a avoué que la canne en écume n'était pas un cadeau. Qu'elle appartenait autrefois à ma mère, bien sûr elle n'a pas dit ma mère, et moi je n'ai pas bronché. Parfois je me fais peur. Je suis si froide, on croirait que je ne ressens rien. A la place du vizir, j'aurais fait les mêmes gestes. Les couilles, ensuite les yeux. Et j'aurais laissé Matthias vivant. La canne, je la reprendrai. Elle vient de l'Aga, de qui d'autre pourrait-elle venir ? Je regrette d'avoir laissé tous les papiers au chevalier. Je n'avais pas le droit, M. de Fourcès me les avait légués. Si je revois un jour le chevalier, je les lui redemanderai. Je pense à lui le moins possible. Il ne méritait pas ma mère, il ne me mérite pas non plus. Mais moi, j'ai manqué de courage. Il fallait lui parler ou emporter le journal. Il sait maintenant que ma mère a attendu un enfant. Il se doute que je suis cet enfant. Je voulais qu'il n'y comprenne plus rien, je voulais qu'il souffre comme j'ai souffert il y a quatre ans, quand monseigneur de Palmye m'a remis le coffre, comme à Constantinople surtout, quand en fumant il m'a semblé tout revivre. Je voulais et je veux encore qu'il paie, qu'il en pleure, que le remords le hante. A quoi bon ? Bien sûr, à quoi bon ? Mais c'est trop tard, la machine est lancée, je ne puis revenir en arrière ni non plus m'arrêter. Ce que je m'étais promis de faire avec le chevalier, je l'ai fait. Ce que je me suis promis de faire avec la vieille, je le ferai. Je dois aller au fond. Comment continuer, comment me supporter, sinon ?

D'un coup, l'hiver était venu. Malgré son sens sourcilleux de l'économie, Mme Graaf avait commandé qu'on allumât les feux. Son salon vert donnait sur une vaste pelouse ratissée chaque matin. Tout le long, des parterres de roses que le jardinier achevait de tailler. Au bout, le lac, plus gris que jamais sous le ciel bas et la pluie entêtante. Devant la fenêtre, Célénie attendait le chocolat, devenu au fil des jours un rituel obligé. Mme Graaf allait boire trois tasses, taquiner sa jeune amie sur son impertinente minceur, houspiller Paul jusqu'à ce qu'il filât en pleurnichant dans la pièce voisine, sortir les moufles qui avaient succédé aux chaussons et, enfin, si aucune interruption ne lui offrait prétexte pour délayer encore, elle reprendrait son récit au point exact où la veille elle l'avait interrompu. Sa mémoire fascinait Célénie. Rangée et étiquetée comme une armoire à linge, un carton pour chaque sujet, des liens de couleurs différentes selon le degré de parenté avec la religion, une bougie à grosse mèche afin d'éclairer jusqu'au fond, et un escabeau permettant d'accéder aisément aux dernières étagères. C'est sûrement là-haut, tout en haut, qu'elle entrepose ma mère, songeait Célénie en soufflant sur la vitre où les gouttes s'accrochaient avec une obstination pâteuse. L'index replié, elle tapota le carreau. L'eau glissa en zigzag. Célénie s'étonna de s'amuser d'un rien alors qu'au-dedans d'elle il faisait tellement froid. Les gouttes se regroupaient à nouveau, brouillant la silhouette du jardinier qui versait une brouette pleine de paille au pied des rosiers coupés court. Célénie se retourna.

— Est-ce que les églantines poussent en Suisse ?

— Bien sûr ! Vous en aurez au bas d'un gros chêne que vous ne connaissez pas encore. Paul vous montrera, lui aussi raffole de ces fleurs. Malheureusement, elles ne durent guère, et elles rendent mieux à l'état sauvage qu'en culture.

Ariel, les pétales blancs glissés dans le manchon de ragondin, le jour du grand départ. Il avait dû changer, elle-même avait tellement changé. « Rien ne demeure, vous m'oublierez et je vous oublierai... » Célénie demanda à s'asseoir près du feu.

— Mais c'est qu'elle est toute pâle ! Vous n'allez pas me faire une maladie, au moins ! Buvez le chocolat brûlant, mais si ! c'est bon pour vous ! Voilà ! Les couleurs reviennent ! Ce bonhomme qui vous sert d'intendant, il veille bien mal sur vous ! A-t-on idée de confier à un aveugle le soin de sa maison !

Célénie sursauta. Elle ne supportait pas qu'on touchât à Matthias. Mme Graaf le savait, elle ne résistait pas au plaisir de la voir bondir au premier mot, mais, par crainte de la perdre, elle n'insistait jamais.

— Je vous taquine, c'est que je me soucie de vous. Vous pourriez être la grande sœur de Paul, imaginez, ma petite-fille à moi !

Célénie frémit.

— Vous avez encore froid ?

Elle secoua la tête et prit son air le plus docile.

— Vous voulez la suite de l'histoire ?

Ne pas répondre, surtout.

— Bon. Bien. Donc, je vous l'ai dit, au fil des lettres que nous échangions, Lakmé et moi nous étions fort liées. Elle me confiait ses espoirs et ses peines, je lui racontais comment ma foi, en l'éclairant crûment, simplifiait mon quotidien. Je lui donnais mon avis sur la médiocrité des hommes, ainsi que des conseils pour accorder les aspirations de son âme avec sa conduite. La pauvrette aurait voulu aimer tout le monde et rendre tout le monde heureux. Mais personne ne l'aimait comme elle l'aurait souhaité, et dans sa candeur profonde elle ne comprenait pas pourquoi. Le comte de Fourcès lui donnait de l'admiration, de la frayeur, de l'étonnement, de la lassitude, du dégoût aussi, de plus en plus vif, au point qu'il lui arrivait de défaillir lorsqu'il l'embrassait. C'est qu'elle avait découvert en cachette de lui le seul miracle qui ne vienne pas de Dieu. Un miracle dont je n'ai moi-même qu'une idée abstraite, car, mes cheveux blancs l'avouent sans honte, je n'ai jamais connu la moindre émotion dans le lit conjugal. Ce que Lakmé me laissa deviner des bonheurs volés avec son amant, car elle avait pris un amant, chevalier de Malte de surcroît, me transporta et m'atterra. Ainsi cette créature si douce, si réservée, que je croyais connaître comme une mère, comme une sœur, vivait loin de moi d'une vie que j'ignorais et ignorerais toujours. J'essayai sans y parvenir d'imaginer ce qu'était cette contrée d'où elle m'écrivait des lettres extasiées, des lettres transfigurées et qui me bouleversaient. On se méfie toujours de ce qui vous échappe, et on a bien raison. Il m'apparut que ces rivages inconnus des femmes de mon espèce, épouses fidèles et mères irréprochables, étaient les terres d'élection du démon. Voilà pourquoi elles ne m'attiraient pas. Voilà pourquoi Lakmé, née dans une religion maudite et baptisée tardivement, s'y plaisait tant. Avant de tomber en amour pour elle, le chevalier d'Ogny s'était roulé dans la luxure. Il était bien évidemment l'incarnation du mal, le serpent, et dans son aveuglement mon amie le voyait sous les traits du Lancelot dont il portait le nom. Fervent, fidèle, doux, ardent, habile à combler par des mots et des gestes délicats ses plus secrètes attentes. Elle ne lui trouvait, bien sûr, aucun défaut, mais je lui découvris à mesure des travers qui me persuadèrent que je saurais l'abattre. Au contraire du comte son rival, le chevalier s'imposait difficilement. Il respectait plus les autres qu'il ne se respectait lui-même. Il lui fallait toujours quêter l'approbation, attendre le moment propice, veiller à ne pas importuner. Il était cadet dans l'âme, avec ce charme, cette légèreté d'être propre à ceux qui ne portent pas le poids de la lignée. Il se croyait libre, d'une certaine manière il l'était plus que ses frères, mais il courbait la nuque devant qui parlait haut. Or le comte de Fourcès parlait terriblement haut. Je l'ai vu, une seule fois, il n'était déjà plus que l'ombre du fier seigneur de la guerre, la momie du grand ambassadeur, mais il forçait malgré tout le respect. Lui commandait en aîné, en maître, en roi. Son père était mort juste après la naissance de sa sœur, l'actuelle marquise de Vineuil. Habitué à régenter sa parentèle depuis l'âge de treize ans où on l'avait émancipé, il ne pouvait concevoir qu'on ne pliât pas le genou en l'approchant. Il avait des appétits immenses, dans tous les domaines, et dans tous les domaines les moyens de les assouvir. C'est pourquoi je l'avais surnommé l'Ogre. Je ne plaignais pas Lakmé de vivre sous sa loi. Son autorité me semblait un reflet de celle du Tout-Puissant. Son intransigeance, ses colères, les efforts et les sacrifices qu'il exigeait correspondaient presque trait pour trait à l'image du Très-Haut que je portais en moi. A la place de Lakmé, j'aurais vénéré cet homme. Je me serais enorgueillie de lui vouer mon existence. Je l'aurais aimé à en rêver de mourir pour lui...

Mais je m'égare. Vous devez trouver cocasse, vous qui êtes si jeune, d'entendre une ancêtre comme moi parler de mourir d'amour. On le peut, cependant. A votre âge, je ne le croyais pas, mais maintenant j'en suis persuadée. C'est l'histoire de Lakmé, vous le devinez, qui me l'a appris. J'y reviens. Le chevalier était mon ennemi puisque le Tentateur, l'outil du diable. Le comte était mon allié, puisque l'ennemi du chevalier. Sans le savoir, il me servait. Il était le cilice, la gerbe d'orties dont je trouvais bon que Lakmé se mortifiât. Je regrettais seulement qu'il fût si décati. En pleine vigueur, avec son tempérament insatiable, il eût mieux encore rempli son emploi. Lakmé voyait le chevalier, il le savait. Elle était enceinte, il le savait. Il avait manqué la tuer mais il ne l'avait pas fait. L'enfant pouvait être de lui. Il forçait Lakmé moins souvent, mais il la forçait toujours, deux ou trois fois la semaine en moyenne, et, lorsqu'il peinait à conclure, une pincée d'une certaine épice turque le secourait. Lakmé seule connaissait le vrai père, pour autant qu'on pût vraiment trancher dans ce cas de figure. Elle attisait le doute, c'était son seul atout pour préserver son fruit. Le comte n'avait jamais eu d'enfant. Il l'aimait comme un fou qu'il était. Tant qu'il pourrait la croire enceinte de lui, il ne l'enverrait pas chez les faiseuses d'anges. Il exigea qu'elle jurât. Elle ne jura pas. Atrocement échauffé, il fut pris d'une de ces crises de démence qui terrifiaient son entourage, mais sitôt revenu à lui obtint d'être obéi le soir même. Comment ne pas céder ? Devant une société brillante, chez la sœur du comte, Lakmé rendit au chevalier un bracelet d'émeraudes en le priant de ne plus la poursuivre de ses assiduités. Durant deux semaines, le galant fit le siège de l'hôtel de Fourcès sans obtenir audience. Ses billets lui revenaient non décachetés. Les voitures passaient devant lui volets baissés, et à la messe Lakmé portait un épais voile. Le chevalier songea à enlever son élue. Il y songea seulement, Dieu merci, car s'il avait mis son projet en pratique, je vous en parlerais moins sereinement. Le sort, et surtout la nature de Lakmé qui l'avait poussée vers un homme d'intention plus que d'exécution, s'alliaient en ma faveur. D'Ogny hésitait, il attendait. Il guettait un aveu, un encouragement. Au lieu du signe espéré, voilà que Lakmé disparut. Longtemps, plus de six mois. Personne ne savait rien, ou tout le monde jouait contre lui. Elle revint. Elle le revit comme s'ils ne s'étaient point quittés, mais sans rien dire du bébé né en secret à Londres. Trop heureux, il n'osa la questionner. Ils reprirent leur commerce plus discrètement que par le passé, mais le comte surveillait Lakmé de près. Il eut tôt fait de percer leurs ruses. Suivirent des scènes atroces. L'Ogre la battait, elle le méritait, elle le suppliait de la libérer, il tenait bon, il avait raison, d'Ogny était un usurpateur. Elle voulait parler au chevalier de l'enfant, elle voulait que M. de Fourcès la déliât de son serment. Il l'injuriait, il la poursuivait en brandissant sa canne. Un soir, sans le vouloir sans doute, elle le poussa à bout. La rage le suffoqua, il tomba, il était déjà tombé à maintes reprises, dans sa chambre et ailleurs, mais cette fois sa tête porta contre l'angle de la table, par-derrière, on le releva hagard, roide de la nuque aux orteils. On le lava, on le pansa, on le massa, on le saigna, son ami l'archevêque de Palmye, un très saint homme dit-on, le visita matin et soir. Il bavait, il bégayait, il ne pouvait plier ni bras ni jambes. Sa sœur fit tendre les fenêtres de l'hôtel de Fourcès de noir, comme s'il était mort. Il n'était pas mort, pourtant, il allait mettre encore trois années à mourir, avec des éclairs de lucidité cruelle et des semaines entières sans prononcer une parole sensée, sans reconnaître ceux qui le soignaient, mangeant à la cuillère, faisant sous lui, et toujours raide comme un mât.

Cette histoire sans doute n'est pas très agréable à entendre pour l'oreille d'une jeune fille. Mais vous peineriez à comprendre la suite des événements si je vous avais épargné ce récit. Le comte, ni avant ni après son accident, ne demanda jamais à voir l'enfant. C'était une fille, étrangement prénommée Célénie. Déclarée de parents inconnus, elle tétait une quelconque nourrice, dans un faubourg de Londres. Le chevalier ne savait même pas qu'elle existait. Au chevet du vieil Aga qui délirait, Lakmé ne songeait, jour et nuit, nuit et jour, qu'à elle. Sur un genou, à ses rares moments de calme, elle m'écrivait. Son désarroi et la confiance qu'elle me témoignait renforçaient ma détermination. Le moment était venu pour moi d'entrer en scène. J'allais jouer enfin le rôle pour lequel mon Seigneur entre toutes m'avait élue.

Le lac, 12 novembre, lundi

Je suis restée souper et je n'ai rien appris de plus. Sinon la recette des roestis, que je donnerai à Matthias. Il s'inquiète, le pauvre, il se sent responsable de moi, il renifle que quelque chose se prépare et il ne sait pas quoi. Est-ce que moi je le sais ? Est-ce que moi je suis prête ? Quand je me tiens là, bien sage, à côté d'elle, à lui tendre ses laines, à jouer avec Paul, je me vois par-dessus, Célénie en robe rose, Célénie à voix douce, et je me demande dans quel rêve je vis. Combien de temps encore, combien de promenades à son bras, de retours en arrière, de sermons bien confits, avant qu'elle laisse filer ce que je veux entendre ? Elle doit savoir, ma mère lui disait tout, on ne peut garder pour soi un si cuisant secret. Moi, si une chose pareille m'arrivait, je le dirais à Matthias. Que quelqu'un, après moi, puisse renseigner l'enfant. Les enfants ont besoin de savoir. Tous, pas seulement moi. Bathilde, aux Repenties, elle se serait vendue à qui lui aurait raconté son village natal et la figure de ses parents. Ma mère aussi, elle a dû y penser, elle avait quatre ans quand ils l'ont enlevée, à quatre ans on a des souvenirs. Pas forcément, d'ailleurs, moi je n'en ai aucun. La Circassie, les collines derrière le Don. Peut-être cela ressemble à la Gascogne. Peut-être il y a des faucons, et l'hiver des loups. Un jour, j'irai. Ma mère aurait dû demander à l'Aga de l'emmener. Il aurait accepté. Cela lui aurait plu, même, je crois, de lui montrer à quelle misère il l'avait arrachée. Si les paysans de là-bas vendent leurs filles, c'est qu'ils manquent de tout, sinon pourquoi s'en séparer ? A moins que les filles vaillent si peu, ou qu'il leur en naisse tant. Moi, si je me réincarne, je veux être un garçon. Un seigneur comme M. de Fourcès. Mais plutôt un cadet, comme le chevalier, pour avoir plus de liberté. Seulement, après ce que je vais faire, je n'aurai sûrement pas le droit de me réincarner. Matthias dit qu'il faut mériter, et moi je n'aurai que détruit. Tant pis. Chacun sa voie. Raison de plus, si je ne vis qu'une seule fois, pour ne pas transiger.

Ma mère est morte, morte tout à fait, le chevalier n'a pas voulu prononcer le mot, la vieille tournera autour le plus longtemps qu'elle pourra, mais un jour il me faudra l'entendre. J'attends ce moment, et le pourquoi, et le comment, depuis le premier matin, chez monseigneur de Palmye. Cela ne changera rien, et pourtant il me semble qu'après, ce sera autre chose. Comme une page de ce livre que je prétends écrire. Une page qu'on arrache, une page qu'on recolle, c'est cela que je n'imagine pas bien. Je voudrais être dans quelques semaines, dans quelques mois, quand tout sera fini. Matthias m'emmènera loin, le plus loin possible, s'il veut encore de moi. Nous oublierons ensemble. On n'oublie jamais, on fait semblant, mais moi je fais semblant depuis si longtemps que je ne sais plus ce que c'est que d'être vraie.

Paul dormait contre le chien pelé, devant la cheminée. Mme Graaf remontait l'horloge suisse, un monument peint de fleurs naïves qui sonnait toutes les quinze minutes. Dehors, il pleuvait à nouveau, pas d'évocation nostalgique près du lac, Célénie cherchait comment revenir au récit que depuis quelques jours la vieille dame rechignait à poursuivre. Elle se plaignait de la tête, des yeux, du foie, il n'était plus temps, ou trop tôt, ou Paul devait étudier, ou le pasteur arrivait, ou elle n'était plus si sûre que l'histoire de cette Lakmé, femme perdue bien que sauvée, fût un si heureux exemple pour une demoiselle d'aujourd'hui. Célénie se rongeait l'intérieur de la bouche, Célénie apprenait à Paul le jeu de dames, les quatre coins, les confitures d'airelles et comment tournent les derviches tourneurs. Paul lui dessinait sur des mouchoirs le paradis puis l'enfer, qui se ressemblaient étrangement. Paul la suppliait de l'emmener chez elle, pour jouer à tout ce qu'ici on lui défendait, Mme Graaf refusait net, son petit-fils ne mettrait pas un pied dans la villa d'à

242

côté, on chuchotait au bourg des horreurs sur l'aveugle, qu'il mangeait de la chair crue, comme son rapace du diable, qu'il priait à la musulmane, dehors, sur un petit tapis, en se tournant vers l'est, et qu'il se baignait nu dans le lac sans se soucier qu'on le vît.

— Mais c'est que, madame, lui-même ne voyant point n'imagine pas choquer qui le pourrait regarder !

— Il n'importe ! Qu'il se vête ! Qu'il prenne son bain dans un baquet, avant Noël et avant Pâques, comme tous les chrétiens ! Je vous répète qu'il n'est pas bon pour vous de vivre avec un extravagant pareil ! Cela vous nuira ! La fortune n'empêche pas les ragots, au contraire ! Et une conduite irréprochable ne garantit pas une réputation ! Au contraire ! Plus vous serez sage, plus on vous surveillera ! Si l'on ne trouve rien de concret, on inventera ! Pas un parti séant ne voudra de vous ! Malgré votre fraîcheur, votre maintien, votre excellente éducation, malgré ce que j'imagine d'après votre train de l'état de vos biens ! Où donc m'avez-vous dit que votre tuteur avait placé votre argent ?

— Je ne vous en ai rien dit, mais je n'ai pas de raison de vous le cacher : auprès des frères Bernard, à Paris.

— A la bonne heure ! Voilà une certitude rassurante. J'en toucherai un mot au thé de Mme Schmidt, après-demain, cela peut-être vous fera pardonner votre absurde intendant, ou majordome, ou je ne sais quoi au juste. Pour un temps, tout au moins.

— Je vous en serai reconnaissante.

— Vous aurez bien raison. J'aime qu'on me rende ce

qu'on me doit. Ainsi mon amie Lakmé, voyez-vous, me rendait-elle comme personne les efforts que je faisais pour elle. On ne peut se figurer combien je me torturais pour cette petite. Il fallait, comprenez-vous, il fallait en premier lieu qu'elle sacrifiât son amant. C'était le passage obligé, et elle refusait tout net d'y entrer. Bien que bourrelée de chagrin devant l'état du comte de Fourcès, que les médecins jugeaient désespéré, elle persistait à adorer celui qui avait causé tant de mal. Elle l'adorait, je dis bien adorer, et c'est pourquoi moi-même je le détestais. Il était son idole, son soleil, son dieu. Oui, son dieu, dont elle espérait tout secours et toute félicité. Elle priait, bien sûr, elle se confessait, elle pleurait beaucoup. Mais je voyais bien qu'elle ne regrettait pas ce qui était arrivé, pis, qu'elle en tirait pour l'avenir quelque secret espoir. Elle fréquentait toujours le chevalier, elle s'abandonnait à lui et en retirait inexplicablement assez de force et de gaieté pour que dans le monde on continuât de la trouver aimable. Aimable ! cette criminelle ! cette ingrate qui par sa trahison avait poussé son protecteur dans la tombe ! Je bouillais d'habiter si loin de Paris, de ne pouvoir crier dans les salons que recevoir cette femme, c'était offenser le Seigneur. Je l'aurais voulue rejetée, humiliée, pour que, enfin, elle se mît à genoux et humblement se repentît.

Comme vous le pensez bien, on ne la rejetait pas. Elle était trop gracieuse, elle inspirait la pitié plutôt que le dégoût, moi-même je la blâmais sans cesser de l'aimer. Je lui écrivais tous les jours, je lui représentais l'horreur de son péché, je l'exhortais à se ressaisir avant qu'il soit trop tard. Elle me répondait naïvement que certes le chevalier avait fait vœu de chasteté, mais qu'ensemble ils péchaient moins que d'autres puisqu'ils se donnaient l'un à l'autre avec amour et que l'amour ennoblit ce qu'il touche. Elle ne voyait pas non plus quand il serait trop tard. Du temps que le comte de Fourcès la tenait sous sa botte, elle vivait dans l'avenir, tout entière tendue vers le jour où, peut-être, elle s'appartiendrait ; depuis son accident elle vivait dans le présent ; un présent nauséeux, au pied de la couche où le comte délirait ; un présent délivré lorsque, dans l'hôtel de Falari où elle le retrouvait, les bras du chevalier se refermaient sur elle. Elle était plus heureuse qu'elle ne l'avait jamais été, et lorsque je m'en offusquais elle me répondait qu'elle avait payé ce bonheur assez cher. Nous n'avions pas, je le comprends maintenant, la même opinion du comte de Fourcès. Je fulminais. Me prenant en pitié, le Ciel arma ma sainte fureur en me donnant de l'esprit, dont autant que de beauté j'avais toujours manqué. Je trouvai les mots. Ceux qui donnent du remords, qui mettent le rouge au front, s'infiltrent dans les rêves, empoisonnent le vin et glacent les draps où s'impatiente l'amant.

Sachez, jeune fille, que le remords est la sauvegarde du pécheur. Sans remords il y a rarement repentir, sans repentir pas de pardon, sans pardon pas de rachat. Je fis entendre à Lakmé qu'elle avait torturé le comte de la pire des manières. S'il était paralysé, s'il était fou, c'était sa faute, sa faute entière et, pis encore, consciente. Je ne sais comment j'exprimai ces vérités par cent fois ressassées, mais là, tout d'un coup, elle vit par mes yeux et la première brèche s'ouvrit. La honte la terrassa. Elle se fit horreur. Refusant d'accuser le chevalier, elle prenait tout sur elle et voulait se tuer. Je lui représentai qu'elle se devait au comte ainsi qu'à son enfant, cette petite Célénie qui certainement commençait à gazouiller. Dieu tolérerait la bâtarde en proportion des tendresses qu'elle prodiguerait au malade. Elle me crut. Elle jura de m'obéir et, comme elle ne trahissait jamais un serment, elle tint parole. Elle ne quitta plus le chevet de M. de Fourcès. Elle congédia les gardes et se consacra exclusivement à lui. Elle goûta ses bouillies, mouilla ses yeux qui ne cillaient plus, massa ses membres, pommada les affreuses plaies qui lui mangeaient la peau et, dans le noir de la chambre mortuaire, pour ce mort qui s'acharnait à vivre, elle inventa de merveilleuses histoires. Elle lui conta les pays qu'il avait aimés, ceux des livres d'images qu'il lui avait envoyés depuis Constantinople, au fil des années, si courtes pour elle et si longues pour lui, où ils avaient vécu séparés. Elle l'habilla à la mode turque et plaça le long de son corps cette canne à pommeau d'écume que vous admiriez l'autre soir. Le comte avait dans sa chambre un fort beau narguilé, un objet de collection, très grand et très orné. Elle demanda à monseigneur de Palmye, qui avait des lumières sur les sujets les plus insolites, de lui enseigner comment l'allumer. Ensemble, ils firent fumer le malheureux. Après, il dormit plusieurs heures d'affilée, sans gémir, sans trembler. Persuadée de lui apporter par là un peu de bien-être, elle passa ses journées à maintenir l'embout entre des dents qui l'une après l'autre pourrissaient et tombaient.

Moi, qui suivais par ses lettres ses efforts, je bénissais le Ciel. La grâce l'avait touchée. Il n'y avait plus qu'à rester ferme et à attendre. J'étais du bon côté et le chevalier d'Ogny du mauvais. Je répétais à Lakmé que le comte pouvait passer en un moment, s'étouffer, avaler sa langue. Elle ne se pardonnerait pas de manquer son dernier soupir, parce que ni moi ni Dieu ne l'absoudrions. Elle remettait ses rendez-vous, elle envoyait à son amant trois billets chaque jour, mais ne le voyait plus qu'une ou deux fois le mois, et encore en courant, souvent dans la cour de l'hôtel de Fourcès, ou au fond d'un carrosse, jamais vraiment seuls, jamais vraiment ensemble. Le chevalier se lamentait mais ne se révoltait pas, je vous l'ai dit, cet homme-là regimbait rarement. Sans doute il se sentait plus coupable qu'elle, c'était au fond une nature excellente, un cœur pur, s'il ne s'était mis en travers de ma route nous nous serions certainement accordés. Il respectait les scrupules de sa maîtresse, maintenant que le comte n'était plus qu'un ennemi à terre, il le respectait lui aussi, il croyait au bonheur, à la justice, il ne doutait pas que Lakmé fût son paradis sur cette terre, il était en manque d'elle mais paisible, certain que leur chemin d'épines bientôt fleurirait.

Pauvre garçon ! C'était sans compter avec moi ! Lakmé m'appartenait, je l'avais décidé, elle avait juré, elle devait m'obéir. Je la poussais à rompre tout de bon, elle ne s'y résolvait pas, j'insistais, je tempêtais. « Si peu que ce soit, il me faut le voir. Sans cela, je ne trouverai pas la force, vous ne pouvez imaginer ce que je vis », m'écrivait-elle. Je transigeais un peu, et puis je revenais à la charge d'autant plus vigoureusement que je la sentais s'épuiser. Ses veilles et ses soins incessants l'usaient. Ses lignes sur le papier tremblaient, elle tachait ses feuillets. Elle m'avouait qu'elle toussait et qu'elle perdait du poids. Je répondais c'est bien, ma chérie, tu t'allèges de tes fautes, c'est bien, il faut continuer ainsi, dans l'éther auquel tu aspires on n'est jamais assez léger.

Et puis M. de Fourcès mourut. Ce fut horrible, évidemment. Une longue suffocation, des convulsions effrayantes. Le récit que Lakmé m'en donna me priva de sommeil pendant deux nuits entières, imaginez, deux nuits ! L'enterrement fut grandiose, encore aujourd'hui je regrette de n'y avoir pas assisté. On ne m'a pas invitée. Il n'y avait pas de raison, le comte ne me connaissait que de nom et Lakmé n'avait pas voix au chapitre, mais tout de même, j'en fus mortifiée et je le suis encore. Vivre en chrétienne n'empêche pas d'avoir sa fierté. Enfin. Bon. Donc. Lakmé, elle, ne dormait plus du tout. Le comte par testament ne lui avait laissé qu'une rente modeste. Pas une ligne concernant l'enfant, la petite Célénie. En se faisant violence, elle fouilla ses tiroirs et retourna ses poches, inspecta ses livres et sonda le double fond de son bureau. Elle ne trouva rien. Elle ne craignait pas pour elle-même, la marquise de Vineuil proposait de la garder à demeure, mais la fillette, que décider pour la fillette ? Ces trois dernières années, en raison de la maladie du comte, Lakmé n'avait pu se rendre à Londres et ne l'avait vue que deux fois. La petite touchait six ans, un âge où l'on pose des questions, où l'on comprend des choses. Lakmé s'était jusqu'à présent présentée comme sa marraine, mais soutiendrait-elle longtemps le mensonge que la parole donnée à M. de Fourcès lui imposait ? Sa Célénie semblait de surcroît affreusement précoce, de ces sortes d'enfants qui apprennent tout seuls et deviennent des savants sans qu'on leur ait seulement enseigné l'alphabet. Lakmé implorait mon aide. Il me fallait la ferrer là, l'occasion ne se représenterait pas, elle était maintenant libre, si je la laissais retomber sous l'emprise du chevalier, elle m'échapperait à jamais. Je frappai donc. De toutes mes forces. Je racontai une comète tombée dans le lac devant moi, un rêve de cendres et de glace, où sa fille descendait avec un poignard fiché dans le front les marches du néant éternel. Les songes ont un puissant pouvoir sur les natures nerveuses. Lakmé tomba droit dans mon piège. La semaine suivante, elle frappait à ma porte. Lorsque je la vis, moitié d'elle-même, le teint terreux, les joues creuses, avec cette respiration qui sifflait, je sus que ma victoire approchait.

Le lac, dimanche, très tard

La maudite pendule a sonné sept heures, il faisait nuit et je n'avais pas vu le soir tomber. Le chien a aboyé, Paul a roulé sur le côté, je ne sais comment, il s'est retrouvé dans le feu. Pas vraiment dans le feu mais presque, tout contre les chenêts et sa veste flambait déjà. La vieille a glapi, qui aurait imaginé un tel bruit dans sa bouche, elle s'est jetée à genoux, elle l'a attrapé, et giflé, deux fois, le pauvret a enflé comme un flan, et secoué, et serré contre ses gros seins. Elle sanglotait, elle, la vieille, vraiment elle sanglotait. Elle hoquetait c'est tout ce qui me reste, ce garçon, c'est tout ce qui me reste. Et moi, je la regardais, je la regardais, je ne pouvais pas bouger.

Maintenant je sais. Ce n'est pas elle, c'est Paul que je vais tuer. Paul, le petit Paul qui m'aime tant. La jolie fée va occire son lutin. C'est ça, cela ne peut être que ça. La vieille est si vieille, la vie à ses yeux n'a pas assez de prix. Sa vie à elle, c'est Paul. Pour moi, depuis quatre ans, c'est ma mère. Et ce qu'elle a fait à ma mère, je vais le lui faire. Je vais lui enlever ce qui lui est le plus cher. Sa raison d'espérer, de lutter, de se réjouir que tombe le soir et se lève le matin suivant. Paul va mourir lentement, pour qu'elle souffre, pour qu'elle meure avec lui. C'est affreux, n'est-ce pas, et me voilà si calme en écrivant ces mots. Comme si tout s'éclairait, oui, tout devient simple, terrible mais simple, à cela je vois bien que je ne me trompe pas. Il faudra de la force. J'en ai. De la ruse. J'en ai. De la persévérance. Et se taire, et jouer la comédie. Je l'ai toujours fait. Il ne faudra pas s'attendrir. Souffler sur mes braises, me répéter sans cesse que Paul n'est que l'instrument, qu'à travers lui c'est elle que je vise. Je n'ai jamais tué que des poules. Un renard, une fois, à cause

250

du piège qui lui broyait les cuisses. Je n'ai jamais vu mourir. Matthias m'a raconté, mais ce ne sera pas pareil. Quand j'aurai commencé, je ne devrai pas reculer. Pas de remords, pas de rachat, pas de pardon. Je serai damnée. On verra sur place. Il y a sûrement moyen de s'arranger du diable.

Je vais l'empoisonner. Les poudres que Matthias serre au fond de son gros sac. Celles qu'après Plus-que-Belle il aurait voulu prendre mais il n'a jamais pu. Il m'a tant appris, sans se douter, le pauvre, que cela me servirait à tuer un enfant. Tuer un enfant, je dois l'écrire encore, le dire encore, à voix haute, à voix secrète, je dois me rouler dedans, m'habiller avec, pour m'y apprivoiser, pour ne pas avoir peur. Je n'ai pas encore peur. Mais ça viendra, forcément.

– Aujourd'hui, je crois que j'ai dix-sept ans.

Mme Graaf leva le nez de son ouvrage.

– Comment le savez-vous ? Vous m'avez assuré qu'on avait perdu votre acte de baptême !

– C'est qu'aujourd'hui c'est la Saint-Nicolas. Chaque année à cette date ma mère m'offrait des douceurs, elle disait que j'étais son Jésus, son bébé et que les petites filles ne devraient pas grandir parce qu'elles deviennent des femmes, et que les femmes sont rarement heureuses.

– Les femmes qui cherchent le bonheur hors de Dieu, jamais. C'est ce que je répétais à mon amie Lakmé, lorsqu'elle s'est installée chez moi. Si, comme elle, votre mère espérait d'un homme plus que du Christ, je gage qu'elle a beaucoup pleuré.

– Sans doute. Elle a pris le voile après le naufrage de mon père qui était, je vous l'ai dit, armateur des vaisseaux de la Couronne anglaise.

– Si fait, je me rappelle. Un homme hors du commun, armateur, quel métier, écossais de surcroît !

— Je ne me souviens pas de lui.

— N'importe, le sang dépend de la mère, vous êtes aussi française que moi, ma mère venait d'Annecy.

— Je croyais que c'était chez les juifs qu'on établissait la lignée par les femmes, et que chez les chrétiens seuls les pères comptaient.

— Je ne sais rien des juifs et n'en veux rien savoir ! Je parle des honnêtes gens, voilà, des gens comme moi. Chez ces gens de bon sens et de mœurs solides, la famille repose sur la femme, voilà. Bon. Bien. Ne répondez pas à tout, à la fin, c'est agaçant ! Paul va prendre avec vous d'affreuses habitudes !

— Je regrette.

— Vraiment ?

— On me reprochait souvent, lorsque j'étais enfant, de tenir tête aux grandes personnes. Je tâche à m'amender, mais il m'a manqué une main pour me guider. Ma mère n'a survécu que quelques mois à la mort de mon père. Dans le couvent où nous nous étions retirées ensemble, on n'allumait jamais de feu dans le réfectoire, même au cœur de l'hiver. Nous marchions en sandales et nous ne portions pas de bas. La boue, une boue de glaise brune, longue à sécher, recouvrait la campagne huit mois l'an. Nous allions en procession au village, pour secourir plus malheureux que nous, et nous en revenions crottées jusqu'aux mollets. Ma mère ne se plaignait jamais. Un mal sournois s'est mis à ses poumons. Elle refusait de se coucher, elle refusait les visites du docteur et les miennes, elle disait d'une voix cassée que c'était bien ainsi, qu'elle n'avait plus assez d'espérance pour continuer à vivre. Elle s'est consumée doucement, sans bruit, comme s'use une chandelle. A la fin je couchais dans son lit, elle était devenue si maigre que j'hésitais à me blottir contre elle. Je l'ai trouvée morte un matin, je ne l'avais pas vue partir, je n'ai pas supporté qu'elle ne me dise pas adieu.

— La vie est si étrange ! Ma chère Lakmé, voyez-vous, elle aussi est passée d'un ulcère de poitrine ! C'est cela, sûrement, qui sans que nous le sachions nous a rapprochées vous et moi ! Je crois aux signes, pas vous ? Pauvre mignonne ! Je vous comprends si bien ! Voir s'éteindre qui l'on chérit plus que soi...

— Vous chérissiez votre amie plus que vous-même ?

— Assurément ! Ne vous ai-je pas conté les affres traversées à cause d'elle ! Je me suis sacrifiée pour cette dévergondée ! Cinq années à lui écrire chaque jour, et ensuite encore vingt-trois mois, exactement, pour achever le travail !

— Achever le travail ?

— Sa rédemption ! L'abandon de tous ses attachements, de ses folles tendresses terrestres, pour ne plus désirer que de se fondre en Dieu ! Son renoncement, son abdication, tout entière et très humblement entre mes mains remise. Vingt-trois mois à moucher son nez, à souffrir ses plaintes, ses cauchemars, ses regrets, à surveiller sa toux, à la promener puis à la nourrir de purée et de sirop, comme un nourrisson ou un vieillard ! Elle n'était même plus belle, je peinais à comprendre comment elle avait pu inspirer des passions si violentes. Une petite chose brune qui tremblait dans le vent, peignait des aquarelles et se rongeait les ongles. Manger ses ongles, et jusqu'au sang, quelle déchéance ! Vous pensez si j'ai eu du courage et de la ténacité !

— Elle aurait peut-être souhaité que vous en ayez moins.

— Elle serait encore là, à nous narguer dans ses habits de pécheresse, avec son cœur gros d'amour interdit et ce sourire idiot qui lui mouillait la figure lorsque le facteur portait une lettre du chevalier !

— Il lui écrivait toujours ?

— Toujours ! Puis, après que j'eus obtenu qu'elle cessât de lui répondre, moins. Puis seulement deux fois l'an, à Noël et au printemps, vers avril, les cerisiers croulaient de fleurs et cette sotte allait sangloter sous leurs branches. J'en rageais, mais bon, le mal était acceptable, je m'en accommodais. C'était l'enfant qui me donnait du souci.

— L'enfant ?

— La petite fille ! Célénie ! J'avais battu le chevalier, Lakmé me jurait qu'elle ne lui vouait plus qu'une affection toute sainte, qu'elle avait oublié son rire et le grain de sa peau. Je la croyais, son indifférence envers sa beauté perdue attestait qu'elle était morte, et bien morte, aux émois de l'amour. Mais l'enfant ! L'enfant restait vivant en elle ! Un rival coriace, et contre lequel je manquais d'arguments ! Tuer un enfant dans le cœur de sa mère, voilà une tâche ardue, croyez-moi ! Il faudrait pour de pareilles entreprises des manuels, des conseils, et moi j'étais toute seule ! Comment auriez-vous procédé à ma place ?

Célénie se leva pour ne pas s'évanouir. Mme Graaf s'affligea, elle l'avait épuisée avec ses bavardages, une fois lancée on ne la tenait plus, son pauvre mari la taquinait souvent là-dessus, et Lakmé, Lakmé certainement avait dû en souffrir, surtout les derniers mois, pauvrette, si faible, elle s'endormait au milieu des conversations. Miss Helen voulait-elle du chocolat ? du fromage ? une gratinée bien chaude ? une promenade, le lac brillait comme un marbre astiqué, Paul lui montrerait le gros chêne, celui des églantines. Non ? Rentrer ? Déjà ? Alors, par mesure d'exception, par extrême faveur, Poulinet la raccompagnerait. Jusqu'à la grille du parc, pas plus loin, était-ce bien entendu ? Et que miss Helen prît la canne, la canne bien solide, celle avec la tête en forme de grenade, pour se soutenir. Lakmé ne la quittait pas, une troisième jambe, sans ce bâton elle n'aurait pu faire un pas. Bien. Donc. Demain on achèverait le récit, on serait débarrassé, ces histoires tristes mettent des nuages dans l'âme, demain, avant de couper la dinde au chou rouge, on enterrerait Lakmé pour de bon. On risque toujours à réveiller les morts, c'est vrai, miss Helen n'avait plus si bonne mine qu'à son arrivée. Une sotte idée que ce roman, une piètre héroïne, après le premier de l'an on s'attellerait à trouver un sujet plus riant.

Le soir et le matin suivant

Le lac, 26 décembre, jeudi

Matthias ne m'aidera pas. Je n'aurais pas dû le lui demander, je ne sais pas ce qui m'a pris. Si, je sais, je voulais qu'il se fâche, qu'il me menace, j'ai plus de force quand on est contre moi. Depuis, il ne me parle plus. Pas un mot. Il pêche. Il pêche de mieux en mieux, nous mangeons du poisson frais tous les jours, même Archibald s'y est mis. Il a remarqué sûrement que j'avais pris les poudres. Les dosages, la manière, c'est lui qui me les a expliqués à Constantinople, il va se croire responsable, il se dira qu'il a armé ma main, ce sera dur de le calmer.

Hier, j'ai offert à Paul des cornes de gazelle, une grande boîte tapissée avec des feuilles mortes du parc, en souvenir de ma mère qui avait des yeux de gazelle, je ne me les rappelle pas mais on m'a raconté. Il m'a embrassée si fort, si fort, il était chaud, cela n'en finissait pas. « Moi non plus je ne me rappelle pas ma mère, mais ça ne fait rien, maintenant je suis habitué. » Il avait l'air content, il se barbouillait de sucre glace, quand il riait on voyait les dents qui lui manquaient. La vieille le grondait, comme toujours, ferme la bouche Poulinet, tu ressembles à une citrouille de carnaval. Elle ne touchera pas aux gâteaux, elle déteste les sucreries. J'ai recommandé à Paul de les garder dans sa table de chevet, sinon les domestiques lui en prendraient, et d'en manger deux au réveil, deux à goûter, deux en se couchant, pas plus, pour que le plaisir dure longtemps. C'est un enfant sage, tout le contraire de moi, il suivra bien exactement mes conseils.

J'ai demandé à la vieille pourquoi elle me recevait si généreusement, pourquoi elle me manifestait tant de confiance et de bienveillance, en un mot pourquoi sans presque me connaître elle m'avait adoptée. Elle m'a répondu, cette grosse vache, que Paul avait besoin de compagnie et qu'elle-même trouvait le commerce des jeunes filles rafraîchissant. Que c'est pourquoi Lakmé lui plaisait tant, qui avant de tomber malade était la personne la plus enjouée qu'on pût imaginer. Par certains côtés je la lui évoquais, en plus sombre, plus secret, plus retenu. Si Lakmé s'était mariée avec le chevalier, elle aurait fait de beaux enfants. Avec le comte, d'encore plus beaux. J'ai arrondi ma bouche : « Mais sa fille ? Célénie ? Elle l'a bien eue avec l'un des deux ? » La vieille rosse a toussé, un grain de poivre, j'aurais voulu qu'il lui remonte au cerveau. Avec le poivre, elle a craché dans sa serviette que Lakmé n'avait jamais avoué, et que de toute manière la petite était morte d'une maladie de poitrine elle aussi, deux ou trois ans après sa mère. L'archevêque de Palmye le lui avait écrit, elle avait brûlé sa lettre en même temps que les vêtements de Lakmé, on n'est jamais assez prudent. Elle avait juste gardé la canne, et ce peigne en or, là, dans son chignon, elle l'avait passé au vinaigre puis au feu, depuis elle le portait sans crainte, mais seulement pour les grandes occasions.

258

Le soir et le matin suivant

La dinde était fameuse. Je ne comprends pas comment je garde tant d'appétit. Elle me donnera le peigne. Je ne veux pas le lui voler, je veux qu'elle me le donne. Dans deux semaines, Paul sera à l'agonie. Elle me donnera le peigne et elle se mettra à genoux.

Paul n'avait pas envie de jouer.

— Même pas ton cirque en bois ? La grosse roue qui tourne ? les éléphants ? Ni dessiner avec tes beaux pastels tout neufs ? Le pasteur sera déçu, il espérait que tu lui ferais des images !

D'indignation, Mme Graaf respirait comme une forge. Ce gâchis ! un enfant choyé comme un prince et qui le lendemain déjà boude ses cadeaux ! Elle croisait les mains sur son bréchet, levait les yeux vers le ciel peint sur le plafond, rien ne lui aurait été épargné en ce monde. Paul, accroupi au pied du fauteuil de Célénie, caressait le vieux chien. Ses yeux brillaient, il transpirait juste un peu plus que d'ordinaire, mais non, il n'avait mal nulle part, il n'avait pas envie de jouer, c'est tout.

Célénie d'une main appliquée caressait ses cheveux. Elle portait une robe d'un rouge pâle, avec un corsage de velours qui lui pinçait la taille. Mme Graaf l'avait félicitée, enfin une couleur qui vous anime le teint, on vous prendrait pour une vraie jeune fille, je plaisante

260

bien sûr, que pourriez-vous être sinon une vraie jeune fille ?

Sans cesse, la vieille dame jetait des coups d'œil vers la fenêtre. Il faisait jour encore, un jour laiteux, engourdi sous le givre. Elle s'agitait, déplaçait sa chaufferette, priait Célénie de remuer encore un peu les bûches, se forçait à tousser, ces lendemains de fête décidément ne lui réussissaient pas.

– Ce sont les souvenirs qui pèsent. Ça me prend là, dans la gorge, et ça ne me lâche que lorsque la bonne a dépouillé le sapin et tout remis en état. Je vous le disais il y a peu, les morts ne dorment que d'un œil, si vous ouvrez la porte, ils reviennent vous hanter. Ce matin en m'éveillant je me suis sentie triste, un drôle de vide, un grand silence, vous savez, comme juste avant ou juste après une catastrophe, une avalanche, une noyade, vous voyez ? C'est Noël qui me fait ça, le lendemain de Noël, chaque année la même chose. C'est pourquoi je vous disais finissons-en, rendons cette pauvre Lakmé à la paix que j'ai gagnée pour elle, qu'elle a gagnée pour moi, enfin à sa paix bien gagnée. Au vrai, c'est moi qui ai tout fait, c'est moi qui mériterais cette paix-là. Jusqu'à la dernière marche je l'ai conduite, je tenais sa main serrée, je la sens encore, un oisillon plein d'os, et dans un souffle elle murmurait : « Dieu me pardonne de lui avoir obéi. »

Elle est morte le surlendemain de Noël. Je devrais en tirer de la fierté, j'en ai de la fierté, oui, mais tout de même, c'était triste et je ne suis pas un marbre. Quand je vous dis que je l'ai menée jusqu'à la dernière marche, c'est plutôt que je l'y ai portée. Dans mes bras, sur mes épaules, en grignotant peu à peu du terrain à mesure que son mal progressait et que s'amenuisaient ses forces. L'espoir en elle s'était réfugié autour de sa petite fille. C'était son bastion, sa citadelle, le seul lien qui la retînt au monde terrestre. Aussi pour l'envoyer droit au Ciel il me fallait trancher ce lien-là. Le devenir de l'enfant importait peu, les bâtards usurpent l'affection qu'on leur consent, le moindre sou dépensé pour eux et jusqu'à l'air qu'ils respirent. C'était l'ultime effort, le sacrifice salvateur, après quoi, je promettais, je la laisserais aller. Jour après jour, nuit après nuit je prêchais au pied de la chaise longue qu'elle ne quittait plus guère, et je n'obtenais rien. C'était une obstination de bête obtuse, à me donner envie de la gifler. De la gifler, oui, bien qu'elle ne fût plus que l'ombre d'une femme, à peine plus épaisse qu'une feuille et toujours à siffler et cracher, malgré son petit visage hanté par des yeux longs, si longs, tout tirés vers les tempes. Elle me mettait des démangeaisons dans les mains. Je pardonnais au comte de l'avoir rudoyée, maintenant je le comprenais. Cette façon qu'elle avait de tenir tête sans jamais hausser le ton, humble mais butée, ne branlant pas d'un pouce, répétant : « Non, cela je ne puis, je ne pourrai jamais, ne me le demandez pas, je sens que j'en mourrais. » Et moi je répliquais : « Meurs donc, mais sois sauvée ! » Elle soupirait que je l'aimais bien peu, je me récriais que je l'aimais bien trop, que son salut m'occupait plus que tout, et que je ne céderais pas avant d'avoir achevé ma mission. Elle gémissait, sa poitrine brûlait. Je lui retirais l'encre, la plume, le papier, elle attendrissait les domestiques, trouvait encore le moyen d'écrire à sa petite, je dérobais les lettres et, les fourrant sous son nez, je lui en donnais honte. Il me paraît juste qu'une mère aime son enfant, l'espèce sans cet instinct ne pourrait subsister. Mais entre la loi de la nature et celle de Dieu, qui hésiterait ? Je ne doutais pas, le bien parlait par ma bouche, il fallait qu'elle renonçât à sa fille. A force d'exhortations, de patience, de menues représailles et de menaces qui, dans son état d'épuisement, sonnaient comme un tonnerre, j'obtins qu'elle élargît le serment arraché par le comte de Fourcès. Elle ne dirait jamais à la petite Célénie qu'elle était sa mère. Elle lui ferait porter la nouvelle de sa mort, et plus jamais ne lui rendrait visite. Elle ne laisserait pas de testament, pas de confession, ni à l'enfant ni au chevalier d'Ogny. Je demeurerais seule dépositaire de son secret, que dans la tombe avec moi j'enfouirais. Elle espérait, naïve qui ne s'imaginait pas mourir, elle espérait encore ménager l'avenir. Lorsque Célénie grandirait, certainement elle rechercherait ses parents. Lancelot d'Ogny bien sûr ne serait pas marié, l'Ogre sous sa pierre parlerait moins haut, Lakmé oublierait ses années de souffrance, elle tendrait les bras à sa fille et le chevalier les envelopperait sous sa grande cape. Cela ressemblerait à une famille, souvent les apparences suffisent à créer l'illusion du bonheur. Voilà ce qu'elle se racontait, la pauvre chère, entre deux quintes de toux.

A force de raboter son âme, je lui ôtai son rêve. Je la

convainquis que le bien de Célénie demandait qu'on la mît au couvent. L'état de religieuse rachèterait l'offense d'une naissance dont, pour sa tranquillité d'esprit, la petite devait ignorer l'infamie. Le chevalier partirait au loin. Il irait faire le bien aux quatre coins du monde et distribuer aux déshérités de la planète l'amour qu'égoïstement Lakmé prétendait concentrer sur elle seule. Il n'y aurait plus de larmes, plus d'attente, plus rien que la sérénité parfaite qui atteste le devoir accompli. La présence divine servirait de père et de mère à l'enfant, d'amante au chevalier, de récompense à Lakmé. Et moi, je me serais en mon âme et conscience acquittée de la tâche qui justifierait ma venue sur cette terre.

Elle céda. Elle jura Elle cracha le sang toute la nuit. Au matin, je la trouvai morte

Le lac, 12 janvier, samedi

Paul devient de plus en plus pâle. La vieille croit qu'il manque de mouvement, elle le fait sauter sur un pied puis sur l'autre autour de ses rosiers, il tombe tous les dix mètres, elle se fâche, il pleure et court se réfugier dans mes bras. Je le câline et, pour le consoler, je lui fourre dans le bec un gâteau. J'en ai goûté un coin, Matthias avait raison, on ne sent que les amandes et le sucre. Cela donne soif, donc on boit, et ce qui doit se diluer dans le sang se dilue encore mieux. C'est une arme

264

de lâche, bien sûr, je n'en tire pas fierté, mais je ne suis pas née vizir et je fais à ma mesure.

Je ne regrette rien encore. Je refuse de penser. J'évite Matthias, j'ai peur qu'il m'enferme. Je passe mes journées chez la vieille. Je ne veux pas manquer la fin. Quand je rentre, Archibald me regarde d'un drôle d'œil, il ne dort plus au pied de mon lit, on dirait qu'il me juge. Il sait tout, lui, depuis toujours, les faucons lisent les vents et la mémoire du monde. Il doit connaître les yeux de ma mère, sa voix aussi, j'ai lu quelque part qu'après la mort le meilleur des êtres se dilue dans le ciel. C'est pour ça que je tiens tant à lui. Quand je le lance, c'est vers elle qu'il m'emmène. Déjà aux Repenties je le sentais, mais je ne comprenais pas. Je veux bien payer pour ce que j'aurai fait, je veux bien perdre beaucoup, presque tout, mais pas lui.

La vieille m'a montré ce qu'avait laissé ma mère. Des partitions. Elle chantait, je l'ignorais. Elles étaient au fond d'une malle, toutes mangées de moisi, dans un coin du grenier. Je les ai emportées, j'ai dit que la musique me manquait, que j'avais failli épouser un jeune homme doué d'une voix idéale. Elle m'a demandé s'il était riche, de bonne souche, et pourquoi j'avais refusé sa main. J'ai répondu que j'étais bien trop jeune, et que d'ailleurs je comptais ne jamais me marier.

J'ai essayé de déchiffrer les airs, mais il y avait tant de croches, je n'y arrivais pas. Ariel m'aiderait, s'il était là, ce serait étrange d'entendre ces notes et ces mots dans sa bouche.

265

Il y avait autre chose. Un portrait, un tout petit portrait enchâssé dans de l'or, avec du velours bleu autour. Une femme, jeune, très belle, souriante, avec un voile sur ses boucles blondes et une fleur à la main. Mon cœur s'est arrêté de battre. Quand il est reparti, j'ai demandé calmement si c'était là Lakmé. Je parais toujours si calme, je ne sais pas comment je fais. La vieille a ri, je l'aurais poignardée, mais non, regardez mieux, je vous ai dit que Lakmé était brune, c'est une amie à elle, j'ai oublié son nom, la seule de ses anciennes fréquentations qui lui écrivait ici, une jolie personne, n'est-ce pas, certainement très convenable.

J'ai pris le portrait dans son cabinet. Elle l'ouvre rarement. Quand elle remarquera, Paul dormira au cimetière et moi je serai loin. J'ai passé la nuit devant la femme blonde. Elle me rappelait quelqu'un, mais je connais si peu de monde, je ne voyais pas qui. J'ai trouvé. C'est Mme de Falari. En plus jeune, plus ronde, mais c'est elle.

D'une main amaigrie, Paul montrait à Célénie le plus gros chêne, celui dont les racines touchaient l'eau. A son pied, comme il l'avait promis, elle trouva le buisson d'églantines. Il sourit, un pauvre sourire blanc comme la brume qui flottait sur le lac. Mme Graaf remonta la couverture qui lui couvrait les cuisses, s'il prenait froid en plus, les médecins déjà ne savaient pas le soigner, on le reconnaissait à peine tant il avait fondu, jaune comme le mauvais œil, et la langue toute brune, c'était le foie, et quand le foie est touché, mon Dieu, elle n'osait y penser.

Célénie mit un doigt sur sa bouche, la vieille dame étouffa son sanglot, Paul s'était endormi. Célénie poussa sa chaise à roues au soleil et la coinça avec une branche morte. Mme Graaf lui prit le poignet, s'y cramponna, les yeux rouges et gonflés, que ferais-je sans vous chère Helen, vous nous êtes si précieuse, Paul vous aime tant, il s'éclaire dès qu'il vous voit, il reprend vie, c'est le mot, je n'ai jamais cru que la tendresse humaine pouvait sauver un être, je voudrais le croire maintenant, je voudrais prier pour cela, voulez-vous prier avec moi ?

Célénie la regarda par en dessous. Ses lèvres gercées saignaient aux commissures. Les larmes traçaient dans la pommade dont elle enduisait ses joues des rigoles luisantes. Le bras glissé sous celui de Célénie, elle cherchait d'un pied hésitant son appui dans les feuilles et la boue. Ainsi appuyées l'une sur l'autre, elles passèrent derrière le gros chêne et longèrent la rive jusqu'à un promontoire naturel, comme un doigt d'herbe posé sur l'eau lisse. Les arbres y étaient jeunes, un saule, un frêne, deux bouleaux. Au bout, Célénie remarqua une stèle blanche à demi recouverte par une vigne sauvage. Mme Graaf montra la pierre.

– Voilà où je voudrais prier avec vous. Le chevalier d'Ogny est venu ici pendant des années, je ne l'y ai jamais vu car il me fuit comme le démon fuit l'eau bénite, mais le jardinier et ensuite Paul plusieurs fois l'ont surpris. Il vient d'ordinaire quand les cerisiers fleurissent, vous voyez, dans le verger derrière, c'est plein de cerisiers, nous n'achetons jamais de cerises au marché, je vous ferai goûter celles-ci l'été prochain. C'est lui qui a planté le saule et les autres petits arbres. Pendant la maladie de Lakmé. Il y avait deux cyprès aussi, mais ils n'ont pas résisté à nos hivers. Quand notre amie est morte, il a mis la stèle et la vigne tout autour.

– Elle est enterré là-dessous ?

– Oh non ! Je n'aurais pas voulu d'une dépouille pareille chez moi ! C'est son âme qui méritait des égards,

268

et pour son âme je crois avoir fait tout ce qui était humainement possible. Mais son corps ! son corps ne m'avait que trop narguée ! dans la santé comme dans la maladie ! quand elle me donnait à rêver ses jouissances et quand elle crachait ses poumons sur ma jupe ! Je l'ai fait mettre à la fosse, derrière le cimetière du bourg. La poussière doit redevenir poussière.

Célénie se pencha vers la vigne, dont elle détacha quelques grains racornis. Ses yeux piquaient et elle avait si froid. Lentement, elle se retourna et regarda la vieille dame en plein cœur.

— Ainsi redeviendra poussière votre Paul.

Le lac, avant-dernier soir sans doute

J'ai failli tout gâcher. Elle me dévisageait, la bouche ouverte comme un veau, elle me découvrait, tout d'un coup elle se demandait qui j'étais. Un monstre en peau de soie, Mélusine, Carabosse. Je me suis reprise à temps. Nous avons prié, là où le chevalier a tant pleuré, là où il a mieux aimé ma mère que lorsqu'il la tenait contre lui. Moi, je ne pleure nulle part, plus jamais je ne pleurerai. Et jamais je ne tiendrai personne, et jamais de ma vie je n'aimerai.

Paul va mourir. Je passe maintenant trois ou quatre heures à lui raconter des histoires. La vieille renifle et s'émerveille, elle dit que je lui rappelle sa pauvre Lakmé, c'est vrai, elle aussi avait ce talent, et je réponds c'est Matthias qui m'a appris, quand on est aveugle on fraie son chemin avec des mots.

Paul va mourir. Je lui effrite ses cornes de gazelle dans du thé, il ne veut plus prendre que cela, et seulement de ma main. Il souffle que je suis sa bonne fée, que tant que je resterai près de lui la méchante dame blanche ne viendra pas le prendre. En Gascogne, la dame blanche c'est un oiseau. Une grande chouette, qui marche avec des pas de croquemitaine dans les greniers. Elle porte bonheur, quand un toit s'écroule on déplace son nid et ensuite on le repose sous la charpente neuve, au même endroit, en espérant qu'elle reviendra. Depuis que j'ai parlé de l'oiseau à Paul, il voit la mort avec des yeux jaunes, un bec, des serres et il a peur. Je regrette. Je ne voulais pas lui faire peur. J'aurais pu l'aimer. Il ne mérite pas de mourir, il a sept ans, si j'avais eu un petit frère, peut-être il lui aurait ressemblé.

Personne ne peut comprendre. Moi aussi, il me semble vivre un rêve, un de ces contes pour effrayer les enfants turbulents. Paul ne mange plus. Comme lui j'ai perdu l'appétit. Paul a trop soif pour dormir. Je ne dors plus non plus. Je pense à lui, dans son grand lit, dans sa grande maison. Ma mère est morte dans ce lit, dans cette maison. Paul a repris la chambre qu'elle occupait, la vieille a seulement changé les rideaux.

Je dois le faire, je le ferai. Tout sera fini, tout pourra commencer. Et pourtant je sens que je me tue aussi. Matthias a raison de s'inquiéter. La mort m'habite et je ne veux pas guérir.

Le bruit des roues fit dresser Célénie sur son lit. Voilà, tout était dit, Mme Graaf l'envoyait chercher pour partager son deuil. Elle posa ses pieds nus sur le tapis de laine qui couvrait le plancher, fin de l'histoire, la page se tournait, encore quelques cris, quelques soupirs et le livre allait se refermer. Elle se pencha vers ses orteils, elle les pressa doucement, le sang lui battait dans les oreilles, la réalité semblait si étrange, elle avait tué Paul, elle n'avait plus froid, quelle vie vivait-elle donc ? Matthias ouvrit grand la porte de la chambre. Il n'avait pas frappé, il ne portait pas son bandeau. En caleçon de nuit, une cape jetée sur son large dos, de toute sa hauteur il la fixait.

– Ne me regarde pas comme ça, même si tu ne me vois pas.

– C'est la dernière fois.

– Tu ne m'aimes plus ? Tu peux le dire, tu sais.

Il ne répondit pas. Célénie se leva, prit la robe posée sur le montant du lit et l'enfila directement sur sa chemise.

271

– Tu me laces ?

Matthias tira et noua les cordons sans un mot. En bas, les gravillons crissaient sous les sabots du cheval. Célénie tendit l'oreille.

– Elle est venue elle-même ?

Sous la redingote de feu son mari, qu'elle portait un hiver sur deux afin de ménager ses propres manteaux, Mme Graaf grelottait. Lorsqu'elle aperçut Célénie en haut de l'escalier, elle poussa un cri rauque et joignit ses mains nues.

Célénie descendit lentement, elle avait oublié ses souliers et ses bas, ses pieds sur le bois ciré ne faisaient aucun bruit. Mme Graaf lui saisit les deux bras, et serra, et secoua.

– Il n'a plus sa consience. Il délire, il vous appelle, il répète : « Je veux ma fée, je veux ma fée, c'est elle qui doit m'emmener, elle sait la langue des rapaces, avec elle la dame blanche ne me fera pas de mal ». Sans cesse, sans cesse il dit cela, mais de plus en plus bas, mon Dieu, de plus en plus bas...

Elle tirait Célénie vers la porte.

– C'est trop tard, madame. Je ne puis rien pour lui.

– Moi si.

La voix de Matthias jeta une pelletée de braises dans le lac gelé.

Le visage de Mme Graaf se couvrit de sueur, l'effort qu'elle s'imposa pour ne pas crier lui déforma la bouche. Le cœur de Célénie sonnait le tocsin, les contours de la pièce se brouillaient, sous ses talons un chemin de crête plongeait dans des bois sombres, un matin blanc comme le premier matin, aux Repenties, quand les loups avaient dévoré les faucons, sur le chemin marchait le chevalier, elle le voyait de dos, devant lui marchait M. de Fourcès, qu'elle devinait seulement, tous deux ils allaient vers sa mère allongée dans la neige, et elle voulait courir, voulait les rattraper, et elle ne bougeait pas, elle n'y arrivait pas, et Mme Graaf lui enfonçait ses ongles dans l'avant-bras.

– Miss Helen ! Miss Helen ! Qui est cet homme ?

Matthias sortit de l'ombre sous l'escalier.

– Je suis son ange gardien, madame. Je la protège d'elle-même.

Célénie se retourna.

– Tu n'as pas le droit, Matthias. Pourquoi me fais-tu ça ?

– Pour te sauver.

– Je ne veux pas être sauvée.

– Si. Mais tu ne le sais pas. Il faut me faire confiance. Viens là.

Il l'attira contre son épaule, la berça malgré sa résistance, suspendre le temps, retourner au paradis d'avant.

– Matthias... Laisse-moi.

– Non. Dis-moi d'aller là-bas.

Mme Graaf sursauta.

– Mais je ne veux pas de vous ! C'est de miss Black dont j'ai besoin ! Un aveugle ! Oh ! Pardonnez, mais je n'ai plus ma tête ! Miss Helen, par pitié, chaussez-vous et venez !

273

Il se pliait pour l'envelopper, comme au temps de l'enfance, petite fille en sabots blottie sur ses genoux.

– Célénie... L'enfant ne doit pas mourir...

– Comment vous appelle-t-il ? Miss Helen ! Je vous en prie !

– Célénie... Si le vizir m'avait laissé mes yeux, je t'aurais vue grandir, je t'aurais mieux aimée. S'il n'avait pas tué Plus-que-Belle, j'aurais trouvé la force de l'emmener, elle aussi je l'aurais mieux aimée.

– Tais-toi...

– Sois digne de ce que tu veux être.

Elle se redressa. Elle le regarda, son beau visage ravagé, les orbites vides, les joues burinées, les cheveux presque blancs. Dans sa tête, avec un grand bruit d'ailes, un faucon s'envola. Très loin chantait une voix d'ange, une voix d'homme, la voix perdue d'Ariel. Elle se dégagea. Mme Graaf piétinait devant la porte ouverte.

– Je veux que vous vous mettiez à genoux.

La vieille dame plissa une moue effarée.

– Si vous voulez que Paul vive, mettez-vous à genoux.

Mme Graaf trembla des chaussures à la nuque, un long frisson de terreur devant l'inexplicable.

– Je veux le peigne, dans vos cheveux, le peigne de votre amie.

D'une main affolée, la vieille dame ravagea son chignon. Les mèches grises glissèrent en désordre sur ses joues blêmes.

– A genoux, maintenant.

Elle ne reconnaissait plus miss Helen, Matthias la ter-

274

rifiait, mais Paul se mourait seul dans la villa voisine, et elle serra les dents.

— A genoux.

Elle retroussa maladroitement sa jupe et se laissa tomber sur le carreau. La douleur lui tordit la bouche.

— Que voulez-vous de moi ? Qui êtes-vous tous les deux ?

Célénie dans le creux de sa paume regardait le peigne en or. La voix chantait toujours, le faucon planait au-dessus d'un étang vert. Elle releva la tête.

— Matthias, va avec elle.

Matthias en silence prépara le contre-poison. Pour que Paul l'avalât, il dut le lui souffler dans la gorge Célénie se tenait au pied du lit, changée en statue de cire. Au coin de la cheminée, Mme Graaf marmonnait des priè-res. De temps en temps un hoquet la secouait et, dans un élan, elle se jetait en avant. Matthias disait non de la tête, elle retombait au fond de son fauteuil et reprenait ses litanies. Elle ne pouvait se figurer comment un aveu-gle parvenait, sans une hésitation ni un repentir, à enchaî-ner tant de gestes et si précis. Tout en Matthias lui hérissait la peau, ses cheveux ras, son torse nu sous la cape brune qu'il n'avait pas ôtée, l'odeur musquée qui se dégageait de lui. Lorsqu'il tournait le dos, en hâte elle se signait.

Mais Paul rouvrit les yeux. Paul rit faiblement, murmura que la dame blanche couvait, qu'il n'avait plus peur, que miss Helen lui montrerait les oisillons. Mme Graaf se dressa comme un if. Leva les bras au ciel et se jeta au cou de Matthias en lui criant pardon, pardon, pardonnez-moi.

Célénie se détourna. Entre les rideaux restés ouverts, l'aube se levait. Laissant la vieille dame sangloter sur le lit que la servante changeait, Matthias vint à elle.

— Maintenant nous allons rentrer. Aux Repenties. Chez nous.

— Toi, tu rentres où tu veux. Moi, je n'ai pas fini.

— Célénie, c'est fini.

— Non.

— Tu me diras, un jour ? Tu me diras ce que tu cherches ?

— Non. C'est à moi. C'est tout ce que j'ai.

Matthias la prit dans ses bras. Elle était raide, plus pâle que Paul endormi sur le sein de sa grand-mère.

Épilogue

Le ciel entre les doigts

A l'abord, elles ne se reconnurent pas. Mme de Falari avait entrevu une enfant, elle découvrait une femme. Célénie gardait souvenir d'une reine, elle retrouvait un spectre. Elles s'embrassèrent pourtant comme elles se l'étaient promis. Puis elles se turent et restèrent à se regarder. Mme de Falari était allongée sur une chaise de l'ancien règne, le dos soutenu par des coussins en velours. Malgré les plis de sa robe et la mousseline nouée en flots sur sa gorge, son affreuse maigreur se laissait deviner. On eût dit une écharde, les petits os pointant sous la peau devenue transparente, et ces veines bleues, partout, qui affleuraient. Le teint de bois sec, les bras tachés de brun, les rides autour de la bouche pâle. Célénie se pencha.

— Je vous ai apporté un cadeau.

— Vous me trouvez changée, n'est-ce pas ?

— Moi aussi, j'ai changé. Plus, même, qu'il n'y paraît.

— Notre ami l'archevêque vous a dit qu'il fallait se hâter de me rendre visite ?

— Je serais venue sans cela. Je suis rentrée pour vous.

Mme de Falari sourit. Elle toucha la boîte que Célénie avait posée sur la chaise, devant elle.

— Il faut l'ouvrir à ma place, je suis devenue très maladroite.

Le feu aux joues, Célénie sortit le narguilé. Elle montra la coupelle, le tiroir, le mélange de poudre à rêver et de tombeki, un tabac brun venu de Perse, comment bourrer, allumer, aspirer, nettoyer, et s'allonger, surtout, pour que les images surgissent. Elle dit la magie du voyage, les autres vies vécues dans l'ombre de la chambre, l'oubli de soi, le risque de ne plus revenir.

Mme de Falari l'écoutait avec un drôle d'air.

— C'est un très beau présent, petite fille, mais réfléchissez bien, on perd toujours un peu de soi quand on offre ses souvenirs.

— Entre vos mains je ne risque rien.

— Comment le savez-vous ?

Célénie tira de son aumônière la miniature à la dame blonde.

— Je le sais à cause de ceci, qui m'a ramenée vers vous.

Les yeux de Mme de Falari s'élargirent. Elle les releva sur Célénie avec la douceur d'une caresse sur un corps bien-aimé.

— Ouvrez le tiroir de ma table de nuit, petite fille. Prenez la boîte en velours.

Le même velours bleu. Dedans, le même cadre doré. Et dans ce cadre doré, une autre jolie dame avec une fleur, jeune elle aussi, mais brune, avec un sourire nostalgique et de longs, très longs yeux étirés vers les tempes.

280

Dans la poitrine de Célénie ce fut comme une voile qui se déchirait. Mme de Falari lui tendit les deux mains.

— Viens. Je sais que tu es sa fille depuis la première fois. Depuis ce jour-là, chez la Parabère, je t'attends. Je savais que le chemin serait long, j'espérais que tu ne t'y perdrais pas, et que moi je serais encore là pour te dire que je l'aimais.

La voile claquait, claquait sous le vent engouffré par la brèche. Célénie se cramponnait au bois du lit.

— Je ne lui plairais pas. C'était une belle âme et moi je suis un oiseau de proie, je suis un loup, j'ai fait des choses terribles. J'ai dégoûté de moi mon seul ami, le père que je m'étais choisi. J'ai voulu désespérer le chevalier d'Ogny et la vieille Mme Graaf comme ils avaient désespéré ma mère, j'ai voulu les détruire comme ils l'avaient détruite. Mais je suis aussi lâche, aussi méprisable qu'eux. Je n'ai rien vengé, je n'ai rien prouvé, j'ai seulement perdu mon rire et je ne crois plus à l'amour.

Mme de Falari remonta ses jambes et fit signe à Célénie de s'asseoir près d'elle.

— Parce que tu t'es battue avec tes rêves, tu penses avoir tout vu et tout vécu, petite fille. Mais tu ne sais rien encore, heureusement, ou si peu que tu en guériras vite. Regarde-moi. Qui vois-tu ? Une mourante dans une robe de princesse, mes yeux seuls me ressemblent encore. Pourtant je ne suis pas une princesse et, comme toi, j'ai cru longtemps que je ne mourrais jamais. A ton âge, dix-sept ans, n'est-ce pas, je me mouchais dans mes doigts et je tendais la gamelle après les tours de mon parrain, qui était dresseur de chiens et de chevaux. Mes guenilles sentaient la joie et l'impatience, le duc d'Orléans au bal public me repéra à ce parfum, il m'enrôla et je naquis une deuxième fois dans son palais. Dans cette seconde vie, il y eut énormément de vin, de caresses, de diamants et de rires. Je dormis peu, mangeai à m'étouffer, me donnai à tout le monde et à personne. Je n'avais aucune ambition et encore moins de considération pour mon esprit. Mais j'aimais m'émerveiller, et, comme la plupart des émotions, l'émerveillement s'éduque. En croupe derrière mes amants sans visage distinct, j'ai appris la beauté des pierres assemblées, la magie d'un pinceau lustrant une chair, la puissance des corps éclos du marbre et cette langue divine qu'est la musique. Je n'ai pas aimé le duc d'Orléans, on aime rarement les puissants. On les craint, on les envie, on veut se pousser dans leur soleil, les voler, les tuer ou leur faire des enfants malgré eux, mais ces sentiments-là n'en sont pas. J'ai joui du prince et il a joui de moi, en bonne canaillerie, comme en ces années-là nous faisions tous. Dans la ruelle de son lit, je me suis enrichie, tant et tant que je ne comptais même plus, d'ailleurs je n'ai jamais vraiment su compter. J'ai pris chez moi mon jeune frère, j'ai établi mes deux sœurs et acheté un cirque entier à mon parrain. On me recherchait, on me flattait, on me priait, j'étais quelqu'un. Et puis, après six ans passés comme une bourrasque, Philippe est mort, à Versailles, sur mes genoux, tandis que je lui racontais une de ces merveilleuses histoires que Lakmé inventait pour moi. Tu ne le sais sans doute pas, mais ta mère avait un talent de conteuse prodigieux. Je venais de passer vingt-trois ans, comme elle, nous sommes nées toutes les deux avec le siècle. L'été suivant, Lakmé a rencontré le chevalier, et moi je me suis vendue au plus offrant sur ce marché de dupes qu'est le monde. Petit à petit, insensiblement d'abord puis de plus en plus vite, la nuit est descendue sur moi. Trente ans pour une femme, même belle, même ardente, c'est un glas. J'ai bu, beaucoup trop, pour me donner le courage de vieillir, et j'ai invité des hommes, beaucoup trop, à partager ma couche. J'ai employé le pouvoir qui me restait sur eux à pousser mon frère Thomas à la cour du jeune roi, mon tout petit frère rose et bouclé, le seul homme qui se soit jamais jeté dans mes bras avec une tendresse véritable. Thomas, c'était ma passion. Mon grand amour vrai, comme quoi, même en semant son corps sous tous les draps, on peut garder un cœur de vierge. Ma fringale d'or, de maisons, d'équipages, ce n'était pas pour moi mais pour lui, pour que plus tard il ne manquât de rien, qu'il fût fier de moi et me remerciât de l'avoir si bien choyé. Aujourd'hui, j'ai quarante-trois ans et Thomas vingt de moins. Il a épousé la cadette de Mme de Ruppeldieu, qui ne lui a pas apporté de dot mais une terre dont il prendra bientôt le nom et le titre. Depuis que je suis malade, il est venu me voir cinq fois, trois la première année, deux la seconde. L'an dernier il m'a fait livrer des citrons et des figues, avec un mot expliquant que sa femme souhaitait qu'il évite ma maison. Au temps de ma splendeur la grosse Ruppeldieu et ses pécores de filles balayaient la poussière devant moi, maintenant que je ne trouve plus la force de brosser mes cheveux, elles me crachent dans le dos. Cela ne fait rien, j'en souris, mon orgueil a le cuir bien tanné. Je ne regrette rien, je bénis le sort. En plus des richesses et des baisers éphémères, j'ai eu une amie et un grand amour. Demande à monseigneur de Palmye, lui aussi te dira qu'il suffit de cela pour illuminer une vie. Thomas me boude, il me méprise, mais moi, je l'aime toujours. Et cela me tient chaud, vois-tu, comme son amour pour toi a réchauffé ta mère. Jusqu'au bout. Elle a aimé Fourcès. ne tords pas cette lippe, elle l'a aimé, d'une manière sombre, brûlante et pourtant bien réelle. Elle a aimé le chevalier plus éloquemment, mais les mots ne disent pas toujours l'essentiel. Son grand amour, sa vérité profonde, c'était toi. Oui, toi. Elle ne te l'a jamais dit, elle est morte d'avoir dû renoncer à te le dire. Maintenant tu le sais, et de le savoir va te rendre forte, si forte que plus rien ne pourra t'entraver. Tu iras avec cette lumière en toi, qui t'éclairera comme Thomas m'éclaire encore. Tu n'auras plus peur, ni honte ni remords, tu ne douteras plus.

— Mais je ne sais où aller. Je n'ai plus envie de rien. Il me semble être vieille, et même déjà morte.

— As-tu dit au chevalier qui tu étais ?

— Non.

— Et à Mme Graaf ?

— Non plus.

— Pourquoi ?

– A cause de la suite. Je ne pouvais pas imaginer la suite. Quand je vois les choses à l'avance, je sens que je les maîtriserai. Là, je ne voyais rien. Surtout avec le chevalier. C'était trop tard, ou trop tôt, et puis il m'aurait demandé de lui pardonner, moi je n'aurais pas su, alors mieux valait tourner court.

– Il n'y a rien à pardonner, petite fille. Ni au chevalier, ni à M. de Fourcès. Ils n'ont pas fait le malheur de ta mère, c'est elle-même qui s'en est chargée. Avant d'être une femme, elle se voyait en victime. Prisonnière du harem de Mehmet Uklan, jouet d'un vieillard tyrannique, objet d'une passion interdite, enfin, et par le bras de l'horrible Suissesse, agneau de Dieu immolé sur l'autel du remords. Pour d'obscures et tortueuses raisons, ta mère aimait l'amour, mais elle aimait davantage encore la souffrance que si volontiers l'amour engendre. C'est une vérité étrange et dérangeante, mais tu dois l'entendre et la comprendre afin de composer avec elle. Lakmé ne s'est jamais remise d'avoir été marchandée, payée et emportée comme on fait d'une brebis ou d'une bague. Elle se sentait si coupable de ses origines que, dans l'espoir du pardon, elle pliait spontanément son joli cou en appelant le bourreau. Il lui fallait mêler à tout plaisir un poison, et tuer son avenir dans l'œuf afin d'être certaine qu'il ne voie pas le jour. C'est pourquoi, malgré la sincérité de l'élan qui la portait vers Lancelot d'Ogny, elle restait si fort attachée au vieux comte. Chacun des deux empêchait l'autre de la combler. Déchirée entre eux, ne jouissant jamais qu'à demi, elle se tirait des larmes qui lui paraissaient racheter l'usurpation de son rang dans la bonne société. Si elle avait voulu adoucir Fourcès, elle y serait parvenue. Si elle avait voulu que le chevalier l'enlève, il l'aurait fait. Les hommes jouent Matamore, ils violent les pucelles et tirent le canon sur des villes paisibles, mais sous leurs cuirasses et leurs airs imposants ils restent plus enfants que nous. La mère les met au monde, l'amante les pétrit, les façonne, leur donne des ailes ou les cloue au sol. Lakmé craignait que le chevalier et l'Aga devinssent ce qu'ils auraient pu être. Tu lui ressembles, elle non plus ne parvenait pas à imaginer ce qui adviendrait après, après la guerre, après les compromis, les trahisons, la cendre et le sang. Elle redoutait bien davantage la paix que la souffrance. Alors, au lieu de cultiver les belles qualités de ses amants, elle arrosait leurs travers. Elle excitait la jalousie du comte au point de le rendre odieux et, se gardant de fortifier le chevalier, elle cautionnait sa faiblesse. Même à Mme Graaf elle a prêté la main. Par ses atermoiements, ses plaintes, ses appels au secours, elle s'est offerte, elle s'est livrée. Et la vieille souche qui n'avait jamais crié de plaisir s'est jetée sur sa proie. Elle aussi a aimé ta mère, je le sais. Elle l'a aimée en vampire femelle, le ventre palpitant de désirs inavoués mais la tête à la glace, jalouse à en crever et ne trouvant pour se guérir de cette fièvre maligne que le meurtre. Dieu planait sur le lac, elle l'a tiré par un pan de nuage et s'en est fait une aube de missionnaire. Repentir, sacrifice, Lakmé toussait déjà, les promenades vespérales

assorties de sermons ont servi de poignard. Peu d'efforts
pour des frissons bien doux, ta mère prêtait si gracieusement le flanc... Moi, depuis longtemps, depuis la rage
qui avait transformé le comte de Fourcès en épave, elle
ne m'écoutait plus. Je continuais à me battre, j'avais
choisi l'autre camp, celui de la vie, et j'en croquais les
fruits blets avec un appétit inchangé. Nous n'habitions
plus la même planète, nos rêves et nos rires ne se répon-
daient plus. J'ai quand même proposé de t'adopter, tu
approchais neuf ans, Lakmé songeait à te faire prendre
le voile dans ce couvent anglais. Elle m'a répondu
qu'elle ne pouvait ni te sauver ni te perdre, que le temps
l'aiderait, qu'elle m'écrirait dès qu'elle verrait plus clair.
Elle ne m'a pas écrit, et j'ai appris vers la fin de l'hiver
qu'elle était morte juste après la Noël.

— La vieille l'a mise à la fosse commune.

— Je sais. J'ai envoyé mon cocher, il a commandé de
rouvrir le trou et y a déposé de ma part cent douze roses
blanches.

— Cent douze ?

— En quinze ans d'amitié, dans la prodigalité de sa
tendresse, elle m'a offert cent douze contes. Pour moi,
juste pour moi. Je les ai notés, quelques-uns sur le vif,
la plupart de mémoire. Pour toi, petite fille, juste pour
toi. Pour le jour où tu voudrais la connaître. Pour que,
toi aussi, tu apprennes à l'aimer.

Célénie ce soir-là ne rentra pas chez monseigneur de Palmye. Dans les bras de Jeanne de Falari elle retrouva le chemin des larmes qui, comme le vent, lavent et consolent de tout. En sanglotant elle dit le pli au coin des lèvres du chevalier, le carré de ciel, au-dessus du lac, où Lakmé l'attendait et où bientôt, elle en était sûre, il s'en irait mourir afin de trouver le pardon lui aussi. Elle dit les taches de rousseur de Paul, sa petite figure fripée par le poison, et la voix satisfaite de la vieille égrenant la montée au calvaire de Lakmé. Et puis l'eau nue, les montagnes sévères, l'âme transie, le flottement entre plusieurs mondes, entre plusieurs temps, la nostalgie des douleurs et des joies innocentes, du cri de Matthias rappelant Archibald, du temps perdu où elle rêvait aux loups.

Le matin suivant, monseigneur de Palmye ne lui posa aucune question. Lorsque Célénie était arrivée de Suisse, deux semaines plus tôt, sans Matthias, sans Archibald, il n'avait pas non plus posé de question. Il attendait qu'elle fût prête, et que de son propre mouvement elle vînt à lui.

Elle vint, pâle et droite, comme la toute première fois. Comme la toute première fois, il demanda du chocolat et lui tendit son mouchoir en batiste. Elle l'appuya sur ses lèvres, vérifia qu'il n'était point taché et le glissa dans sa manche sans songer à le rendre. Elle ne souriait pas. Elle était devenue farouchement belle, de cette beauté ensemble vigoureuse et diaphane qui désoriente les hommes avant de les mettre à genoux. Tout en elle semblait s'être accusé, le poids des cils immenses, le harpon du regard, le bombé du front, le noir des cheveux, la liberté des gestes, l'élan de la pensée et le tranchant du verbe.

– J'ai passé la nuit chez Mme de Falari.

L'archevêque leva un sourcil faussement indifférent.

– Rien ne vous oblige à le dire.

– C'est pourquoi je le dis. Et aussi parce que, de chez Mme de Falari, j'ai rapporté ceci, qui vous montrera le chemin qu'en quatre ans et grâce à vous j'ai parcouru.

Sur la table, à côté de la chocolatière fumante, elle posa les deux miniatures encadrées d'or et de velours bleu. Monseigneur de Palmye, qui n'y voyait plus guère, se pencha à toucher de son front les portraits. Il se redressa, frotta ses paupières rougies et retroussa sa chasuble pour atteindre une pochette de toile qu'il portait à même la peau, attachée autour de la taille. De ce petit sachet, il sortit un troisième portrait, identique aux deux premiers à cette différence près que la jeune femme n'y était ni brune ni blonde, mais rousse. Célénie écarquilla les yeux. L'archevêque rapprocha les trois cadres et frotta ses paumes comme un homme longtemps privé de sa famille et qui voit revenir en tribu ses enfants.

– C'est moi qui les ai peintes, toutes les trois. Lakmé, Jeanne et ma Louise-Charlotte. Elles avaient le même âge, elles méritaient d'être heureuses, le monde les jugeait mal, je les ai de mon mieux soutenues.

Célénie du bout des doigts caressa les trois visages.

– Monseigneur, accepteriez-vous de me confesser ?

– Vous espérez en Dieu, maintenant ? C'est le pays d'Allah qui a produit ce miracle ?

– Ne vous moquez pas.

– Me suis-je jamais moqué de vous, Célénie ?

– Je suis partie en espérant me découvrir, j'ai remonté mon fil d'Ariane en suivant des voix qui vous ont été chères, et maintenant que me voici au bout je ne sais plus qui je veux être. Matthias me manque. Loin de lui je vacille, je tâtonne, je cherche mes mots et chacun de mes pas. Je fuis, je fuis encore, en avant toujours, entourée de fantômes, le bien et le mal se confondent, j'ai de la peine, de la peur, et je ne comprends pas de quoi.

– Célénie, en quatre années d'absence, pourquoi n'avez-vous pas écrit ?

Elle hésita à répondre.

– Pas une seule fois, alors que vous m'aviez promis de me donner des nouvelles. J'ai imaginé le pire, j'ai assommé de missives éplorées notre ambassadeur, c'est sa femme qui m'a répondu que votre insolence et vous-même vous portiez à merveille.

Elle se tut encore un moment, puis soupira :

– C'est à cause d'Ariel. Au début, je pensais à lui sans cesse. Après, après les papiers de votre ami le comte, après les aveux que le chevalier d'Ogny m'a faits, j'ai compris que l'amour brûle sans réchauffer et qu'Ariel ne m'attendrait pas.

– Il vous a attendue. Avec gravité, avec une manière de ferveur qui lui seyait étrangement. Ensuite, il est devenu pire qu'avant. Il m'a retourné mon exemple, commencer par l'ambition et ne songer à aimer qu'à l'âge où l'on cesse d'être aimable. Il est au petit séminaire. Il prononcera ses vœux le mois prochain. J'irai le rejoindre à la fin de cette semaine, pour le préparer.

Célénie baissa la tête.

— Moi, je dois retourner aux Repenties. Matthias m'en veut. Je dois lui expliquer.

— Il sait tout, déjà, soyez-en sûre, et il ne vous en veut pas.

— Quand vous verrez Ariel...

Elle s'arrêta et rougit.

— Oui ?

— Il m'a donné une églantine, le jour de mon départ. C'est sot sans doute, mais j'ai gardé les pétales. Je voudrais les mettre dans un livre, un ouvrage que vous choisirez et qui pourra lui servir. Je voudrais que vous le lui donniez. Pas de ma part, de la vôtre, il ne reconnaîtra pas la fleur, et de moi surtout vous ne direz rien, n'est-ce pas ? Vous promettez ?

L'archevêque toussa pour cacher son sourire et remplit deux autres tasses de chocolat.

Au bord de l'étang vert, entre les collines Brune et Blonde, Célénie taquinait la grenouille avec la canne de l'Aga. Elle portait une chasuble en gros drap, des sabots neufs fourrés de paille et des bas de laine grise tricotés par la jubilante Bathilde. Le temps s'était rassemblé, l'abbesse de Vineuil avait fait chanter trois messes à la mémoire de Lakmé, Archibald revenait se percher sur son poing et Matthias l'appelait à nouveau « ma colombe ». Pourtant le goût de sel et de bois mort, dans sa bouche, ne cédait pas. Elle traînait son cœur comme une pierre, lourd, rond et froid. Elle se sentait étrangère à elle-même, voyageuse sans but, et ses souvenirs, comme autant de cailloux sortis de la rivière, ne chatoyaient plus entre ses cils.

Ariel pour l'approcher se mit contre le vent et ôta ses souliers. Elle ne l'entendit pas, et ne le vit que lorsqu'il s'accroupit à quelques mètres d'elle. Elle se leva d'un bond. Il était pâle de fatigue, sans fard ni bijou, les joues salies par une barbe de trois jours. Il sourit largement et, dans un éclat de soleil blanc, Célénie revit le loup de son rêve.

– Demoiselle au long cours, partiriez-vous avec moi sur d'autres routes que celles du passé ?

– Mais vos vœux ?

– Pour une fois, répondez aux questions qu'on vous pose.

Elle le regardait si fort qu'elle ne parvenait plus à penser. Il se releva, s'approcha, prit sa main, dont il ouvrit un à un les doigts serrés.

– Vos ongles n'ont pas beaucoup poussé.

Lorsqu'il posa les lèvres sur sa paume, elle ferma les yeux. Sous ses paupières, le loup riait de toutes ses dents en or. Avec la patte, il lui fit un petit signe d'amitié.

Elle repoussa doucement Ariel et, maintenant sa tête en arrière, elle lui fit voir le ciel entre ses doigts.

– Je viendrai si vous me promettez qu'un jour la vie sera comme ça, bleue, sans fin, et que rien ne nous empêchera de voler.

Il l'enlaça, et sans lui demander permission, prit sa bouche.

– Un jour, c'est tout de suite.

REMERCIEMENTS

Je tiens à remercier Sylvie Genevoix ainsi qu'Anne et Arnaud de Fayet pour leur si précieux soutien. Sans eux, ce livre ne serait pas.

Table

La composition de cet ouvrage
a été réalisée par I.G.S. Charente Photogravure,
à l'Isle-d'Espagnac,
l'impression et le brochage ont été effectués
sur presse Cameron dans les ateliers
*de **Bussière Camedan Imprimeries***
à Saint-Amand-Montrond (Cher),
pour le compte des Éditions Albin Michel.

Achevé d'imprimer en octobre 1998.
N° d'édition : 17868. N° d'impression : 984714/4.
Dépôt légal : octobre 1998.